Forty Rooms
by
Olga Grushin

四十个房间

[美]奥尔加·格鲁辛 著
戚悦 译

图书在版编目（CIP）数据

四十个房间 / (美) 奥尔加·格鲁辛著；戚悦译.
广州：花城出版社，2025.5. -- ISBN 978-7-5749
-0419-4

Ⅰ.I712.45
中国国家版本馆CIP数据核字第2025YL4872号

Forty Rooms by Olga Grushin
All rights reserved including the right of reproduction in whole or in part in any form.
This edition published by arrangement with G.P. Putnam's Sons, an imprint of Penguin Publishing Group, a division of Penguin Random House LLC

本书中文简体版权归属于银杏树下（上海）图书有限责任公司。

著作权合同登记号：图字：19-2024-305号

出版人：张懿
编辑统筹：尚飞
责任编辑：郑秋清
责任校对：卢凯婷
技术编辑：凌春梅　张新
特约编辑：王亚伟
营销统筹：陈高蒙
营销编辑：徐可
装帧制造：墨白空间·李易

书　　名	四十个房间
	SISHI GE FANGJIAN
出　　版	花城出版社
	（广州市环市东路水荫路11号）
发　　行	后浪出版咨询（北京）有限责任公司
经　　销	全国新华书店
印　　刷	北京盛通印刷股份有限公司
	（北京市北京经济技术开发区经海三路18号）
开　　本	880毫米×1194毫米　32开
印　　张	11.75　2插页
字　　数	270,000字
版　　次	2025年5月第1版　2025年5月第1次印刷
定　　价	78.00元

后浪出版咨询(北京)有限责任公司　版权所有，侵权必究
投诉信箱：editor@hinabook.com　fawu@hinabook.com
未经许可，不得以任何方式复制或者抄袭本书部分或全部内容
本书若有印、装质量问题，请与本公司联系调换，电话：010-64072533

献给亚历克斯和塔莎

四十天后,诺亚打开了方舟的窗户。
——《创世记》第 8 章第 6 节

建造自己的宫殿,不做世界的囚徒。
——约翰·多恩[1]《致亨利·沃顿爵士》

---

[1] 约翰·多恩(John Donne,1573—1631):英国诗人,英国国教传教士,被认为是玄学派诗人的杰出代表。——译者注。全书注释均为译者注。

目录

第一部分：神话

莫斯科的公寓及其他

1. 浴室　003
2. 母亲的卧室　008
3. 父亲的书房　017
4. 厨房　025
5. 达恰的卧室　036
6. 我的卧室　051

第二部分：过去完成时

大学校园

7. 图书馆的隔间　065
8. 男朋友的卧室　079
9. 我的宿舍　092

租赁的单间公寓

10. 公寓房间　106
11. 浴室　107

第三部分：过去

顶层公寓
12. 厨房　119

未婚夫父母的别墅
13. 客房　129

顶层公寓
14. 起居室　139
15. 卧室　149

第一栋房子
16. 玻璃前廊　153
17. 厨房　161
18. 育儿室　166
19. 起居室　174
20. 卧室　182

第四部分：现在

新房子
21. 舞厅　191
22. 餐厅　199
23. 主卧浴室　207
24. 酒窖　214
25. 育儿室　223
26. 客房　233
27. 主卧衣帽间　236
28. 健身房　243
29. 洗衣房　249
30. 主卧室　255
31. 闺房　256
32. 厨房　267
33. 儿子的房间　275
34. 起居室　280
35. 家庭酒吧　288
36. 车库　299
37. 阳台　302
38. 藏书室　310
39. 家庭影院　320
40. 门厅　327

第五部分：未来　335

致谢　341

现实总是不够浪漫
——《四十个房间》译后记　343

人生可以更加浪漫
——《四十个房间》再版译后记　358

第一部分

神 话

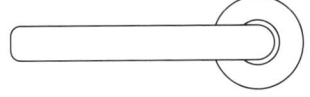

莫斯科的公寓及其他

1 浴室

长在世界中心的大树

　　透过虚无缥缈的迷雾，第一个浮现出来的地方是浴室。这里空间狭小，弥漫着芬芳的香气，不断变幻。有时，外面的世界一片漆黑、寒风凛冽，脚下的天蓝色地砖也变得冰冷刺骨。但是，水管颤动着发出抚慰般的低沉哼鸣，汩汩的热水流淌，带来了温暖与快乐。趁着浑身都冒起鸡皮疙瘩之前，我匆匆忙忙地钻进浴缸，没留神溅起了一片水花。我滑进水里，肥皂泡沫没过下巴，只露出一张小脸儿。有时，外面的世界闷热难当、明亮耀眼，地板的清凉便显得舒爽宜人了。不过，此刻的水管却静悄悄的，一动也不动。滚烫的热水从刚刚烧开的水壶中流出，碰到了塑料提水桶里的凉水。我小心翼翼地爬进空空的浴缸里，等待着海绵覆上后背，淌下一道道温水的细流。

　　大多数晚上，触碰我的是一双最熟悉的手，动作轻柔，手指上戴了一枚精致的戒指，可爱的指甲就像粉色的花瓣一样。伴随着这双手，有一个温和而沉静的声音给我唱歌，不过听起来却有些忧伤。

其他时候，是一双较为有力的大手，手指粗壮，指甲剪得很短，一枚样式简单的金戒指紧紧地箍在手指上。但是，这双手的动作从来都不生硬粗鲁，我同样很喜欢它们，既是因为我不太熟悉这双手，心里感到好奇，也是因为伴随这双大手的声音并不唱歌，而是讲笑话。那个声音坚定而响亮，带来各种各样的笑话。有像牛一样哞哞叫的公鸡和像猪一样呼噜噜的猫咪，有一个傲慢自大的地精，他只在周日出现，每次都谈论着乱七八糟的菜肴，还有夜壶等好玩儿的东西。每次听到这些笑话，我都会开心地笑啊笑啊，最后鼻孔里都喷出了泡泡。

有时候，还会出现一双少见的手——皮肤松弛，骨瘦如柴，带着一股烟味儿，长长的手指异常僵硬，指关节仿佛是疙疙瘩瘩的树皮，让我想起了院子里挂秋千的老树。这双手的动作间有一种古怪的魅力，就像爬行的螃蟹一样。它们几乎不用那块海绵，常常忘记下一步要做什么，碰到浴缸边缘时，会发出一阵轻微的叮当声。我惊奇地张大嘴巴，看着一串粉红色椭圆石头的手镯贴着枯萎的手腕滑上滑下，每一块石头上都刻着一张苍白的女人面孔，石头的形状细长而优雅，从里到外都焕发着光芒。随之而来的声音就像这双手，憔悴又迷离。那个声音不唱歌，也不笑，而是讲故事。

季节更迭，又一个冬天过去了，又一个夏天降临了，一年来一次的外祖母终于又出现了。此时，我发现自己最期待的就是她的故事。

那些故事的开头总是不一样，无论我如何恳求，想要再听听某个印象模糊的故事，外祖母从来都不会重复。但是，故事的结尾指向同样的地方，那是一个隐蔽的神奇王国。通往神奇王国的道路形形色色，有上百条之多，却很少有人能到达那里。有的人穷尽一生去寻找，在危机四伏的森林里徘徊，在冰天雪地的高山上攀爬，最后才碰巧发现了神奇王国。可有的人呢，却在毫无征兆、毫无准备的情况下一头就闯进了那里，要么是因为喝了奇怪的饮料，要么是因为追着影子跳过了拐角，再不然就是因为盯着镜子看了太久。（有一个小姑娘，名字跟我一样，她裹着毛巾，浑身湿漉漉地就到达了神奇王国：她本来正在洗澡，结果被排水口吸走了。）那个王国里有许多奇妙的生物和有趣的东西——从蜡烛上逃跑的火焰、敌对的勺子大军和叉子大军、成群结队去旅游的大钟、美丽的盲眼仙女、夜夜梦见飞龙的小老鼠、丢失了马匹的骑士——大家都锲而不舍地沿着王国内的众多道路前行，有的道路笔直而平坦，有的道路曲折而危险，但所有的道路都通向王国的秘密心脏。那里是世界的中心，在道路交会的地方，生长着一棵神奇的参天大树，长长的树枝直上云霄，古老的树根深入大地。所有的奇妙生物都在树下停住脚步，静静地等候，等着树叶落下。

"他们为什么这么想要那些树叶呢？"我总是会问，"那些树叶是金子做的吗？"

"它们不是金子做的，"外祖母回答说，"但是同样很珍贵。每片叶子都有一面写着一个名字，只有叫这个名字的人才能读到写在叶子另一面的话。而且，大树上只有一片叶子写着你的名字，如果这片叶子落下时，你没在那儿等着，那就永远错过了。"

"那叶子上写了什么话呀？"

"全世界最重要的话。"她答道。

"嗯，但到底是怎么说的呢？"

她的手指不耐烦地敲着浴缸的边缘。

"写给每个人的话都不一样,所以我没法告诉你。"

我失望地坐回了浴缸里。无论她的故事是如何开始的,最后总是以这样的方式结束,她不会再多说一个字。每次她开口讲述时,我都盼着今晚会有所不同,盼着她会把剩下的故事也告诉我。但是这个愿望却从未实现。我生气地想,她都一百岁了,比我认识的任何人都要更加固执,她喜欢守着自己的秘密。我坐在浴缸里,想着千万不能哭,我的手指和脚趾在水里泡了太久,变得皱皱巴巴的。外祖母又忘记用海绵了,她盯着我头上的瓷砖,通红的眼圈里是一对黯淡的眼珠,目光很茫然。我时常能捕捉到这种目光,就像她戴的老手镯上雕刻的那个女人一样,双眼无神,仿佛对一切都视而不见。突然,我想:也许她也不知道这个故事的结局,也许她到得太迟了,没能抓住属于她自己的那片树叶。

这时,我感到非常兴奋。我看着排水口,肥皂泡沫被吸进了它的涡流中,银色的弧面上倒映着我那擦洗成粉红色的半边脸颊和棕色眼睛的一角。除此以外,我还瞧见了一张小精灵的面孔正在冲我咧着嘴微笑,他抬起像嫩枝一样瘦弱的小手,招呼我靠近,紧接着便消失在一堆泡沫之中。我立刻决定了,一分钟都不能耽误,我也要滑进排水口,漂在肥皂水上,去往那个秘密王国的神奇土地,跟飞龙和勺子大军一起,勇敢地沿着崎岖的道路前进,到达那棵长在世界中心的大树。等到我的树叶落下来时,我就可以读到上面写的话,然后告诉每一个人。可是,想到这里,我又变得沮丧起来,因为我这才想起来自己只有四岁——四岁零九个月——我还不认字。

母亲从门口向里探头,我感到一阵冷风扑面而来。

"她该喝牛奶了。"她说,"妈妈,你坐在她的毛巾上了。"

外祖母的表情有些受伤,但是她依然庄重而缓慢地站起身来,脚步平稳地走出了浴室。

莫斯科的公寓及其他

2 母亲的卧室

珠宝盒

十二月的一个晚上,我走进母亲的卧室去跟她道晚安,但是母亲并不在那儿,而是有一条美人鱼坐在她的床上。我立刻就认出来那是一条美人鱼,虽然我看不到她的尾巴,但是那条尾巴肯定藏在了窄窄的长裙下。裙子是极浅的灰色,就像我们家达恰[1]前的池塘上笼罩的晨雾一样。她弯着腰,垂下一头淡金色的长发,裙摆上搁着我母亲的珠宝盒,那喷漆的四角压在顺滑的布料上,盒盖敞开着,我能看到那条奇怪的裙子紧紧地裹住了她的下半身。

---

1 达恰:指具有俄罗斯建筑特色的乡间小屋。达恰在俄罗斯相当普遍,在其他一些苏联加盟共和国中也有分布。据估计,在俄罗斯约有四分之一居住在大城市的居民拥有达恰。达恰最早出现在彼得大帝(即彼得一世)时期(公元17世纪末18世纪初),起初是俄国贵族用于举办社交活动的场所,后来随着工业革命的推进,达恰成了都市居民逃避污染的地方,至19世纪末,达恰成为俄国上层和中产阶级最喜爱的避暑胜地。1917年十月革命以后,所有的达恰都被国有化,一部分变成劳动者的休闲度假房屋,而其他较好的达恰则成为一些官员、文化和科学界精英的夏季别墅。

我对这条美人鱼的出现感到很着迷，但同时又觉得非常悲伤。我喜爱母亲的珠宝盒。它是用亮闪闪的黑檀木制成的，盒盖上有两个用珍珠装饰的姑娘，都系着宽宽的腰带，飞舞铺展的长发间露出了第三个姑娘的面庞，她们身处一个有围墙的花园中，四周布满了可爱的小树，枝叶间点缀着玫瑰花。在这个放满奇珍异宝的房间里，我最渴望拥有的就是它，但是母亲从来都不许我碰它。上一次过生日时，刚满六岁的我不停地恳求，最后母亲发出了一声容忍的轻叹，打开抽屉，把珠宝盒从一层层叠好的睡衣和袜子下面拿了出来。我惊奇地看着那璀璨的光芒，仿佛它是属于公主的东西。可是，母亲不让我仔细打量，过了短短的一分钟，她就把珠宝盒收了起来。而此时此刻，我却发现一个陌生人——尽管她很漂亮，尽管她是一条美人鱼——正在摆弄那个珠宝盒，仿佛那是属于她的东西，我不禁感到很伤心。

我正打算轻手轻脚地离开房间，这时，美人鱼抬起头来，招呼我过去。

"你想让我给你看看吗？"她问。

她的声音跟我母亲的声音一模一样，但是她的眼睛却截然不同：虽然一样是绿色的，可是那来回变幻的深浅却缺乏一层熟悉而圆润的柔和；目光中闪烁着欢乐的光辉，却又透着冰冷无情，就像被困在珠宝盒里的流光溢彩一样。

时常会有一些奇怪的客人闯进我母亲的卧室——其实，那是我父母的卧室，但我总是把它想成母亲一个人的卧室——不过这条美人鱼却让我感到惴惴不安。她看起来似乎很危险，比其他的不速之客更加神秘莫测，一点都不像那位在椭圆形画像中坐着扶手椅的胖太太,每到下午茶时间,胖太太都会滔滔不绝地讲着布鲁塞尔花边[1]和绸缎拖鞋;也不像那两个长着黄色翅膀的小仙女,每个春天的早晨都会随着阳光降临,落在梳妆台上,跳进母亲的香水瓶子里,溅出几滴芬芳;更不像那个露着亮白色牙齿微笑的男人,他留着弯曲的小胡子,在我五岁那年的夏天,他常在午后前来拜访。(在所有的来客中,我最喜欢他了。有一两次,他轻轻地把我推到走廊上,在锁门之前,会给我一块巧克力,皱巴巴的包装纸上印着陌生的字母。而且,他还拥有魔法,除了我以外,所有人都看不见他。有一天吃晚饭时,我提到了那位留着小胡子的客人,母亲愉快地笑着说:"这孩子的想象力真是太丰富了!"父亲也笑了,却不像母亲一样开心,只是轻轻地揉了揉我的头发。我感到很生气,不仅因为没有人相信我,更重要的是,我很后悔把一件只属于自己的事情说了出来:我发现我喜欢拥有自己的秘密。从那以后,我再也没对任何人说起过在母亲卧室里的所见所闻。)

　　美人鱼已经完全忘却了我的存在,她盯着珠宝盒,修长的手指轻抚着内衬的天鹅绒,仿佛正在回忆自己曾经用钢琴弹奏过的某种曲调。我坐在床边,兴高采烈却又小心翼翼。她开口讲话了,但并不是在对我说;她抚摸着这个戒指、那个戒指,这条链子、那条链子,讲述着一些情节曲折的故事,可我都听不太懂。

---

[1] 布鲁塞尔花边:最初指的是一种枕头上的蕾丝花边,起源于布鲁塞尔及其周边地区,后来也泛指来自布鲁塞尔的各种蕾丝花边。

"这对丘比特[1]耳环,"她说,"已经在家族中传了四代。当年,沙皇的小叔把它送给了你的外曾祖母,以此来表达对她特别的喜爱之情。在首次公开出演达尔西妮亚[2]的那天晚上,她收到了这份礼物。诚然,许多男人都曾经送过她各式各样的礼物,在内战[3]中,她被迫把所有的家当都变卖了,却坚持留下了这对耳环。人们会觉得奇怪,为何她要这么做呢?生活如此艰难,她想方设法地喂养孩子,而这对耳环可以轻松地换来一个月的面包。不过,这个家族里的女人总是拥有自己的秘密……"她停顿了一下,从我母亲的床头柜上拿起一个玻璃杯,啜饮了一口所剩无几的深红色液体,"当然,在她出演达尔西妮亚的那些日子过去很久之后,她才跟你的外曾祖父结婚了,有了你的外祖父和一对双胞胎。可是,她与大公[4]的故事就到此为止了吗?无人知晓。如今只剩下了这两只丘比特耳环、几句半真半假的传言,也许,也许还有一缕细若游丝的王室血脉。"

"你说的就是我那位当过芭蕾舞演员的外曾祖母吗?"我困惑

---

1 丘比特(Cupid):在古罗马神话中,丘比特是欲望与爱恋之神,常常被描述成爱与美之女神维纳斯和战神马尔斯的儿子。丘比特的形象是一个胖胖的男孩儿,手里拿着象征力量来源的弓箭,无论是人还是神,只要被丘比特的箭射中,心中就会充满难以控制的爱欲。

2 达尔西妮亚(Dulcinea):西班牙作家米格尔·德·塞万提斯(Miguel de Cervantes, 1547—1616)创作的长篇小说《堂吉诃德》中的人物,在当时的西班牙语中,"达尔西妮亚"意为"极其高雅而甜美的"。在主人公堂吉诃德的想象中,达尔西妮亚是一位美丽的农家姑娘,与他相爱,而堂吉诃德则一直为了这个虚构出来的姑娘而坚持不懈地战斗。时至今日,"达尔西妮亚"便被用来指代无望的奉献与爱情,尤其是得不到回报的爱情。

3 内战:指苏俄内战,又称苏俄国内战争或对苏干涉战争,是1918年到1922年在崩溃的俄罗斯帝国境内发生的一场战争。

4 大公:古代俄罗斯最高统治者的称号,后来用作沙俄皇室成员的头衔。

地问,"谁是达尔西妮亚?什么是王室血脉?"但是她没有回答,只是用手指轻轻地拂过被囚禁在珠宝盒里的闪闪金光,继续自顾自地喃喃低语。

"看见这枚戒指了吗?你瞧,这块祖母绿宝石是如此硕大,却又未经雕琢、形态粗糙,就像某种绿色的畸形怪鸟产下的蛋一样。它原本属于一幅古老的画像,贵重的画框上镶嵌着大块的宝石。在革命中,许多无价之宝都遭到了肆意毁坏,被刀斧劈砍得七零八落,后来辗转落入一些醉汉手中,藏在了阴冷潮湿的乡下金库里,实在是暴殄天物。你的外祖父在战争结束时得到了这枚祖母绿宝石,他是用一段烟熏香肠与一盒德国糖果从另一名士兵手中换来的,然后便一直将它保存在一个空盐瓶里。最终,他找人把这枚宝石嵌入戒指,送给了艾琳娜,也就是你的外祖母。戒指的底座只是普通的锡铅合金,他没有钱,买不起别的。"

"'暴殄天物'是什么意思?"我问,"你说的革命发生在什么时候?"

珠宝躺在漆黑的巢穴里,在柔和的黄色灯光下闪烁,仿佛有一道隐秘而危险的火焰在跳动。美人鱼又喝了一口红色的液体,玻璃杯从嘴边拿开时的动作太突然,有几滴洒在了地毯上。从侧面来看,她长得很像我的母亲,可是每当她有所动作时,每当她开口说话时,每当她的目光越过我飘向远方、对我提出的问题听而不闻时,我就会重新意识到,她不是我的母亲。

"这只手镯是我从小就有的,看到它,就会想起那些在海边度过的清晨。退潮以后,我总是在沙滩上寻找星星点点的琥珀。"

我很高兴终于有了一件能听懂的事情。我母亲的家族来自波罗的海一带，她的童年夏日都是在拉脱维亚的海滩上度过的。她肯定是在那里遇见这条美人鱼的。我松了一口气，暗暗地想，看来是自己误会了，这条美人鱼并不危险。我挪动身体，朝她那亮闪闪的灰色裙摆靠近了一下，忽然又生出了一个念头，心里涌上一股怜悯之情，"但是波罗的海在冬天不是很冷吗？如果海水结冰了，那你该怎么办呢？"

她把手镯放回了珠宝盒里，垂首扫了我一眼，那双泛着金属光泽的绿色瞳孔投下了冷酷的目光，快速地滑过我的脸颊，我几乎都能感觉到皮肤上凉飕飕的。

"算了，你太小了，对过去的事情根本不在乎。"她说，虽然声音很轻，却透着一股远海的寒气。

怜悯和放松的感觉瞬间消失无踪，我又变得提心吊胆了。

她站起身来，一只手捧着珠宝盒，另一只手端着玻璃杯。

"跟我到镜子前面去。"

我们一起离开了令人心安的灯光，走进了铁灰色的暗处。梳妆台上的椭圆形明镜弧线优美、边缘镀金。在这种寒冷而寂静的夜晚，我喜欢凝视着这面镜子，它就像一湾没有波澜的清池，水底静卧着母亲的房间。镜中的房间比真实的房间更小，却没有边角，充满了绵软、静谧、熟悉的暖意，就像柔美温婉的母亲一样。然而此时此刻，镜中映出的是我们俩的身影，我穿着一条印有绿鹦鹉图案的白色睡裙，背后便是体态玲珑、身形苗条的美人鱼。镜中的房间看起来跟平时截然不同，显得冰冷、锐利而又神秘，那股新鲜劲儿令人觉得激动不已，就像某种奇妙却有害的东西，又像某种禁忌，更像是——像是我曾经从厨房里偷来的棒棒糖，夜深人静之时，我躲在被子下面把它狼吞虎咽、连舔带咬地吃进肚子，之后还没有刷牙。

"来，戴上这个试试。这是你父亲在你出生时准备的礼物，早晚都会是你的。"美人鱼说着，把珠宝盒放在了梳妆台上，从里面拿起了一条链子，吊坠是镶嵌着精美珍珠的十字架。但是，我的目光却被另一样首饰深深地吸引了。我伸出手，握紧了一条串满小石头的项链，每一块石头的黑色外壳里面都包裹着血红色的光芒。

"这个，"我说，"我想要这个。"

美人鱼的眼睛里闪过一丝严酷与痛苦，当她把项链从我手中拿开时，动作一点儿也不温柔：她从我的指间猛然扯走链子，我感到手掌被划了一下，不禁吃惊地轻叫出声。我以为她会将那条项链扔回珠宝盒，盖上盒盖，将我一把推开。可是，她的脸上浮现出一抹红晕，突然微微一笑——那是我第一次见到她笑，虽然并不是和善的微笑，但是，哦！那笑容是如此美丽动人！她脸上带着古怪的微笑，同时却又显得冷酷无情，垂手把那条项链摆在我的睡裙前，紧贴着绿鹦鹉。项链映在镜中，闪烁着突兀而鲜红的光泽，就像我四岁那年跑着跑着跌倒在地，被玻璃片在膝盖上划出的那道深深的伤口一样。

"它是一个朋友送给我的。"美人鱼用叛逆的语气说道，仿佛在挑衅某个人，"那是很久以前的事了。"

然后，我们俩都不再说话了，只是沉默地看着镜子里的我。透过眼角的余光，我能看到椭圆形画像中的胖太太撇了撇嘴，不以为意地转过脸去，但是我依然盯着自己的映象，片刻以后，我也开始显得不一样了，仿佛那银波闪烁、危机四伏的大海正在我的体内翻涌。我们周围的夜色越来越深，床边的灯光明亮灿烂，却又十分遥远。渐渐地，镜中的房间幻化成一个巨大的珠宝盒，墨蓝色的夜幕便是紧紧包裹我们的天鹅绒，美人鱼那双摄人心魄的美目是祖母绿，凝结在玻璃杯底部的液体是红宝石，梳妆台上有一排胖乎乎的香水瓶和一个总是显示错误时间的钟表，在它们之间，放着一件既耀眼夺目又黑暗莫测的珍宝，那是一个无比陌生却又颇为动人的宝库，盛满了我还无法理解的故事，有弥补愧疚的礼物、穷困潦倒的舞者、残砖断瓦的教堂，有战争与革命、记忆与成长，还有关于痛苦、美丽与时间的点点滴滴。

门后传来了一个声音，机械而又连贯，就像啄木鸟发出的"嗒嗒嗒"的动静。我吓了一跳，猛地转过身去，接着才反应过来那是什么声音。等我回过头来时，那条美人鱼已经不见了，就这样凭空消失了，而我的母亲穿着她的灰色老睡袍，正在系紧腰间的带子。"你父亲在工作，咱们得保持安静。"她用轻如耳语般的声音说着，倾身向前，摸索着藏在我头发下面的项链扣。我愣愣地看着她把耳环、手镯都放在了一个个垫着柔软天鹅绒的小格子中，小心翼翼地合上盖子，将珠宝盒放回了抽屉里，"你该上床睡觉了。"

我想把那条美人鱼的事情告诉她，想问她一个问题，但是不知为何，却没有开口，也许是因为她那非常微弱的声音中透着平淡乏味的语调，又或许是因为想起了那个像宝石般璀璨的秘密房间，那里比现实生活中的房间更加奇妙，却也更为可怕。我默默地向外走，在门口停下脚步，回头望了一眼，整个房间又变得跟平常一样，温暖、舒适、小巧，有许多枕头、毯子和在椭圆形画框中微笑的贵太太，镜中的房间也是如此。我这才放下心来。那危险的珍宝又变成了装满漂亮首饰的木头盒子,藏在梳妆台的抽屉里,顶上压着许多羊毛袜。母亲用纤纤细手熟练地整理着床上的被褥,抚平褶皱,那是我已经见过无数次的姿势了。

我告诉自己,我更喜欢这样的情景。真的。

"去睡觉吧,宝贝。"母亲说着,短暂地抬起眼睛,与我对视,"我要给你父亲备茶了。"

迈进冰凉的走廊时,我心想:不过,或许也不一定。

莫斯科的公寓及其他

3 父亲的书房

理想城

现在是周四,刚刚吃过晚饭,到了每周一次的"文艺杂谈"时间。我和父亲来到他的书桌前,他坐在自己的那把老扶手椅上,樱桃红的皮革坐垫中间裂了一道大口子,我跪在一个凳子上,那是我自己从厨房里拖来的。

收音机的音量调得很低,正在放着一首小提琴协奏曲。

"维瓦尔第的《福利亚》[1],"听了片刻之后,父亲说道,"正契合今天的主题。"

他伸手从打字机旁的一摞书里挑出了一本关于意大利文艺复兴绘画的书,翻到了做好标记的一页。跟他书房里的许多书一样,这本书中也插满了绿色、蓝色和粉色的纸条。这些书签都是我父亲做

---

[1] 维瓦尔第(Vivaldi):指安东尼奥·卢奇奥·维瓦尔第(Antonio Lucio Vivaldi,1678—1741),意大利巴洛克音乐作曲家、小提琴家、教师及传教士,生活在文艺复兴时期之后的巴洛克时期。《福利亚》:该曲名意为"疯狂",本是文艺复兴时期起源于伊比利亚半岛的一种舞曲,后经过数位作曲家之手改写成多首变奏曲,维瓦尔第的《福利亚》(又名《福利亚变奏曲》)即是其中之一。

的，他亲手把五颜六色的索引卡切割成窄窄的长条，整齐而笔直，但他从来不用尺子（他在画直线方面有着特殊的能力），然后便用小写体[1]一丝不苟地在每个长条上写下标题或引语。书签颜色的选择也并非随机，而是遵循他自己设计的一套复杂的体系，不过我总是搞不清楚其中的规则。他把那本书拿到近前，小心翼翼地将蓝色书签放了一尘不染的书桌上，旁边立着一个镶嵌了母亲照片的相框，我把脑袋歪向一侧，念出了书签上写的字："理想城[2]。"

"今晚，"父亲说，"我们要谈一谈文艺复兴时期的'理想城'概念。其实，'理想城'这一概念并非起源于文艺复兴时期。第一个对其进行深入研究的人是古希腊哲学家柏拉图——你应该记得，我们上个月讨论过他。当年，柏拉图在他的《理想国》中——"

在最初的一两分钟之内，我什么都没做，只是惬意地沉浸在书房的气味中。那是我在世界上最喜欢的气味，显得高贵典雅，我总喜欢把它想象成染着静谧、深沉的紫红色调，不过它并不是一种气味，而是多种气味混合在一起，每一种都奇妙非凡、不可思议：闪闪发光的艺术类书籍散发出强烈的气味，有点像湿漉漉的秋叶；厚重的历史和哲学论著散发出较为柔和却更加复杂的气味，干裂的皮面书脊塞满了书架，纸页间栖息着一大群害羞的灰尘精灵，每到黄昏时刻，它们便飞出来玩耍，小时候的我常常能盯着它们看上好几个小时；父亲的机械打字机散发出金属、机油和墨水的气味，就算在休息的时候，那台打字机周围似乎也弥漫着颤音的激昂热情；父

---

[1] 小写体：一种多用于中世纪抄写手稿的草写小字，源于公元7至9世纪的安色尔字体。

[2] 理想城：指一种城市规划的概念，该规划须遵照某种"理性"或"道德"目的的要求来进行构思。

亲的香料烟散发出甜美而又神秘的气味，那是一个朋友从远方带来的礼物，他只在特殊场合下才拿出来抽上一支；我知道他把那个越变越小的烟草袋放在了书桌中间的抽屉里，下面的抽屉中井井有条地摆满了钢笔、橡皮和回形针，上面的抽屉总是锁着……

我从散漫的思绪中回过神来，端详着面前敞开的这本书。左页上有一幅较大的画作，右页上有三幅较小的画作[1]，其间穿插着一些文字段落。它们画的是不同的城市，又或许是同一座城市，因为虽然描绘的街景有所不同，但是这几幅作品有着一定的相似性，从几何学角度来看，都显得颇为严谨、精确，虽然美丽，却透着冰冷。在画面中，天空都是单调、悠远而暗淡的，无风也无云；没有弯曲的街道，没有安逸的角落，只有一片完美对称的高大建筑矗立在正午的明亮日光之下。建筑上有许多拱形结构和许多立柱，周围没有一道阴影，也没有一块草坪，更见不到一朵鲜花，色调淡雅的大理石地面上有着菱形和圆形交错而成的壮观图案。工工整整的棋盘格局、空无一人的高耸楼梯、圆滑光洁的建筑表面，处处都令人感到忐忑不安，甚至觉得毛骨悚然，仿佛有某种凶狠可怕的怪兽正在养精蓄锐、伺机而动，时刻准备着要从地平线之下猛然扑进耀眼的阳光中，打破这份诡异的宁静。

我默默地等着父亲讲完他的解释。

---

[1] 三幅较小的画作：可能指文艺复兴时期题为"理想城"的三幅画作。在意大利文艺复兴时期，有三幅十分相似的画作均名为"理想城"，而如今它们被保存在不同的地方，通常按照三幅画作的所在地称之为"乌尔比诺的《理想城》""巴尔的摩的《理想城》"和"柏林的《理想城》"。三幅画作的创作时期可追溯至公元 15 世纪末期，据推测极有可能是不同的创作者所作，但关于作者的确切身份却众说纷纭。

"如果这座城市真的如此理想,"我说,"那为什么没有人呢?大家都去哪儿了?"

父亲沉思地捻着胡须,戴上眼镜,细细地观察起那几幅画。

"这里有一些人。"最后,他边说边用手指着。

"不,那些都是雕像。就算不是雕像,他们的大小也跟蚂蚁差不多,没有面孔,不能算数的。这里倒是有一个移动的小不点儿,看起来像是个跟我年纪差不多的女孩儿,似乎穿着睡裙,但是中间隔了那么远的距离,我说不好,也许只是个污点罢了。"

"这个嘛,"父亲说,"可能大家都在屋里,他们围成一圈喝酒——注意,他们都是很有节制地喝着稀释过的淡酒——并且谈论着哲学或者创作,等等。这毕竟是一座完美的城市,因此不管是在室内还是在户外,人们都是心满意足的,明白吗?"

我又看了一遍,可是那些均匀分布的窗户都是漆黑一片、死气沉沉,门廊也都盲目地张着乌压压的大口。前一阵子,我刚发现了一个可爱的秘密——有些画作在看似静止不动的表面下拥有深层的生命力:如果我全神贯注地看画,然后快速地将目光移开,那么便常常能在眼角的余光中捕捉到一闪而过的奇妙事物,有在笔挺的花边衣领上翘着鼻子扑粉化妆的女人,有互相挠痒痒的淘气小天使,还有偷偷放松绷紧的面孔而打哈欠或打喷嚏的红衣主教。

我很确定这几幅画中没有隐藏的生命力。

"这里没有人,"我固执地说,"而且连猫和狗也没有。瞧,到处都没有门,只有露在外面的走廊。人们不会住在没有门的房子里。"

"哎呀,这一点你就错啦!"他微笑着说,"如果你刚才留神听我讲的话，就会明白，在理想城里，每个人都是友善而诚实的，所以没有必要用门锁或链条来保证安全。"他摘下眼镜，从口袋里拿出一块叠得方方正正的小羊皮，开始彻底、仔细地擦拭厚厚的镜片，他做所有事情都是这样全面周到、一丝不苟。最后，他把眼镜放回了有着天鹅绒内衬的眼镜盒中。"不过，也许你说得对，这里没有人。"他收起脸上的微笑，补充道，"也许这才是重点所在。理想总是很美好，可一旦应用到现实生活中，就未必如此了。创造一个完美的城市，把人们带进去，等到他们过得舒适自在了之后，你才恍然发现，其实——"

维瓦尔第的作品一曲终了，在播放间隙，收音机里传来了噼噼啪啪的电流声，我也在这时突然听到了书桌上钟表的滴答声。父亲用我十分熟悉的手势擦了擦鼻梁，接着望向窗外；我看到一种古怪而强烈的表情从他的脸上掠过，似愤怒，又似哀伤。街对面有一片巨大的建筑工地，透过昏暗的初春暮色，只能看见灰色的围墙和绞刑架般骇人的起重机轮廓，在天空下显得无比荒凉，但是我知道那片建筑工地就在那儿，在我十年的生命里，它从未消失过。那栋逐渐崛起的大厦只是一个尚未成形的庞然大物，挡住了明亮的繁星。在建成之前，没有人知道会是什么样。四五岁时，我曾用各种各样的问题来缠着父亲，当时他常常说："那是人民的圣殿。"

父亲拉上窗帘，转身面对我。

"没关系，"他干脆利落地说，"我从来就不怕承认错误。也许对于今晚的讨论而言，这并不是一个最好的主题。既然你很想见到人物与小狗，那么欣赏几幅弗拉·安杰利科[1]的作品怎么样？来，我拿给你看。"

他又翻了翻那本关于文艺复兴的书。这一回的书签是粉红色的，在映入眼帘的画作中也处处渗透着这抹粉嫩，我看到了娇艳盛开的玫瑰、面飞红霞的女士、脸色红润的圣徒，就连背景都是粉色的峭壁、赤色的屋顶和在朝阳的照耀下泛着红光的教堂。我被深深地吸引住了，感到十分欢喜。父亲已经开始讲话了，而我却违背惯例，迫不及待地用突兀的问题打断了从他口中平稳流淌出来的一连串日期与姓名。

"爸爸，意大利的房子真是粉红色的吗？"

"我认为有可能，"他说，"你喜欢这些画，自然很好，不过还是要回到主题上来。1436年，弗拉·安杰利科前往佛罗伦萨，进入圣马可[2]新建的修道院，在那里——"

在那里，随风摇摆的茵茵绿草上点缀着黄花，姑娘们的裙摆边缘绣着蓝花，小怪兽在海湾的舒缓波涛中咧开嘴巴，露出了尖利的小獠牙，钟声在回荡，鸟儿在歌唱，每个人的头上都笼罩着金色的光环。有几个胖乎乎的修道士笨手笨脚地掉了一块大石板，恰好砸中一个可怜的蓝色小精灵，此刻他们正围在一起，愧疚地低着头，商讨该如何拯救小精灵。有一位母亲将一个肥嘟嘟的婴儿抱在大腿

---

[1] 弗拉·安杰利科（Fra Angelico，约 1395—1455）：意大利文艺复兴早期的画家，原名圭多·迪·彼得罗（Guido di Pietro），是一位虔诚的修道士，且只画宗教题材，故而被称为"弗拉·安杰利科"，其中"弗拉"意为"兄弟"（教会中对男性信徒的称呼），"安杰利科"意为"天使"。

[2] 圣马可：指位于意大利佛罗伦萨的一片宗教综合建筑，主要包括圣马可大教堂和文中提到的修道院。该修道院如今已用作博物馆，弗拉·安杰利科曾于 1436 至 1445 年间在此居住过，留下了许多著名的壁画作品。

上，目光追随着一群振翅飞翔的洁白大鸟，那群鸟儿都长着彩虹般五颜六色的翅膀，径直朝着明亮的太阳前进，她的脸上写满了悲伤与渴望，仿佛想放下婴儿，跟白鸟一起飞向远方。这些画作就像童话故事一样，虽然并非都有幸福的结局——我注意到有几个刚刚从身体上砍下的脑袋，漂在红色的小水洼里，看起来就像我母亲做的草莓果酱——却都令我心驰神往，仿佛真有一个如此生动活泼、鲜艳明丽的地方存在于世。

"爸爸，你去过意大利吗？"我激动得听不下去了，忍不住又一次插嘴。

父亲咳嗽了一声。

"没有。"他说。

我将目光从书上移开："你没去过意大利？"

"嗯。"

"但你去过希腊。"

"也没有。"他说。

"那去过法国吗？英国呢？"

"没有。"

"那——埃及？中国？印度？"

他没有再说话，只是默默地摇了摇头。我看向他的身后，艺术类图书的喷漆书脊按照字母顺序整齐地排列在书架上，我感到非常失望，不知该说什么好。

"但是……但是这些地方你都给我讲过。我还以为……你从来都没想过要亲眼去看一看吗？"

"这个嘛，你要明白，"他开口说道，接着清了清嗓子，又重复了一遍,"你要明白。"然后却陷入了沉默。走廊里的电话响了,我们静静地听着,母亲脚步匆忙地跑去接电话,拖鞋敲击地板,啪嗒啪嗒作响,很快便传来了模糊的说话声,语调轻快。下一刻,书房的门打开了。

母亲没有进来。

"抱歉,打扰一下,是奥尔洛夫的电话。"她站在走廊上说,手掌捂着听筒,电话线被拽得笔直,"他想谈谈明晚的讨论会,我说了你正在忙,过一会儿给他回电话。你大概什么时候有空?半小时以后?"

"不用,现在就行,我们这儿已经结束了。"父亲答道,他合上那本书,从扶手椅上站起身来,"下周必须选个好点儿的主题,安德烈·卢布廖夫[1]应该可以吧?"说到最后一个词的时候,他已经跨过门槛,接起了电话,"喂,是我。"

我不知所措地看着书桌上的钟表,"文艺杂谈"的时间还剩下二十分钟,以前从来没有提前结束过。突然,我明白了,肯定是因为我插嘴的次数太多,所以父亲才不想说了。想到这里,我感到十分自责。

---

1 安德烈·卢布廖夫(Andrei Rublev,14 世纪 60 年代—1427 年前后):俄罗斯中世纪最伟大的圣像画家。

莫斯科的公寓及其他

4　厨房

不朽

伴随着右侧墙外爆发的阵阵笑声,我进入了梦乡,几个小时后,又在左侧墙外传来的更为酣畅淋漓的笑声中渐渐醒来,客人们已经从书房转移到厨房了。在半睡半醒间,我又躺了几分钟,仿佛踏上了一道横跨于梦境与现实两岸的拱桥,身旁飘浮着难以捉摸的迷雾,耳畔却能听到一阵嘈杂而模糊的说话声。我能分辨出来,其中最响亮的声音来自奥尔洛夫,他好像在发表某种长篇大论,每到喘息停顿的间隙,都有另外两三个人的声音冒出来。不过,女人们还在书房里。我在床上翻了个身,将耳朵贴在墙上,听到了母亲发出的一小段感慨,留声机中低低地放着萨克斯管的悲伤曲调。

男人们应该是去厨房里倒酒了。

如梦似幻的拱桥渐渐消失在迷雾中,我这才感到唇焦口燥。今晚,由于家中有客,母亲允许我不用早早上床睡觉,结果我在餐桌上吃了不少腌渍蘑菇和蒜蓉干酪当零嘴,这会儿只想喝水。干渴的感觉令我越来越清醒,最后彻底失去了睡意。我掀开毯子,坐起身来,双脚垂在床边,在一片漆黑中等待着,希望男人们最后会离开厨房。

现在肯定很晚了,外面的街道都静悄悄的,天花板上没有车灯的亮光掠过,而是陷入了朦胧的阴影之中。在睡不着的夜晚,时间过得很慢,我总是目不转睛地盯着天花板,有时把它想象成夜空,点缀着各式各样的星座;有时又把它想象成大地,布满了蜿蜒曲折的轨迹,那是黑暗中诞生的古怪生物留下的行踪,在路灯的照耀中展露无遗。但是,此刻我实在太渴了,根本无暇发挥想象力。从厨房里传来的说话声依然此起彼伏,我的喉咙干燥得就连吞咽口水都觉得疼痛。又过了一分钟,我摸索着穿上拖鞋,打开房门,来到了走廊上。

厨房里灯火通明,我看到了男人们的后背,有我父亲、奥尔洛夫、博洛丁斯基,还有另外两三个人,众人都围在奥尔洛夫身边,专注地听他说话。我正打算跨过门槛,径直朝茶壶走去,却忽然发现奥尔洛夫的语气十分严肃,一扫平日的诙谐逗趣,于是我便停下了脚步。他正在朗读一首诗,往常在我父母举办的聚会上,他也会念一些自己所作的打油诗,但这首诗却庄重肃穆,只听了一会儿,我便确信无疑:这些诗句不该进入我的耳朵。趁着还没有人发现,我蹑手蹑脚地后退了一步,溜进关着灯的浴室中,把父亲的睡袍推开,站在黑暗中竖起耳朵聆听,一只眼睛紧紧地盯着门缝,心脏狂跳不止,仿佛正在见证某种远比自己更重要的存在。

此时此刻,厨房里很安静,我能清楚地听到奥尔洛夫的声音,就好像他在我的耳畔吟诵一样,不过他念得很轻,似乎不好意思大声说出那些诗句。

到了那时，只有死人才会幸福，

随着灵魂安息，苦难终于结束。

列宁格勒就像一个庞大的废物，

在监狱周围彷徨、踯躅……[1]

他翻动纸页，说："还有这个。"

抹大拉的玛利亚[2]捶胸痛哭，

心爱的门徒[3]化作顽石久固，

但是没有人敢多看一眼，

看他母亲[4]默默站立之处……[5]

---

[1] 出自安娜·安德烈耶夫娜·阿赫玛托娃（Anna Andreyevna Akhmatova, 1889—1966）的组诗《安魂曲》的"序曲"。阿赫玛托娃是俄罗斯最著名的女诗人之一，被称为"俄罗斯诗歌的月亮"。她于1935至1940年间秘密创作完成了组诗《安魂曲》，描绘了受苦受难的人民大众，该组诗直到1963年才得以问世，是阿赫玛托娃最广为人知的作品。她在该诗的"代序"中提到，创作这首诗是为了回应一个女人的请求。当年，阿赫玛托娃的儿子被捕入狱，她在列宁格勒监狱外守候了十七个月。除了她以外，还有许多女人也风雨无阻地去排队探监，只求能见上自己的丈夫、兄弟或儿子一面。其中有个女人问她能否把这一切都写下来，她答应了，于是便着手创作《安魂曲》。

[2] 抹大拉的玛利亚：一个出生于抹大拉的妓女，后被耶稣拯救，成为他的追随者，她目睹了耶稣受十字架刑，并为此日夜哀哭。

[3] 心爱的门徒：指耶稣心爱的门徒，关于这个门徒的身份并无定论，从公元1世纪末起，最普遍的说法认为是圣徒约翰，但当代研究者也提出了许多不同的看法。

[4] 他的母亲：指耶稣的母亲。据《约翰福音》记载，受十字架刑时，耶稣曾对自己的母亲说："母亲，他就是你的儿子。"接着又对心爱的门徒说："看哪，这就是你的母亲。"

[5] 本段出自《安魂曲》的第十首，题为"十字架刑"，借用了耶稣受难的圣经故事。

他的声音越来越小,众人陷入了沉默之中。我侧身藏在角落里,看不到他们的面孔,只能模模糊糊地瞧见一些身影穿着灰色、棕色的外套在轻轻摇晃,父亲穿了一件旧毛衣,在胳膊肘的地方打了一个补丁,奥尔洛夫的手里拿着一张有些反光的白纸,上面有印刷体的字样。我的目光径直越过他们,看向厨房的墙壁,那里挂着一个古老的布谷鸟自鸣钟,是已故的外祖母在很久以前送给我们的礼物。现在都快凌晨两点了,如果他们发现我在这儿,那可就麻烦了。

博洛丁斯基开口说话了,声音颇为洪亮,吓了我一跳。

"这种东西是绝对不会出版的,"他宣称,"毫无疑问。"

"哦,我倒是认为凡事无绝对。"奥尔洛夫说道。

"反正在你的有生之年是不可能的。"博洛丁斯基坚持道。

"恕我不敢苟同。"父亲说。一场争论就此开始了,抑或只是一场讨论。听起来,父亲的朋友们常常显得争强好胜,同时却又兴高采烈,有时我会分不清这二者有何区别。过了一会儿,他们开始大喊大叫了,嚷嚷着时代会变还是不会变,什么新的政党领袖啦,某些先锋艺术展示了某人在某地下室被审判啦[1],某篇报纸文章表明某人动摇啦,等等。父亲在说话时想要来回地走一走,可是我们家的厨房太小了,迈不开脚步,他只好站在情绪激动的朋友们当中。众人都挤在一起,一不小心就会碰到彼此,接着便赶紧收回胳膊肘,耸耸肩。在这种吵吵闹闹的情况下,很难听清他们在说些什么。我

---

[1] 这里指的应是 1937 年 6 月 10 日,图哈切夫斯基等八位苏联高级将领在苏联内务部的地下室接受秘密审讯一事。该审讯只持续了短短二十分钟,四个小时后就对图哈切夫斯基执行枪决,并将他的妻子、兄弟都处死,其母亲和姐姐也在流放途中不幸身亡。图哈切夫斯基的冤案后来在 1956 年的苏共二十大上得到平反。

觉得奥尔洛夫几分钟前念的那些诗句留下了一片空白,那是强劲有力、气势恢宏的篇章所带来的黑暗而寒冷的缄默——就像振聋发聩的钟鸣过后会有鸦雀无声的寂静,又像直视太阳以后在眼中出现的黑点——这种空白是不容忽视的,但众人却故意置之不理。我忽然发现,不知何故,他们的声音听起来显得如释重负,仿佛很高兴能用这种疾风骤雨般的嘈杂取代厨房里的沉寂,争辩着一些肯定很重要但对我来说微不足道的事情。

我又一次感到口渴了,只能悄悄地等着,脸颊压在父亲的睡袍上,闻到一股淡淡的烟草味儿。两点了,厨房里的自鸣钟张开喷漆的表面,打了个哈欠,布谷鸟晃晃悠悠地弹出来,僵硬地鞠了两回躬,左一下、右一下。自鸣钟的布谷鸟已经有很多年没发出过声音了,但我能听到从陈旧老化的拼接处传来木头的噼啪声。透过门铰链的缝隙,我看到父亲的胳膊肘开始忙碌地晃动,他正在给客人们的玻璃杯倒满酒。不一会儿,他们就踩着沉重的步子离开厨房,踏上走廊,嘴里依然在喋喋不休地争论着。我看到有六七双旧鞋从面前纷纷经过,不禁感到提心吊胆,可千万别有人突然闯进浴室呀!片刻之后,书房的门打开了,奥尔洛夫的太太发出尖细的笑声,一缕萨克斯管的颤音飘来,接着门就关上了。

我踮着脚尖溜出了浴室。

灯火通明的厨房里空无一人,饭桌上杂乱地摆着母亲的金边印花茶杯,中间放着父亲的报纸,一摞打印的纸张被遗忘在报纸上。我感到心脏一阵抽痛,仿佛胸腔突然变小了,挤压得太紧,喘不过气来。我把茶杯和报纸都推到一旁,敛起那摞纸坐下了。纸上的字迹很模糊，有些地方几乎难以辨认，这至少是第五层复写本了[1]。每个字母都显得岌岌可危，因而也就越发珍贵，仿佛随时都会在单薄易碎的纸张上化作淡淡的墨点，从我的眼皮底下消散得无影无踪。

第一页最上头写着："安娜·阿赫玛托娃，《安魂曲》"。紧随其后的便是：

不，我并非身处异国他邦，
也没有寄人篱下、躲躲藏藏——
当时，我和同胞就在自己的故乡，
在那里，人民却承受着不幸与哀伤……[2]

我无声地念着。

椅子嘎吱作响，一声咳嗽传来。我恍惚地抬起了头。

一个男人正坐在饭桌对面。

"我已经盯着你瞧了足足十分钟，"他说，"你有心无旁骛的本事，如果运用得当，会大有裨益的。"

那些诗句是如此璀璨耀目、惊世骇俗，又是如此纯净圣洁，过了好一阵子，我才慢慢地回过神来。

我皱起眉头，看着面前的男人。虽然我很熟悉父母的朋友，却并不认得他。他的面容很英俊——或者说"棱角分明"更为合适，

---

[1] 第五层复写本：按过去的一种复印方式，将碳粉复写纸夹在纸张之间，通过机械打字机的字母击打，达到复印的效果。但随着纸张层数增多，复写的清晰度也会下降。
[2] 本段为《安魂曲》的开头，在"代序"之前。

一两年前，我曾经短暂地迷上过大仲马[1]的作品，这个词便是那时学会的——但是他已经不年轻了，看起来跟我父母差不多大，或者还要更为年长一些。他的下颌与眼皮都略微耷拉着，一头金色的长发有点稀疏，细微的岁月痕迹难免有损他的俊美，显得有些别扭。就像一尊大理石神像被削掉了鼻子，或者长出了双下巴。忽然，我发现自己一直在目不转睛地盯着他，不由得慌张起来。

"之前你不在这儿。"我咕哝着说。

"嗯，我只是顺道来瞧瞧，"他微笑着答道，那笑容并不温暖，"碰巧看到你趁着凌晨时分躲在厨房里念禁诗。你自己也是个诗人，对吗？"

"不。"我简洁地否定道。他打量着我，亮闪闪的眼睛仿佛能洞察人心。我不习惯用生硬的态度跟大人讲话，于是低头看着面前的纸页，补充道，"只是……睡不着的时候，我偶尔会编几句顺口溜，仅此而已。根本比不上这些诗句。"

"那是自然，"他赞同道，向后一仰，靠在了椅背上，"这种东西来得很晚，而且并非人人都有。"

他动作悠闲地从桌上拿起了一页纸。

今日事几多，
从前不再说，
心如铁石坚，

---

[1] 大仲马（Dumas）：又称亚历山大・仲马（Alexandre Dumas，1802—1870），19世纪法国浪漫主义作家，其作品已被译为近100种语言，是最广为人知的法国作家之一。代表作有《基督山伯爵》《三个火枪手》等。

人生从头过。[1]

他看都没看一眼，就径直背出了这些诗句，接着一松手，让那张纸落回了桌上。"若想获得这份厚重感，就得付出高昂的代价。你要知道，并非每个人都愿意付出不朽的代价。"

此刻，我应该躺在床上，而不是穿着睡衣在厨房里徘徊，默念危险的诗篇，还跟陌生人交谈。可是，我还没来得及告辞离开，就不假思索地脱口说道："这组诗好像还没出版呢，既然无人读到，那怎么能称得上是不朽呢？"

"问得好，不过你想错了，亲爱的孩子。这就像在无人的森林里倒下的大树[2]一样。放心吧，总有一些力量能够看到、听到这世上发生的一切。况且，眼下你不是正在读这些诗篇吗？正如另一位不朽的人物所言，手稿是不会毁灭的[3]。不过，你还太小，也许没看过他的作品。对了，你今年几岁？"

从父母举办的聚会上远远地飘来了爵士乐的曲调。

"十三岁。"我舔了舔干裂的嘴唇，这才意识到自己始终都没能

---

1 本段出自《安魂曲》的第七首，题为《判决》。
2 出自一个西方的经典哲学命题："假如一棵树在森林中倒下，周围无人听见，那么它究竟有没有发出声音呢？"该命题探讨的是存在与感知的关系。
3 出自俄罗斯作家米哈伊尔·布尔加科夫（Mikhail Bulgakov，1891—1940）于1928至1940年间创作的长篇小说《大师与玛格丽特》。小说的主人公是一个被称作"大师"的人，20世纪30年代，他在莫斯科遭到了文坛上其他作家的严厉批评，同时还承受着精神问题的折磨，最终为了从中解脱，他烧掉了视若珍宝的手稿。后来，魔鬼把这份手稿还给了他，说："手稿是不会毁灭的，难道你不知道吗？"其实，"大师"这一角色的创作带有自传性质，作者布尔加科夫本人曾经出于相同的原因而烧过《大师与玛格丽特》的早期手稿，但该书的最终手稿却依然流传下来了。

喝上一口水。脏兮兮的玻璃杯正杂乱无章地堆在旁边的水槽里,距离我坐的位置只有一臂之遥——我们家厨房里的所有东西都只有一臂之遥——我能闻到没喝完的酒水散发出半是甘甜、半是酸涩的味道。我差点儿加上一句:"与朱丽叶同岁[1]。"但最后只是说:"今年夏天我就满十四岁了。"

"哦,还来得及,但时间不多。"他快活地说着,扫了一眼墙上的自鸣钟,恰在此时,布谷鸟嘎吱嘎吱地探头出来,站在木杆上鞠躬。凌晨三点了。"时间是人类的根本极限,如果你想成为一名诗人,那就要特别留意自身的极限。在所有的艺术形式中,诗歌与人类的处境最为契合,因而也是最高贵、最困难的。正如人们想方设法地超越地理、历史和生物的极限去寻找生命的意义一样,诗人们也上下求索,努力超越语言、韵律和结构的内在极限,去发现美与真。生命的意义离不开死亡,而诗歌的崇高力量也离不开形式的囚笼。"他朝我面前的诗稿点了点头,"当语言的极限与历史的压迫结合在一起时,诗歌就会变得更加强大。但是反之亦然。在富足的时代里,诗歌的力量就会减弱,失去那份迫切、饥渴,变得稀松平常了。每个时代的人都只能收获自己应得的诗歌。"

他继续侃侃而谈,我渐渐沉浸其中,既感到陌生古怪,又觉得新鲜自在。厨房本来是我很熟悉的地方,每到上学的早晨,我都会匆匆地在这里吃早饭,母亲给摆在窗台上的花草浇水,而父亲则看

---

[1] 在莎士比亚的戏剧《罗密欧与朱丽叶》中,朱丽叶的父亲声称"她还不到十四岁",此外又写到她生于"收获节前夕",英国的收获节是每年的8月1日,因此朱丽叶的生日在7月31日,跟本文中的"我"一样,都是十三岁多,将要在夏天满十四岁。

着报纸的新闻头条，气得吹胡子瞪眼。但是，在这奇异而神秘的时刻，厨房变成了一个全新的地方，窗外是四月的夜幕，凉爽甘甜的晚风拂面而来，就像一声几不可闻的承诺。流落飘零的文字在愧疚的喃喃低语和黯淡的印刷字体中找到了灵魂，在陌生人那心照不宣、慢条斯理的语调中起死回生，它们飘浮在空中，是深邃的、明亮的、永恒的，混合着春天的醉人气息，在我的胸中蔓延、膨胀，滋生出一种宏大而莫名的渴望。

面前的男人仿佛相貌受损的天神，长着一张不完美的英俊脸庞，仔细地观察着我。

"你想千古不朽吗？"他问。

"什么？"

"这是个很简单的问题，问了件很简单的事情。你想千古不朽吗？"

我打算说：我不知道你是什么意思。但一开口却成了：

"想。"

他又是微微一笑，这回的笑容显得真实而温暖，但不知为何，其中却流露出一丝冷酷无情。我忽然想：如果我稍微向前探一探身子，他的呼吸就会扫过我的脸颊。我感到自己的皮肤变得滚烫。我没有倾身向前，而是坐在原位一动不动。

那个男人站起身来，举手投足间洋溢着散漫的优雅与野兽的魅力。在磨损的裤脚之下，露出了赤裸的双脚，令我颇为震惊。

"好了，梦醒时分到了。"他说，"我可以戏剧性地从窗口跳出去，不过这种老掉牙的把戏恐怕不会轻易打动你，所以我还是选择更为巧妙的退场方式吧。光阴荏苒，时不我待，既是凡人，终有一死,切记切记。"

墙上的自鸣钟嘎吱作响,我抬起头来,看到布谷鸟鞠了三回躬,左、右、左。这怎么可能呢?差不多十分钟前,就已经三点了,难道时针倒着走了吗?紧接着,布谷鸟响亮地叫着:"布谷!布谷!布谷!"嘶哑的声音就跟留在我童年记忆中的一模一样,那个男人转过饱经沧桑的天使面庞,踏着快活的步子,跨过布谷鸟,消失在自鸣钟里。这时,我才明白自己睡着了,没过几秒钟,我又发现自己醒了,因为父亲正在摇晃着我的肩膀。

"这是怎么回事?"父亲严厉地问道。

刚才,我的脑袋一直枕在那摞《安魂曲》的打印稿上。走廊里,奥尔洛夫正在开怀大笑。

莫斯科的公寓及其他

5 达恰的卧室

十九世纪的瓷器——或生命的意义

指尖依然有火堆留下的黑色炭灰,我拿起茶杯,看到淡淡的污点印在了画着格子的花朵图案上。一般情况下,我们在达恰只用简单的茶杯,材质结实、灰不溜秋,等我们回到城里以后,这些茶具便被收进碗柜里。不过,今天早上,母亲把她最好的瓷器用硬纸巾包得严严实实,连同鸡肉冷盘和她拿手的苹果派一起,带到了乡下来。

我注意到奥尔加也在细细地打量着茶杯。

"真好看,"她说,"有些年头了吧?"

我点了点头:"十九世纪的。妈妈喜欢收集茶杯。"

"这跟你很配。芭蕾舞演员、吉卜赛祖先、传家珠宝,还有古董瓷器。接下来,你就应该点着蜡烛念书啦!"

我笑了:"你是说我守旧吗?"

"其实我刚才想的是浪漫,不过这二者倒也差不多。"

"我明白你的意思。一个十七岁的少女,坐在暮色笼罩的阳台上，喝着用山泉泡制的茶水。"

"一轮满月渐渐升起。"她说。

"夜莺在丛林里歌唱。"我补充道。

"院子里放着干活用的农具。"她说。

"哎呀，好气氛都叫你给破坏啦！那样就不浪漫了。"

"但事实如此嘛。"她也笑了。

"这恰恰就是我想说的，现实总是不够浪漫。"

"无论如何，茶杯很漂亮。抱歉，不小心印上了指纹。"

在一阵心满意足的沉默中，我啜饮着茶水，身后就是漆黑而宁静的达恰。今天早上，父母开车来放下了生活必需品，接着又马上回城里去了，三天后再来接我。这一独处的时光是我的毕业礼物，是对成年生活的预先品尝，也是一份短暂的自由，介于两段焦头烂额、卒卒鲜暇的日子之间：上周刚结束了高中毕业考试，下个月又要开始大学入学考试。六月的傍晚是靛蓝而纯净的，沿着门前那条尚未铺砌的道路放眼望去，尽头有一排尖屋顶，精准的几何形状在辽阔的田野间颇为显眼，干脆利落的线条在深邃的天空中傲然挺立。天空与田野融为一体，整个世界都奇迹般地轻盈起来，我的心情也跟着飘扬，仿佛随时都能启程，搭着阳台幻化的小船，驶向灿烂夺目的远方。青草和三叶草散发着甜美的清香，辽阔的地平线永无尽头，穿过寒冷的空气，就像溅起冰凉的水花，沿着欢乐的溪流去捕捉明黄色的月亮，仿佛在手中捧着一条活蹦乱跳的金鱼……然而，阳台依然停泊在摇摇欲坠的房子旁，被坚韧的藤蔓紧紧地拴着，母亲的珍贵瓷杯在我的指间显得十分脆弱，仿佛随时都会破碎。这时，奥尔加又开口说话了。

"其实，我有些后悔，要是咱们没有把历史笔记本烧掉就好了。化学倒也算了，可是历史不同。想想那些马克思《资本论》的摘抄、五年计划[1]的成果——二十年后，要是不拿出点儿实际的证据来，谁会信呀！"

空气中依然弥漫着火焰的味道。好几个月前，我就开始计划这件事了。起初只是趁着课间在学校走廊上抱怨，心想要是能彻底忘却一切就好了，将烦恼都抹得一干二净、烧成灰烬。渐渐地，无谓的失望变成了秘密的打算。今天早上，我将多年积攒的作业、考卷、笔记统统塞进背包里，装得满满当当。晚些时候，我便坐在屋后的火坑旁，花了将近两个钟头，把这十年死记硬背的知识付之一炬。毁灭计划进行到一半时，奥尔加也来了，我们轮流嘲笑着各种各样的句子，将乱七八糟的公式揉成一团，丢进火里，同时还夸张地仰天大笑，就像在舞台上演戏似的。我一直等到天色浓缩成昏暗的薄暮，好让熊熊燃烧的火焰在夜空下显得更加热烈、旺盛。而且，我也在等着父母离开。我没有告诉他们这件事，否则母亲会担心飞舞的火苗把房子点着，而父亲会从基本原则上表示反对：他认为应该保存跟历史、个人等相关的一切物品。

"我一点都不后悔，"我说道，在脑海中设想着父亲的谴责，"这是在为浪费的光阴而复仇。"

"可是，有朝一日，这些东西也许会派上用场的。"奥尔加沉思着插嘴道，"说不定我会写一本书，等到——比如说，等到四十岁的时候。关于在黑暗岁月中度过的童年，或者在压迫的年代里经受

---

[1] 五年计划：指苏联国家经济发展五年计划，是一系列全国范围的集中化经济计划，由苏联国家计划委员会制定。

折磨的艺术灵魂,等等。"她咯咯地笑了,"也可能什么都不会写。至少,我可以把这些恐怖的过往展示给子孙后代看:瞧瞧,孩子们,别抱怨了,你们的生活可比当年好多啦!"

"你想得也太远了吧?"

"这个嘛,反正早晚都会有孩子的。难道你不想要孩子吗?"

十年来,我们分享梦想、分担忧虑,共度卧床养病的漫长时光,因而染上了对方的说话习惯,面部表情也越来越相似,看着彼此就像照镜子一样。不过,奥尔加的双眼更加专注有神,当她抿起薄薄的嘴唇时,整张脸庞也显得更为坚决、野心勃勃。她总是能清楚地知道自己想要什么,而我却还是懵懵懂懂。我不知道自己是否想要孩子,这件事仿佛与我毫不相干,我从来都没有认真考虑过。突然,一个强烈的念头涌上心间,虽然我不知道自己想要什么,但我知道自己不想要什么,我不想要渺小的人生——充满平凡的担忧、普通的期望,写满司空见惯、陈词滥调,充斥着孩子们的尖叫声、外祖母的苹果派,还有娇滴滴的十九世纪瓷器——我不想一辈子待在屋里,守着四面墙壁。我小心翼翼却又动作迅速地放下茶杯,炭灰的条纹模糊了金色的花边。

"我想去别的地方,"我说,语气中的热烈把自己都吓了一跳,"新的地方,陌生的地方。我不想拥有一栋房子,只想从一个地方到另一个地方,然后用鼻子闻、用嘴巴尝、用言语描述、用心灵记忆,接着再去往下一个地方……"

"我想去美国,"奥尔加宣布,"拿到新闻学学位以后,就留在那儿工作。你有没有想过,四十岁时,你会在哪里?"

我明白,在即将踏入成年门槛的时刻,应当考虑未来,但同时，这种预言式的问题又让我感到莫名的沮丧，心头笼罩起一层疑惑的阴影，刚才在火堆旁度过的烟雾缭绕、璀璨明亮、自由自在的时光也忽然失去了色彩与活力，显得平淡无奇，变成某种矫情的仪式，仿佛纯粹是为了日后能有所追忆：是啊，我也曾年少轻狂，在热烈的篝火旁开怀大笑，在夏夜的月光中梦想辉煌……我坐在心爱的达恰阳台上,看着晶莹剔透的六月之光[1]蹑手蹑脚地步入阴影深处,听着远方列车的高声尖啸,呼吸着菩提树的馥郁芬芳。我发现自己正在不知不觉间把身边的一切都列成目录，用语言给世界拍出一张张袖珍的即兴照片（"柔软的黄昏"——"忧郁的火车"——"灿烂的气味"）。也许在未来的某个日子里，为了创作之便，我会将它们从记忆中取出，作为预先包好的纪念品，或者更可悲一些，作为用过多次的老钞票，去换得一言半语的乏味诗句。

想到这里，我不禁打了个寒战，真实存在的此刻与感知体验的此刻之间竟差距陡增。在我不知不觉的时候，生命是否已经在意识的镜子中变成了黯然失色的映象，在干枯的纸页上化作了生硬呆板的释义？也许这种令人怅然若失的距离感，以及用言语来间接感知世界的方式，都只是成熟的必然标志，但若果真如此，我宁愿不要长大。

我勉强站起身来，拂去裙子上的面包渣。

"可以把望远镜拿出来了。"我说，"天色已经够黑了。"

在我十四岁生日时，父亲送了一架小小的手持望远镜作为礼物，那始终都是我最珍贵的东西。我旋开望远镜的塑料盖，用一块

---

[1] 六月之光：这一说法出自美国诗人理查德·威尔伯（Richard Wilbur，1921—2017）的诗歌《六月之光》。

方布轻柔地擦拭着镜片,然后举到眼前。树叶的黑色边缘和远处的模糊天光在我的视野中一掠而过。我趴在阳台的栏杆上,用望远镜对准天空的不同位置,奥尔加则在一旁飞快地说出星星和星座的名字。

"织女星、天津四、牵牛星。[1]"她一边说,一边晃动手腕,灵巧地勾勒出"夏季大三角"的轮廓,一、二、三,"不过说实话,我不喜欢仰望天空,这让我感到渺小。我会把自己想象成一个小不点儿,孤零零地站在辽阔的乡下土地上,这片土地属于一颗不停旋转的地球,而地球则像一粒浮尘,飘在冰冷的星河中……哎呀!"

她把我的望远镜压低,往下、再往下,直到跟小路平行,然后她笑了,"喂,快看哪!他们正在阳台上举办聚会呢!不管走到哪儿,人们都喜欢这种社交活动。瞧见你的情郎了吗?他正在给三个,不,四个玻璃杯倒酒。"

我试图把望远镜移开:"他不是我的情郎。"

"好吧,那就是你的邻居,随便你怎么叫,阿廖沙、赛瑞扎,反正不管他叫什么,我觉得你喜欢他。"

"他叫托利亚,你明明知道的。而且我不喜欢他,几乎不认识他。我们只是在去年夏天散过一回步,仅此而已。"

我竭尽全力地故作冷漠,但是忍不住又一次沉浸在回忆中,想起了那个八月的夜晚。路灯柱的阴影在黑暗中画下一道道颜色更深的条纹,乡间小路两侧的篱笆上簇拥着大片的野玫瑰,馥郁芬芳的

---

[1] 织女星、天津四、牵牛星:分别是天琴座、天鹅座和天鹰座中最明亮的星星,构成了"夏季大三角",即出现在东南高空里的一个想象出来的天文三角形,在夏季的半夜时分及春季的凌晨时分可见。

香气携着阳光的温暖拂面而来，就像一群甜美而害羞的小精灵在周围飞舞。我们迈着默契的脚步，却陷入了尴尬的沉默，我不知道跟年纪稍大一些的男孩儿——或者任何男孩儿——相处时应该聊什么话题。拐上通往我家的道路时，他主动握住了我的手。我在学校走廊里曾无意中听到那些颇受欢迎的姑娘谈论男孩子的手，据说是汗津津的，可他的手却显得宽大、干燥而美好。只是，家门已经近在咫尺了，昏暗的路灯投下一道圆锥形的淡淡亮光，疯狂的飞蛾在灯下无声地盘旋，父亲那健壮结实的身影正在小路上徘徊，左三步、右三步，显然是在等我，虽然时间还不到十点，但我以前从未晚归过。阿纳托利[1]放开了我的手。第二天，夏季就毫无征兆地结束了。母亲突然病倒，我们只好即刻启程返回城里。我不知道阿纳托利的电话号码，甚至都不知道他姓什么。

"对了！"奥尔加兴高采烈地喊道，"咱们也去那边参加聚会吧！"

我大吃一惊，"不，不行，不能去。人家又没有邀请咱们。"

"没关系，去瞧瞧嘛，他们肯定会欢迎的。"

"不，不。我还是想待在这里，不过——如果你想去的话，你可以去。"

说话间，一想到她要劝我去做如此疯狂、如此意外的事情，我就已经感到了一阵兴奋的战栗。

"真的吗？你不会介意？"她立刻放下望远镜，开始四处寻找从我母亲那儿借来的粉盒，找到以后便对着小镜子检查嘴唇上的面

---

1 阿纳托利（Anatoly）：即前文中提到的托利亚（Tolya），"托利亚"是"阿纳托利"的昵称。

包屑,"我保证,很快就会回来的。你真的不会介意吗?"

她盖上粉盒,回头看我。

"不介意,"我赶紧说,"反正……我也累了。"

随着她的脚步声消失在木阶上,夜晚又恢复了寂静,苦涩难当的孤独在舌尖徘徊,我开始怀念逝去的童年温馨,想念父母的亲切身影。过了一会儿,我才意识到,此时此地,在这即将成年的时刻,面对茫然未知的世界,于我而言,独处是一种比陪伴更深刻、更纯粹的幸福。我洗净茶碟,抹去弄脏茶杯的指印,然后拿着望远镜回到了阳台上。夜幕拥抱着我,清凉宜人、无边无际,头顶的繁星就像黑色天幕上的无数小洞,永恒的亮光透过洞眼倾洒而下。我几乎能感觉到原始的宇宙星尘[1]在体内的血管中流淌。人们总是告诉我,星星令他们感到渺小,我会不置可否地点点头,心中却困惑不解,为何他们的思维竟是如此古板狭隘呢?

星星令我感到浩大。

我想起三年前的那个夏日,父亲在达恰把望远镜送给了我。"等太阳落山以后,咱们就用它试试。"他告诉我,"不过,最佳的观星时间在凌晨三点。"

"那就凌晨三点再看。"我说。

"但是,你要怎么起床呢?"他微笑着问道,"这儿可没有闹钟。"

"如果到时候我真的起来了,你能答应我别赶我回去睡觉吗?你会教我认识星座吗?"

"好吧。"他耸了耸肩,显然认为这个承诺并没有兑现的机会。

---

1 星尘:星际介质中的尘埃。

那天晚上，当我睁开眼睛时，房间里昏暗而宁静，笼罩着奇妙的暗夜魅影，充斥着神秘的细微声响。我从床上坐起身来，摸索着打开了灯。扶手椅上方的挂钟显示还有几分钟就到三点了。我蹑手蹑脚地下楼，将闪闪发光的新望远镜紧紧地压在裹着睡裙的胸口。我感到兴奋异常，产生了一种陌生的感觉，仿佛全世界都睡着了，唯独我自己醒着。前门没锁，父亲站在屋外的走廊上，目不转睛地盯着花园，正在等我——我以为如此，但他转过身来时，我看到他的脸上露出了讶异的表情。

"哈！"他惊叹道，眯起眼睛看了看手表，"'守时是国王的礼节。[1]'必须承认，我深感佩服。来，过来吧！"

在接下来的一小时中，我们并排站着，一直仰头凝望天空，最后累得脖子酸痛不已。夜晚变得寒气逼人，父亲把自己那件老旧的开襟羊毛衫披在了我的肩上。他谈到了绕过好望角的船只、被铁链拴在礁石上的安德洛墨达[2]、古巴比伦的天文学家。他还引用了马雅可夫斯基[3]早年写下的诗句：

听！

如果他们，点亮星星，

---

1 原文为法语，是法国国王路易十八（Louis Stanislas Xavier，1755—1824）曾说过的一句话。

2 安德洛墨达（Andromeda）：古希腊神话人物中，埃塞俄比亚国王克甫斯及王后卡西奥佩娅的女儿。卡西奥佩娅炫耀安德洛墨达的美貌，说她比众位海仙女还要漂亮，海神波塞冬便派海怪复仇。安德洛墨达被赤裸地锁在礁石上，作为献给海怪的祭品，但最终被宙斯之子珀尔修斯所救。

3 马雅可夫斯基（Mayakovsky）：指弗拉基米尔·马雅可夫斯基（Vladimir Mayakovsky，1893—1930），苏联著名诗人、剧作家、艺术家、演员。

是否意味着有人需要照明?

是否意味着有人想让它们在世上产生?

是否意味着有人给这些唾沫星子起了"珍珠"之名……[1]

父亲教给我许多朗朗上口的外国名字，我如痴如醉地跟着他重复。"你知道吗？莎士比亚曾经写到过天文学知识的无用性，"他说，"怎么说的来着？让我想想……"他在庞大的记忆宝库中翻找卡片索引，所有诗篇都已烂熟于心，"啊，有啦！"

这些天堂之光的人间教父，

为每颗恒星起了名字、做了记录，

可璀璨星空并未带给他们更多好处，

倒不如凡夫俗子，尚能借星光赶路……[2]

他讲英语时带着很重的口音，但吐字十分清晰。"很壮丽，对吧？'可璀璨星空……'"背完以后，他停顿了一下，让诗句的余韵在空气中回荡。周围如此安静，在想象中，我仿佛听到了一只鹟鸫[3]在我最喜爱的苹果树上梳理羽毛，还有几只夜行动物跳进我们家篱笆外的森林池塘，溅起一片水花。不知不觉间，我绷紧身体、竖起耳朵，捕捉着星星缓慢流淌的声音，捕捉着它们在无穷无尽的

---

[1] 出自弗拉基米尔·马雅可夫斯基的短诗《听!》，该诗于1914年刊登在《俄罗斯未来主义者第一杂志》的创刊号上，形式为其惯用的楼梯式诗行。
[2] 出自莎士比亚创作的剧本《空爱一场》第一幕，该剧本中包含有大量的十四行诗。
[3] 鹟鸫：一种雀鸟。

巨大银河中沿着轨道旋转的声音,但我并不知道那是一种怎样的声音。是悦耳的水晶在远处碰撞的叮当声吗?是超凡脱俗的天使合唱的美妙歌声吗?是未知而不可知的上帝在喃喃地吟诵华美而又模糊的诗歌吗?还是一种干燥的滴答声,就像许多精准的机械乐器发出的声音一样?抑或像一阵寒风在结满冰霜的深渊间呼啸穿梭?

父亲继续说:"就个人而言,身为一名追求真知的哲学家,我不太赞同莎士比亚的观点。我们不停地追求更深层次、更为准确的知识,渴望找到身边所有事物的正确名称,想方设法地理解生命的奥秘——正因如此,才能成就一个完整的人,才能令我们认识自己。"

当时,我已经步入了多愁善感的青春期,迫切地想要得到有关生死问题的答案,因此颇为关注高高在上的"大词",如"灵魂""上帝""真理""美"等等。当然,通常情况下,我不好意思跟别人谈论这些话题,不过那个夜晚仿佛属于一个独立而深邃的空间,就像一处静止不动、秘密隐蔽的池塘,在水底藏着更为重大的真理和更加完整的认知。

"爸爸,你觉得生命有意义吗?"我脱口而出。

"不是觉得,"他严肃地说,"而是知道。生命的意义——一个人生命的意义,我觉得你问的应该是这个——就是找出你擅长的一件事情,然后尽己所能地熟练掌握这件事情,无论大小。如果你是个木匠,那就全心全意地定墨运斤,并发明种种新的锯子。如果你是亚历山大大帝,那就征服世界、领袖群伦。无论做什么,永远都不要半途而废。"

我注意到,黑暗渐渐从他的脸上消退,东方的天空开始变得苍白。他肯定也意识到了,因为他突然停住话音,看了看手表,接着从胡子底下传来了一声闷哼。

"已经四点半了！赶紧上床睡觉，小太阳。哦，还有——"他的表情变得有些局促不安，"没必要让你母亲知道这件事，你觉得呢？"

后来，我想：如果那天晚上不是在等我，那他凌晨三点在前廊上做什么呢？

但我主要想的还是自己生命的意义。

此刻，我站在阳台上，抬头仰望着繁星。胖乎乎的天使列着整齐的队形，从乡间的屋顶上掠过，留下一抹白色的影子；一只蝙蝠在距离最近的路灯下径直斜穿而过，就像一把匕首撕裂喉咙。我走进屋里，找到一支笔、一张白纸和一本用来垫着的厚书（结果发现是黑格尔的讲演录，我们家达恰的书架上总放着一些枯燥无味、无人问津的大部头著作）。我坐回自己的扶手椅上，蜷缩在毛茸茸的小窝里，没有开灯，便在纸上随手涂写——上学的日子里，我度过了无数个假寐的夜晚，因而练就了这一手在黑暗中写字的好本事。随着笔尖飞舞，我的灵魂在笃定的信念中不断膨胀，在隐秘的欢乐里肆意畅游。我终于恍然大悟，这正是自己身在此处的原因：深深地去体验，淋漓尽致地发挥所有知觉，理解我所感受到的一切——人生的无关紧要，人生的举足轻重，青春的如痴如醉，孤独的痛苦难耐，见证宇宙中天体运转的目眩神迷，在原始的俄罗斯之夜、广袤的俄罗斯森林边，一座摇摇欲坠的小木屋带来的温暖舒适——是的，理解我所看到、听到、闻到的一切，那每一声从阁楼上传来的喷嚏是老精灵杜莫伊[1]在整理我的童年衣服，那每一本

1　杜莫伊：斯拉夫民间传说中一种保护房子的精灵。

在书架上落满灰尘、被人遗忘的书籍,那每一只在地板下鬼鬼祟祟、匆忙飞奔的老鼠,那每一朵在草地上仰望月光、临风招展的夜花,那每一个声音、每一种颜色、每一抹转瞬即逝的印象——然后,运用我已知的最美言辞,将这一切都传达出来、写在纸上,在悄悄流逝的时间长河中捕捉一个时刻,再将这个时刻变得绚烂、独特、永恒。

坐在黑暗里,沉重的黑格尔压得膝盖生疼,我跟文字全力相搏,陷入了一种不管不顾、不眠不休的狂热状态之中。先前,我害怕用言语间接地感知现实,会令一切变得模糊失色,而此刻看来,那种想法是错误的——正是通过言语的力量,才能真正地抓住世界、理解世界。当然,并非所有言语都能如此:言语有生机勃勃的,也有死气沉沉的,而沉闷呆板的言语会令最灵敏的感觉变得迟钝、将最珍稀的美景化为粗俗。我还不知道为何有些言语是充满情趣的,而有些言语却是毫无生气的,但我相信自己已经能够感受到二者的不同了。于是,我便奋笔疾书,想方设法地竭尽语言之所能,令其冲破"夜色迷茫"与"灿烂星光"等普通韵脚的陈腐束缚,以达到举重若轻、大美至简的境界。后来,在想象中,我听到了木门的嘎吱声、窸窣的脚步声、咯咯的窃笑声,看到了有两个身影在花园的篱笆旁亲密相偎,落下一个柔软、湿润的初吻,我产生了一种忧伤孤寂的新感受——因为我喜欢他,真的,当然是真的,我一直都——并将这种感受未加修饰地写入半成形的诗篇中,那些诗句正在黑夜里响亮地盛开,绽放层层花瓣,展露种种意义——最后,我猛然惊醒,发现屋里笼罩着一张不断变幻的星光之网，森林中传来了夜莺的婉转啼鸣，那位神秘莫测的老相识正靠在椅子的扶手上，将我潦草涂写的诗稿举在眼前，赤裸的双脚随着诗句的节奏在地板上打着拍子。

我屏住呼吸，一动不动地静静坐着。自从阿赫玛托娃《安魂曲》的那个宿命之夜以后，他又来拜访过我几次，但我还是不习惯他的出现。整整一分钟过去了。现在肯定已经很晚了。在房间那头的小床上，奥尔加正在睡梦中平稳地呼吸。他松开手，纸张飘落于地。

他俯视着我，脸上露出了那种迟缓而冷酷的微笑。

筋疲力尽的创作叫人感到飘飘然，我壮着胆子开口发问。

"你喜欢吗？"

他耸了耸肩："这首诗受到了丘特切夫[1]的极大影响。再说，还没写完呢。"

"没错，但是——你喜欢吗？"

只有他念过我的诗，我从未对其他人提起过。我的诗是一个秘密，而这位神秘的夜间来客也是秘密的一部分。

"哦，我觉得从这首诗来看，你还是有潜力的。不过你也知道，古语有云：通往地狱之路，常由善意铺就[2]——我得加上一点，不止善意，还有早早显露的潜力。"他漫不经心地离开椅子，动作优雅得像猫一样。"少年天赋很容易就会被困在十九世纪的瓷杯中黯然了结，亲爱的，"他说，"尤其是对于女人而言，尽管此话听来是

---

[1] 丘特切夫（Tyutchev）：指费多尔·丘特切夫（Fyodor Tyutchev，1803—1873），俄国诗人、政治家。
[2] 英文谚语，指人们常常会好心办坏事。

陈词滥调,但千真万确。"他朝我弯下腰,靠得越来越近,那抹微笑在英俊而沧桑的脸上化为一个轻佻的眼神。我低下头,脸红了。在突如其来的寂静中,夜莺的歌声变得更加清晰响亮、热情洋溢。我的心脏咚咚直跳。我十七岁了,我是个诗人,我从未被吻过。

我期待着——我不知道自己在期待什么。

等我抬起头来,只剩下一汪星光在地板上轻轻颤动。

莫斯科的公寓及其他

6 我的卧室

上帝存在的证据

"毋庸置疑,"列夫平躺着朝天花板宣称,"在我国辉煌杰出的历史上,大部分时候,所谓的新闻职业都只是个尴尬的笑话罢了——什么红旗飘飘啦,什么庄稼丰收啦。瓦西里同志,麻烦你把香槟递过来。不过,如今呢,咱们要扮演一个神圣的角色,其重要性绝不亚于艺术家。"

列夫翻了个身,用胳膊肘撑起脑袋,就着酒瓶痛饮了一口,然后又递给尼娜,尼娜正盘着腿坐在他身边的地毯上剥橘子。

"哎呀,这可就扯远了,"她说,"自负是人之常情,我也不例外,但新闻并不是艺术……嘿,这下我的橘子尝起来变苦了!而且,这酒已经温了,喝起来怪恶心的。"

"那就还给我吧。我没有说新闻是艺术,不过你必须承认,当今的艺术家无法像咱们新闻工作者一样还原事实。"

"还有历史学家,"列夫的姐姐安娜喃喃道,"别忘了历史学家。"她打了个嗝。在我们这群人当中,只有她学的是历史专业。

"当然,历史学家负责揭露过去的事实,而新闻工作者则跟现在的事实打交道——这更为重要,因为现实与当代人民的生活息息相关。"列夫坐起身来,瘦削的尖下巴面庞由于激动而变得通红,"举例来说,当我写文章报道我国市场上销售的污染蔬菜时——"

屋里的所有人都抱怨地呻吟起来,就连谢尔盖和伊洛奇卡都撬开嘴唇,发出了不满的嘘声,尼娜嗔怪地把橘子皮扔向列夫。

"是啊,是啊,我们都知道你向大众传播食品卫生知识的神圣使命了。"瓦西里探出身子,悬在床边,伸手截获了酒瓶,接着又向后靠回来,用空闲的胳膊搂住了我的肩膀。这时,我才发觉留声机已经停止播放了。我扭动着从瓦西里那条宣示所有权的臂膀下挣脱出来,起身穿过房间,把唱针放回唱片开始的地方。奥库扎瓦[1]那安宁、睿智的声音重新出现,歌唱着在冬夜里为了欢迎陌生人而永不上锁的大门和英勇踏入熊熊火焰的纸人士兵,吟诵着在众多背叛的危险中依然屹立不倒的高贵友谊:

等到分发战利品的时候,
我们不会受到面包的引诱,
天堂之门并非为你我洞开,
只有奥菲莉亚会把我们保佑……[2]

安娜又打了一个嗝。谢尔盖哈欠连天,从屋里的唯一一把椅子

---

[1] 奥库扎瓦(Okudzhava):指布拉特·奥库扎瓦(Bulat Okudzhava, 1924—1997),苏联诗人、作家、音乐家、小说家、创作歌手,是苏联音乐流派"弹唱诗"的创始人之一。
[2] 出自奥库扎瓦所创作的《校友之歌》(又名《友谊之邦》)。

上站起身来,伊洛奇卡歪歪扭扭地靠在他身上,"好啦,诸位,我明天还有篇论文要交。说起来,现在几点了?"

已经快十一点了。窗外,漫天雪花在风中飞舞。我的朋友们两两结伴,起身告辞了——列夫跟他姐姐一起;谢尔盖领着咯咯直笑的伊洛奇卡;奥尔加不知何时也来了,身边的男孩儿又换了人,我懒得去记他的名字,如果下回还能见到他,到时候再说吧。在昏暗的门厅里,我把湿漉漉的帽子胡乱发给大家,估计至少有一半都跟错了主人,只能等明天早上在阶梯教室里趁着黯淡的灯光重新分清楚了,然后我们便一头钻进浑浑噩噩的新一天,在笔记本的边缘潦草地涂满讽刺短诗,在女生盥洗室里掐灭烟头,在慈祥的罗蒙诺索夫[1]铜像的阴影下漫不经心地接吻,在一节节研讨课之间发掘、吞噬、摒弃重大真理的琐碎片段。日复一日,就这样徘徊在十八世纪殿堂的黄色走廊上,徘徊在这座古老城市的破碎内心中。

等他们最后一个人离开后,我便锁上大门,走回房间。瓦西里正四肢摊开地躺在我的床上,怀里抱着快要喝光的酒瓶。

"终于都走了,"他说,"过来。"

我的父母去波修瓦剧院[2]观看首演了,午夜前是不会回来的。我故意拖延时间,在屋里走来走去,收拾东西——小地毯的一角

---

[1] 罗蒙诺索夫(Lomonosov):指米哈伊尔·罗蒙诺索夫(Mikhail Lomonosov,1711—1765),俄罗斯科学家、作家,为文学、教育和科学做出了重大贡献。俄罗斯有两所著名大学里设立了罗蒙诺索夫的雕像,分别是莫斯科大学和圣彼得堡国立大学,文中提到的应是位于莫斯科大学新闻学院前的雕像。

[2] 波修瓦剧院:位于俄罗斯莫斯科的一座历史悠久的剧院,其前身建于1776年。该剧院主要用于举办芭蕾舞及戏剧表演,最初名为莫斯科皇家波修瓦剧院。

翘了起来,酒瓶的底部在书架上留下了水渍,安年斯基[1]的一本书被敲开着扣在了窗台上。不用回头,我就能感觉到他正在满怀期待地呼吸着,朝我的脖子咧嘴而笑。我毫无必要地整理着数量很少的小玩意儿(一枚黑海的贝壳、一片波罗的海的优美琥珀、一尊多年前有人送给我父亲的堂吉诃德小雕像),宽慰地想着这里的一切是多么熟悉、多么简洁乃至清苦,以及多么自足——窗户、床、书桌、椅子,还有一排排纤尘不染的书本。

最后,耳中仿佛都能听到屋里的寂静了,我赶紧开口打破沉默。

"想想不觉得很奇怪吗?在我十七年半的人生中,有至少七年都在这张书桌前阅读、写作业,还有六年都在床上睡觉,这就占了四分之三的时间呢!"

我意识到自己泄露了心中的秘密,于是便住了嘴。然而,如果我觉得可以跟他讨论这些事情的话,就会继续说,这个房间从来都不显得狭隘局促,当关起门来独处一室时,我总觉得无拘无束、自由自在,那是在别处体验不到的。我悄悄地养成了一个小习惯,喜欢把这里想象成一个满是窗户的房间。现实中,这间屋子只有一扇窗户,面朝丑陋的建筑工地,那里尚未完工,大堆的水泥和生锈的机器常常被弃置数月而无人问津。幻想中,有许多形形色色、各种各样的窗户,它们面朝五洲四海,通往其他地方、其他情绪和其他故事,我想方设法地把窗外的世界翻译成文字,夜夜奋笔疾书。我

---

[1] 安年斯基(Annensky):指伊那肯季·安年斯基(Innokenty Annensky, 1855—1909),俄罗斯诗人、批评家、翻译家,是第一股俄罗斯象征主义浪潮的代表人物。

扫了一眼刚被自己塞回书架上的那本书，这个架子上放的都是我的最爱。在我目前为止遭受挫败的方面，安年斯基都大获成功。长久以来，他的诗作一直活在我的心中、我的舌尖、我的梦里，有时我会想，是否他只是凭借天使般的魔力，精准地抓住了那时时充满我全身的难以捉摸、无边无际、目眩神迷的感受，又或者是从他的诗句中诞生了那种感觉，从而令我欢欣鼓舞，仿佛某种无形、丰富而神秘的人生离我只有一步之遥、一词之隔。

> 有时候，你能否想象，
> 当暮色在屋子里徜徉，
> 另一个时空就在身旁，
> 人生将呈现不同景象？
>
> 那里影子和影子相融，
> 那里会出现奇妙时光，
> 有时仅通过轻轻一瞥，
> 就可以踏入彼此心房。
>
> 我们害怕将此刻惊扰，
> 不敢用任何言行相向，
> 仿佛有人倾身而靠近
> 仔细倾听远方的声响。
>
> 可是，一旦蜡烛点燃，

这梦幻世界便会消亡……[1]

多年来，躲在自己的卧室里，仅有的一扇小窗时常被阴沉的冬日笼罩，我渐渐开始相信：重要的并不是我住在何方、每日做了何事、又与何人共度时光——这一切都浮于表面，只是人生在世幸与不幸的种种意外、取舍之间的瞬息变幻，不该影响我的人生真谛，那就是作为一名诗人独立自足地活着。于我而言，这才是唯一真实的生命，盛开出强劲有力、不屈不挠的思维之花。什么政局动荡、事业抉择、男欢女爱，统统不重要，在那个完美的世界中，只有星光灿烂、乐音袅袅，透过半遮半掩的无形窗户，清新的春风拂面而来……

"写作业和睡觉，嗯？看来应该丰富一下日常活动的种类了。"

此刻，我已经完全忘记了瓦西里的存在，被他的声音吓了一跳。他拍了拍身边的床："过来。"

每天早上，我都会整理床铺，窄窄的小床便可以充当一张沙发。当我们两人肩并肩坐在粗糙的黄色床罩上时，小床的这一特点稍微减轻了尴尬之情。我接过他递来的酒瓶，匆匆地喝了一小口，温暖的香槟酒令嘴里变得酸涩不已。我被他拉到跟前，终于还是躲不掉这个吻。我喜欢他在研讨课上大胆地插科打诨，也喜欢他为学生报纸撰写的有关新兴摇滚乐队的聪明文章，可是我不喜欢他的吻。我怀疑自己可能根本就不喜欢亲吻，无论是谁的——也许我的血液只会为诗歌而沸腾——但是我无从比较。他的舌头坚韧、

---

[1] 出自安年斯基的诗作《点燃蜡烛》。

厚实而迫切。我在心里焦虑地数着秒（一、二、三、四、五——行了吧？），然后睁开眼睛，发现视野中只能看到他的一只眼睛，而那只眼睛也睁着，倾斜成一个古怪的角度，与我对视着，在头顶灯光的照耀下几乎变成了白色。

我挣脱出来，扫了一眼书桌上的钟表。

"我父母随时都会回来。"我宣布，差点儿掩饰不住内心的如释重负。

他也看了看表，然后叹了一口气，将我拥入怀中，贴着我的头发说："我知道，这种日子对于咱们俩来说都很煎熬，不过只要再坚持一阵就好了。三月份，我父亲会得到新的官职任命，到时候我就有完全属于自己的公寓了。你明白吗？"他的声音变成了低语，我想要抬起头来看着他，但他将我压回了他的肩膀上，"别急，听我说。咱们应该谈一谈未来。我父母认可你，你父母也认可我。现在说这些已经不算早了，今年夏天我就要满十九岁了。我有着大好的前程，而我父亲——"

他继续喃喃低语，气息吹在我的头发上，灼热而潮湿。突如其来的恐惧令我一下子坐直身体，离开了他。尽管肤浅的日常生活也许跟我心中的诗歌殿堂关系很小，但是任何微不足道的琐碎行为若是不断重复，便会随着时间的推移而日积月累，最终带来质的改变。假如我耗费数日、数周、数月去学一个随意选择的专业，只是因为奥尔加坚定不移地想当记者，而我不愿费神思考职业，便让她替我做了那样的决定，那么有朝一日，我很可能也会守着一台打字机，在报社的小隔间里庸庸碌碌；假如我花上数日、数周、数月去亲吻一个随意选择的男孩儿，只因为恋爱经历似乎是一个合格大学生的先决条件，那么有朝一日，我也许就会嫁给一位显赫外交官的儿子，住在位于高尔基街的大公寓里，婚床上方的墙壁上钉着一张斑马皮。惊慌失措间，我看到自己的未来在眼前一闪而过，就像人们说在临终之时会看到从前一样，而我的未来是一连串越发令人窒息的房间。

我回过神来，这才发现屋里的寂静已经变得十分紧张，就像一触即发的战争，而我却无法回答、难以启齿、不能开口……

"我有东西要给你看。"我绝望地说。

我匆匆下床，冲到书桌前，一把拉开抽屉。那封信躺在一堆钢笔的干瘪尸体和橡皮的断壁残垣之中，依然套着撕出锯齿状开口的信封，盖着异国他乡的邮戳。我拽出一张纸，递给了他。他面无表情地读了一阵，我站在他面前，静静地等待着。

他抬起头看着我，眼睛眯了起来。

"你什么时候收到这封信的？"

"上周。"

"你申请的时候为什么不告诉我？"

"我没告诉任何人。我——我想等到有结果了再说。"

这是实话，而且我也丝毫没打算要去，但这一点我还没告诉他，因为他刚才说的话恐怕是在求婚，而我将要拒绝他，只盼着能讲一些关于未来选择和拓展视野的空话来搪塞一下，好让我的拒绝显得不那么生硬。我爬回床上，想要像先前一样靠在他的肩头，但是他晃了一下，站起身来，一屁股坐在了我对面的椅子上。随着他这番突如其来的动作，香槟酒的空瓶在床罩上滚动，最后落在地毯上，发出了一声闷响。

"那你为什么要申请?"

"哦,我不知道。可能只是想了解一下外面的世界吧。"

这也是实话,我完全不确定自己这样做的理由。也许我申请,是因为——因为我始终将自己的秘密天赋视作理所当然,时间一久,便渐渐地产生了怀疑,想自我检验一下,参加一次在外界眼中具有一定水平的测试;抑或因为我的内心深处有一个角落在质疑自己颠覆人生的能力,怀疑自己无法走到遥远的地方;又或是因为奥尔加说她要在秋天去哈佛上学,她做了我想做的一切事情,而且总是做得更好。

"你在这里难道没能拥有想要的一切吗?你父母怎么说?"

每一个问题都像在我的心头插上一刀。我从未见过他这副模样。他坐在椅子上,微微地摇晃着,手中捏着我的录取通知书,灰色的眼睛由于愤怒而变得苍白,目光从我的身上一扫而过。他那长着翘鼻子的脸庞上常常写满了讽刺,而此刻却流露出阴冷与危险。他看起来就像一头轻蔑的狮子,我想到也许永远都无法再触碰他的嘴唇了,忽然感到一阵微弱的悔意。

"我父母觉得这是个好机会。但是,瓦西里,我还没决定——"

"这太愚蠢了!"他恶狠狠地说道,"我以前从未想过你竟然如此愚蠢!你在这里会有更好的人生。在这儿,你有地位。你的家族很重要,我的家族更是举足轻重。你和我,我们两个人能得到想要的一切。可是在那儿,你什么都不是,只是个可怜的小移民,没有归属,一无所有!"

我也开始感到生气了,但是强迫自己不要放弃缓和的语气:

"听着,我没有说要移居海外,只是上四年大学。这意味着去见识一下世界,仅此而已。难道你不想拥有崭新的经历吗?"

"在这里你一样可以拥有许多崭新的经历。"他说着,扭曲的脸上露出了一个僵硬、丑陋的笑容,"实际上,我现在就可以给你来点儿新花样。"

他眼中的冷酷不再像以前那样迷人。

我的心里产生了剧变。

"我想,"我慢慢地说,"我想我会去的。"

他用指尖举起我的录取通知书,就像捏着某种具有传染性的脏东西,然后假装仔细研究,身下的椅子越晃越快。"从来没听说过这个地方。我看,不过是某个枯燥无聊的穷乡僻壤罢了。真没想到你居然愿意跟乞丐、黑人和犹太人挤在汤姆叔叔[1]的小破屋里。"

刹那间,我哑口无言。紧接着,我生平第一次见到了上帝存在的不争证据,原来当真有一位仁慈的神明时时刻刻注视着我们,永恒的目光炯炯闪烁。陪伴我整个童年时代的椅子在瓦西里的屁股底下轰然破裂,场面之壮观,就像爆炸一样。随着椅子坍塌,他也摔倒在地,双臂双腿都困在木头架子当中,四肢直直朝天。当时我已经知道,在接下来的几个月里,在启程前往美国南部深处的大学之前,我在莫斯科的学校走廊上将会遭遇许多不愉快的碰面,同学会抿起嘴唇、移开目光,我们共同的朋友会陷入尴尬的沉默,同学聚会和过往回忆都会烟消云散,而这一切都是因为接下来的几分

---

[1] 汤姆叔叔:美国作家哈里耶特·比彻·斯托(Harriet Beecher Stowe, 1811—1896)于1852年发表的小说《汤姆叔叔的小屋》中的人物。"汤姆叔叔"一词也用于指奴颜婢膝、低三下四之人,尤其是指那些自觉因种族不同而地位低下的人。

钟——整整三分钟，不多不少，直到他终于勉强脱身为止——在这三分钟内，他乱打乱踢、拼命折腾，整张脸都涨成了紫色，我在一旁静静地看着，心中十分笃定，那高高在上之处一定有一位神明正用掌心温柔地握着我的人生——世上的一切总会好起来的[1]。

---

[1] 出自英国诗人罗伯特·勃朗宁（Robert Browning，1812—1889）的诗作《比芭之歌》。

第二部分

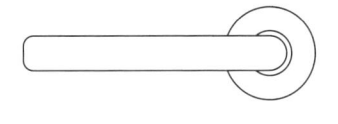

过去完成时

大学校园

7 图书馆的隔间

感恩的亡者[1]

"嘿,你就是那个苏联姑娘,对吗?"

我从书页上抬起眼来。一个身材魁梧的男孩儿穿着一件彩虹色的衬衫[2],正靠在桌角上,使得我那一摞摞堆成高塔的书本摇摇欲坠。

"我更愿意被称作'俄罗斯人'。"我说。

"明白,"他说,"俄罗斯姑娘。那么,你觉得这儿怎么样?"

"我很喜欢,"我说,"这里很安静,而且通宵开放。"

"哦,"他说,"不,我不是说……"他的模样友善、柔和、顺眼,而且显得很健壮,只是有些平淡无奇,令人转眼就忘,"我的意思是,你觉得美国怎么样……就是,你最喜欢美国的哪一点?"

我礼貌地微微一笑。

---

1 感恩的亡者:一支成立于1965年的美国摇滚乐队,中文常误译为"感恩而死"。
2 指的是"感恩的亡者"乐队的纪念衬衫,该乐队常用彩虹色字样作标识,印在衬衫等物品上。

"图书馆。"我说,"这里很安静,而且通宵开放。"

他的衬衫上写着字,我花了片刻工夫去琢磨那些字的含义,但很快就变得不耐烦了,低头看向面前的书。

"好吧,不管怎么说,你正在学习,抱歉打扰了。"他说。

我翻了一页,听到他的脚步声消失在一排排书架间,被寂静吞没。

在过去的几个月内,人们总是问我许多事情——苏联的孩子是否真的列队上学、是否全都是无神论者,我是否认识列宁格勒的塔季扬娜[1],我是否喜欢汉堡包、大学联谊会派对,我如何看待言论自由——尽管我彬彬有礼地回答了多数问题,但我觉得没必要时时刻刻都当一名可敬的国家代表,发扬体贴亲切的精神来回答每个问题。那是奥尔加关心的事情。刚到美国时,她就发现自己在无意间成了大名人——这跟她出现的时机有关,她是这个国家里第一位来自苏联的留学生,抑或第一位来念本科的,又或许只是东海岸的第一位——简而言之,只是某种数字上的巧合罢了,不过却意味着她要花费整个秋季学期到处做访谈、拜访当地学校、在摄影师的镜头前摆造型,并且向每一个人保证说她热爱言论自由,私底下却抱怨着在俄罗斯的时候要自由得多,还说为了履行好"国家脸面"的责任,她把自个儿的脸都笑僵了。

我却怀疑,她是乐在其中。

相比之下,我来这所不起眼的南方大学报到时,并未引起什么关注,只有登载于一份学生刊物上的寥寥几行字,还有来自同级新

---

[1] 塔季扬娜(Tatiana):指塔季扬娜·戈尔布(Tatiana Gorb,1935—2013),俄罗斯画家、艺术家,曾生活和工作在列宁格勒(今圣彼得堡)。

生的好奇目光。虽然偶尔会有人认出我来,询问有关汉堡包的问题,但也仅止于此,我还是我,并没觉得自己成了什么代表。为此,我觉得很感激。对于奥尔加这种野心勃勃的新闻记者而言,能成为政治话题的焦点自然很好。至于我,却从来都没怎么考虑过世界时事。

我只想生活在永恒的诗歌中。

我接着念那本白银时代[1]的诗集,但很快就发现无法集中心神。毫无疑问,我很疲倦——毕竟时过午夜,而且这段时间我一直都睡得很少——但同时,我也为与刚才那个男孩儿的邂逅而感到莫名的烦恼。我是否把话说得太过简短了?反复地念着面前的两行诗句,我想起了他脸上的表情,那模样既有抱歉的意味,又仿佛深感冒犯。就这样浪费了半个小时以后,我听到书库里传来了由远及近的脚步声,不禁对即将到来的打扰感到如释重负。等我再见到他时,一定要表现得友善一些。

渐行渐近的身影从书架间浮现出来,结果却不是那个穿着彩虹衬衫的男孩儿,而是在俄罗斯陪伴我度过青春期的那个秘密访客,他平静地沿着过道信步前行,最后停在了我的书桌前。

他的脸上没有笑容,而我见到他也并不高兴。

上次见到他是一年多以前的事了,当时我们发生了争吵。连续数周,我一直在细细地品读古希腊悲剧,每天都挑灯夜读,直到凌晨才肯罢休,慷慨激昂的心中装满了英雄、神谕与怪兽。有一天夜

---

[1] 白银时代:指俄罗斯诗歌的白银时代,即19世纪的最后十年及20世纪的最初二十或三十年,在俄罗斯诗歌史上,这段时期极富创造力,足以与一个世纪前的"黄金时代"相媲美。

里，恰逢日出之前，他突然闯进了我的卧室，身上披着一条滑稽可笑、随风翻滚的床单。这番惊扰令我感到不安，但同时又得意扬扬——我很肯定，他终于要吻我了。结果，他只是在我面前武断地对埃斯库罗斯[1]评头论足，还滔滔不绝地引用了品达[2]的诗篇，最后干脆宣称自己就是天神阿波罗[3]，下凡来此是为了唤醒我的灵感。我十分震惊，没想到他近来竟然变得如此狂妄自大，于是便将这个想法如实地告诉了他。结果，他将自己的桂冠扔在地下，一把摔上房门，扬长而去。在我的记忆中，这是他唯一一次以普通的方式退场。"狂妄自大，而且乏味无趣！"我在他身后大喊道。

此刻，我皱起眉头，细细地打量着他。

"居然在图书馆的小隔间里睡着了，真是丢人。"我咕哝着，"不知道我有没有流口水，说不定还在打鼾？我是不是把脸埋进了书里？会不会有些诗句印到面颊上？但愿那个男孩儿别再从旁经过。"

"你总是想太多无关痛痒的琐事。"他说着，抬手毫不客气地扫去了摞在桌角的书本，然后一屁股坐了上去，悠闲地晃动着双腿。他换了个新发型，穿着一尘不染的白色亚麻外套。虽然看起来仍然是一副扬扬自得的模样，却不知为何显得渺小了许多，就好像离家在外数十载的成年人重返故乡时发现童年的房间变小了一样。

---

[1] 埃斯库罗斯（Aeschylus，约公元前525—约公元前456）：古希腊悲剧作家，常被称作"悲剧之父"。据估计，埃斯库罗斯创作了七十至九十部剧本，但只有七部幸存。
[2] 品达（Pindar，公元前522—公元前443）：古希腊抒情诗人。在古希腊九大抒情诗人之中，他被认为是最伟大的一位，其作品保存得也最为完好。
[3] 阿波罗（Apollo）：古希腊罗马神话中的神明，掌管音乐、真理、预言、光明、诗歌等，是众神之王宙斯与黑袍女神勒托之子，相貌颇为英俊。

"冒着会被这本英俄大词典砸中的危险,我壮着胆子问一句,你觉得美国怎么样?"

他的声音干巴巴的,但是我看出来他不会提起去年夏天见面的事了,因此觉得很高兴,打算用一个诚恳的回答来感谢他。

"我很喜欢美国。"经过片刻的思考后,我说道。"我喜欢隐匿的感觉。生活在这里,就好像——就好像成了众多故事中的区区一个,因此我可以从容地读自己的故事,无须悄悄偷看后面的内容或者匆匆跳过某些字词,不知你是否明白我的意思。而且,我可以获得许多前所未有的崭新体验和感觉,不知为何,这些感觉要更为宏大,仿佛我现在可以同时从两个截然不同的最高点洞悉自己、放眼世界,而并非只局限于一点,就像是进入了一个新的维度……不过,我先前并非在逞口舌之利——我是说,在跟那个男孩儿交谈的时候——我真的最喜欢图书馆。说起来,我多少算是住在这个小隔间里了。你知道吗?他们允许我们通宵待在这儿呢!其实,直到那年九月份入学时,在这里度过了第一个夜晚,我才意识到自己以前究竟错过了什么。你去过莫斯科的图书馆吗?你得填一张表格,然后在巨大的大理石房间里找一张公共桌子坐下,那感觉就好像自己变成了侏儒,等待着想看的书从这栋建筑物的深渊里钻出来。当轮到你的时候,工作人员会把你叫到一个小窗口前,那本书便放在托盘上滑出来。当然了,他们那儿应有尽有,可是你必须得预先知道自己具体需要哪本书才行。在那里,没有喜出望外的发现,没有冒险探索的感觉,没有浏览。哦,有朝一日,我要写一首颂诗献给'浏览',这是一个多么讨人喜欢的美国概念呀!那也正是我在这儿所做的事情:夜深人静,我独自在书架间的过道上漫步,一旦目光被某些东西吸引——任何新鲜的、激动人心的、难以预料的东西——我就抓起一大堆书本抱在怀中,能拿多少就拿多少,然后返回书桌前,一直读到天明。玛雅文字、北极考察、中世纪法国的彩色玻璃窗艺术、埃及的水下考古,无所不读,但永远都少不了诗歌,诗歌总是贯穿始终的——"我扫了他一眼,突然停住了,"我是不是让你觉得无聊?"

"今晚你真是特别能唠叨,亲爱的,"他说着话,目光从我身上移开,望向照亮书架的白色灯光,"我却不喜欢图书馆,闻起来尽是死亡与遗忘的气味。真正的诗歌不应该尘封在小小的书卷之中,用发霉的索引卡片编目,还埋葬于杜威十进分类法[1]统治的公共坟墓里,每隔几年才会被某个满脸青春痘的研究生发掘出来,只为了拼凑一篇无人会看的乏味论文。真正的诗歌应当被人记诵——或者更好一些,被吟唱出来——用雷电般的声音向苍天高歌,手之舞之、足之蹈之、爱之颂之……它应该在你的耳中和心里时时悸动。但此时此刻,在这积满灰尘的仓库里,我只能听到无数被忘却的亡者在整齐分类的书架上吵吵嚷嚷,恳求着每一个访客去复活它们,将它们带到明亮之中,哪怕只有片刻的黯淡之光也好,就算只是被人不小心划了一道,它们也会充满感激——"

突然,我笑了:"感恩的亡者!"

"亲爱的,那是什么?"

"呃……没什么。"

他的脸上掠过一抹不悦的神情。

---

[1] 杜威十进分类法:由美国人梅尔维尔·杜威于1876年发明的一种图书馆藏书分类体系。

"又来了——成天就知道惦记着那些男孩子。你可得当心。"

我突然感到他的出现竟是如此令人失望。他属于我的俄罗斯童年,属于那个充满了童话故事、奇妙秘密和神明启示的超凡世界,尽管我现在只有十八岁,却也能察觉出那一切都在时空的距离中快速消散,并且能预见到,有朝一日,我将会相信这段过往其实是半真半假的,又或许是对于过往的真实性而感到半信半疑。此时此刻,嗡鸣的灯管投下均匀、人造的光芒,崭新而理性的人生充满了课程安排、导师见面会和黑咖啡,我觉得已经没有必要再对这些挥之不去的梦境温柔相待了。

"你说话的口气很像我母亲。"我说。

"才不是呢。我又不在乎你是否会为情所困、因爱受伤,正如当年卡图卢斯[1]所证明的,悲惨于诗歌而言是相当有益的。实际上,很少有人能在恋爱的幸福中——或者笼统一些来讲,在生活的满足中——写出好作品。要描绘幸福,需要拥有一种特殊的杰出本领,告诉你个秘密,就连贺拉斯[2]也多半只是自满自足的平庸之辈罢了。有人甚至会说,诗人的主要职能便是将原始的疼痛转化为整齐的韵律,从而使人类的悲惨处境变得可以忍受……但无论如何,我想说的完全是另一回事。"

他动作敏捷地从桌子上跳下来,站在面前俯视着我。

---

[1] 卡图卢斯(Catullus):指盖乌斯·卡图卢斯(Gaius Catullus,约公元前84—约公元前54),罗马共和国后期的拉丁语诗人,以新派风格作诗,诗篇内容与个人生活有关,而非像传统史诗一样讲述古典英雄。卡图卢斯的爱情诗最为著名,他恋上了一位年岁稍长的美丽贵妇,在诗中描述了这段恋情的数个阶段:欢愉、怀疑、分离以及失去的痛苦。

[2] 贺拉斯(Horace,公元前65—公元前8):古罗马抒情诗人。

"'太初已有圣言'[1],你记得吗?一般来说,我并不喜欢那些缺心眼儿的傻子,不过老约翰[2]对世间之道还是略知一二的。听着,太初已有圣言,圣言与上帝同在,圣言即是上帝。[3]"他的声音越来越高,力量越来越强,穿透灯火通明、没有窗户的房间,响彻静谧的夜晚,与众多回声遥相呼应,仿佛有无数洪亮的声音一齐在我周围轰鸣,"圣言起初就与上帝同在。万物皆是由他所造,没有一样例外。生命来自他,生命是人类之光。光明照进黑暗,黑暗不能胜过光明。"[4]

他突然陷入了沉默,随着时间流逝,寂静变得越来越宽广,就像被鹅卵石击打过的水面上泛起一圈圈渐渐扩散的涟漪。

"跟我来,亲爱的。"然后,他柔和地说道。

我站起身,遵从梦境的指示,与他一起朝灯光刺眼的书库中走去,那里井然有序地摆着一排排书架,就像医院的走廊一样。他当先一步,走在前面,虽然没有回头,却始终在对我说话。

"人人生来就是一束光,带着赤裸的灵魂和想要认识世界的纯粹渴望。有的光黯淡一些,有的光明亮一些,而最闪耀的光芒拥有天神般的能力,不仅可以认识世界,而且可以重新创造世界,一遍又一遍。在童年时代,这束光最为灿烂,可是随着你渐行渐远,踏入生活,它会开始逐渐消失。其实,它并没有减弱,而是变得越来越难以触及:你所经历的每一年都会在你的灵魂周围套上一层硬壳,就像树干上长出了一圈新的年轮,最后,灿烂的圣言便深埋在

---

[1] 出自圣经《新约》中的《约翰福音》。
[2] 老约翰:指写作《约翰福音》的信徒约翰。
[3] 这三句出自圣经《新约》中的《约翰福音》。
[4] 这段话出自圣经《新约》中的《约翰福音》。

尘世的肉体之下,变得几不可闻。当然,这都不是什么新鲜的观点,只要你在浏览的过程中读一读诺斯替信徒[1]的书便知道了。"

随着我们前行,书库里越来越昏暗,嗡鸣的电灯也越来越遥远。夜色就像一块块漆黑的补丁,贴在书架各处,数不清的书脊变得模糊起来,渐渐融为一体,挣脱了字母排列的束缚。

"只可惜,亲爱的,女人的肉体总是……唉,这么说吧,比男人的肉体具有更重要的意义,所以女人在取舍之间也更难抉择。每一个人,无论多么才华横溢,都注定只有一种创造力,而孩子是不亚于书本的创造,尽管在结构上截然不同,而且经常不如书本长久。不过,长久与否还是取决于书本和孩子本身……回首往昔,在伊丽莎白女王[2]执政的日子里,我曾常常去拜访一个与她同名的女人,伊丽莎白·海伍德。毫无疑问,你从来都没听说过这个默默无闻的女人。但是,假如她没有选择生儿育女,而是选择执笔创作,将所生、所养、所埋葬的每一个孩子都变成一部感人至深的悲剧,那么,谁又能说今时今日你不会将她与伟大的莎士比亚相提并论呢?可是,从另一方面来讲,她所生养的孩子当中有一个正是约翰·多恩。因此,人们永远也无法预料到这种事的最终结果。毕竟,这世上有各种各样的永恒与不朽。选择精神,还是选择肉体,全看你自己怎么想。"

---

[1] 诺斯替信徒:一批古代宗教信徒,摒弃物质世界,追求精神世界。其名称来源于古希腊语,意为"真知"。

[2] 伊丽莎白女王(Queen Elizabeth):指伊丽莎白一世(Elizabeth I,1533—1603),她是英国都铎王朝的最后一位统治者,她的统治期在英国历史上被称为"伊丽莎白时代",这一时期迎来了英国戏剧的繁荣发展,有威廉·莎士比亚、克里斯托弗·马洛等众多著名的剧作家。

按理说，我们早就该走到书库尽头了，可是前方依然有数不清的书架朝着黑暗浓密的阴影深处伸展。

我不禁放慢了脚步。

"跟着我，"他头也不回地说，"我发现你们这个时代里有许多无聊的观点，其中之一便是认为女人在历史上始终遭受歧视，被男权制度所压迫，只得在家务中庸庸碌碌，而男人却可以趁机创造出伟大成就。别相信这些。你想一想，在主司文艺的诸神之中，众缪斯[1]都是女性，只有俄耳甫斯[2]是个例外。缪斯虽非处子，却如少女一般，尽管那七弦琴[3]奏出的美妙音符也渴求爱情，有时甚至会出现短暂的琴瑟和鸣，但她们绝非忠心耿耿的妻子，也非尽职尽责的母亲，而是将自己所有的时间与全部的热情都奉献给了艺术。"

此刻，周围已经变得漆黑一片，我完全看不到书架了，只能盲目地追随着他的声音前行。脚底下嘎吱嘎吱地踩着碎石，抑或贝壳，脸颊上迅速扫过某种夜间生物的坚硬翅膀，我忍住了一声惊呼。

"一如既往，你现在也可以选择，是要终日待在家里为儿女烤饼干，还是要成为一个疯女人、一个流浪者、一个战士、一个圣徒。不过，如果你当真决定要沿着少数人选择的道路前进，那就必须记住：每当你走到一个岔路口，都要选择艰难崎岖的小径，否则，命运自会替你选择平坦省力的大路。到了，转身吧。"

---

[1] 缪斯（Muses）：古希腊神话中掌管文艺与科学的九位灵感女神，被认为是诗歌、音乐及神话的来源。

[2] 俄耳甫斯（Orpheus）：古希腊神话人物，太阳神阿波罗与缪斯女神卡利俄帕的儿子，生来便是音乐家与诗人。

[3] 七弦琴：古希腊民间的一种弹拨乐器，传说中也是缪斯女神所用的乐器。

他突然停下脚步，我反应不及，一头撞上去，脸颊压在了他的外套上，紧接着我感到他用双手抓住我的肩膀，带着我转了个身。起初，我什么都看不见——周围太黑了，有那么一会儿，我还以为自己忘了睁开眼睛——但可以肯定的是，我们现在已经不在图书馆里了。我能感觉到，无法穿透的黑暗背后是无边无际的广阔空间，天花板和死气沉沉的电灯也早就变成了浩瀚的宇宙苍穹。渐渐地，有一小团明亮的光芒凭空出现了，接着又陆陆续续地冒出了更多光点，最后周围飘满了亮光——为数众多，却并非无穷无尽，大概有一千个光点，又或许有两千个，它们照亮了虚空，在夜色中划出炽烈的轨迹，直到夜晚摆脱了压抑的黑暗。这时，又出现了一些较为黯淡的光点，仿佛笼罩在一层薄雾之外。

"你瞧，"他轻声说，他的呼吸吹在我的发丝间，他的右手放开了我的肩膀，指向光明的深处，"这都是人间之光，有男有女，可是看看那些女人：在世人眼中，她们只是一群疯子、怪物，是离群索居之人，是不知羞耻的荡妇。萨福[1]在那儿，她被称作第十位缪斯，是我的心头之痛，如今她的诗句只剩寥寥数行，唉，你可知那遗失的诗篇是多么美丽……奇妙的是，她们当中竟然有这么多人

---

[1] 萨福（Sappho，约公元前630—约公元前560）：古希腊诗人，以爱情诗而闻名。她的大部分作品都已经失传，只留下一些零碎片段。柏拉图曾称赞其为第十位缪斯女神。

都与萨福有着共同的品位与嗜好——茨维塔耶娃[1]、柯莱特[2]、弗吉尼亚·伍尔夫、朱娜·巴恩斯[3]、格特鲁德·斯坦因[4]，等等。再看，这边的是修女、神秘主义者、哲学家，有古怪的、孤独的、体弱多病的，全都终身未嫁——阿维拉的特蕾莎[5]、希帕蒂娅[6]、简·奥斯汀、艾米莉·狄金森……还有，不要忘了那些温柔而坚定地打破传统的女人，有的疯狂，有的沉静，比如乔治·桑和乔治·艾略特。而且，在这些女人当中，大多数结了婚的，都没有孩子，就算是有了孩子，多半也变成世俗眼中的'怪异母亲'——就说阿赫玛托娃和柯莱特吧，她们俩都把孩子送给亲戚抚养；再说茨维塔耶娃，她放任女儿在一所孤儿院中活活饿死。残酷无情吗？麻木不仁吗？按照凡人的标准来看，的确如此。可是，她们的生存与死亡都是依循

---

[1] 茨维塔耶娃（Tsvetaeva）：指马琳娜·茨维塔耶娃（Marina Tsvetaeva，1892—1941），俄国和苏联诗人，她的作品被认为是最伟大的二十世纪俄罗斯文学之一。她经历了1917年的俄国革命及紧随其后的莫斯科饥荒，丈夫在革命中应征入伍，由于无法养活两个女儿，便将她们送入一所孤儿院，后来大女儿因重病被送回家中，小女儿在孤儿院饿死。1941年，丈夫和大女儿因间谍罪被捕入狱，丈夫被处死，茨维塔耶娃自杀身亡。

[2] 柯莱特（Colette，1873—1954）：法国小说家，曾于1948年得到诺贝尔文学奖提名。

[3] 朱娜·巴恩斯（Djuna Barnes，1892—1982）：美国作家、艺术家，最著名的代表作为《夜林》，是一部经典的女同性恋小说，也是现代主义文学的重要作品。

[4] 格特鲁德·斯坦因（Gertrude Stein，1874—1946）：美国小说家、诗人、剧作家，1903年定居法国，在巴黎定期举办沙龙，参与者多是现代主义文学和艺术的先驱人物，如毕加索、海明威、司各特·菲茨杰拉德、埃兹拉·庞德等。

[5] 阿维拉的特蕾莎（Teresa of Ávila）：本名特蕾莎·阿乌马达（Teresa Ahumada，1515—1582），也被称作圣特蕾莎，是罗马天主教圣徒、加尔默罗修会的修女、作家。

[6] 希帕蒂娅（Hypatia，约370—415）：古埃及著名数学家、天文学家、哲学家。

更高的标准,那便是神圣的艺术。"

说话间,他依然用右手指着那些光,但是左手已经开始抚摸我的脖子,动作十分轻柔。炙热的光芒如波浪般在身边翻滚、旋转,从体内贯穿而过,我这才意识到脚下竟然没有大地,而是一片虚空。我感到头晕目眩,只想赶快醒来。

"或者……"我的声音十分沙哑,自从我们离开了安全的小隔间以后,这是我第一次开口,"或者,可以干脆嫁给一个体贴多金的男人,然后雇个保姆。"

我一说话,他抚在我脖子上的手就变得沉重而僵硬起来,就像是大理石做的,周围不停旋转的亮光突然一齐摇晃、闪烁,仿佛被一阵狂风吹动,紧接着便全部熄灭了。黑暗轰然笼罩在我身上,无边无际,令人窒息。还没来得及害怕,电灯就刷刷地亮了起来,在耀眼夺目的光芒中,我闭上了眼睛。等到睁开眼时,我本以为他会消失了,但是他还在那儿,正低头俯视着坐在书桌前的我。眼前所见令我大为震惊,他的面容与往常截然不同,不再是英俊、冷酷、轻佻的,而是平静、美丽的,充满了秋日阳光的温柔余晖,还带着一种奇异的悲伤。

我无法承受他的目光,只好低头看向地板。

"你今晚没有赤脚。"为了掩饰内心的慌乱,我喃喃地说。

"图书馆大门上贴着一张注意事项,"他直截了当地说,"'入内需穿衬衫与鞋子。'还有,不要再想那个男孩儿的衬衫了,否则洗它的差事早晚会落到你头上。"

我开怀大笑,心里很清楚,这回真的只剩下自己一人了。我抬起眼来,发现有两三本书躺在地板上,肯定是打盹时不小心用胳膊肘推了一下，正是书本落地的声响惊醒了我。我从鼓鼓囊囊的背包里翻出一个小粉盒，对着镜子检查脸上是否有口水的痕迹，以免有人经过会瞧见。我惊讶地发现，睡了这一觉之后，自己的脑海中冒出了许多丰满的灵感。我要写一组新诗，题为"记忆"。有一首讲述一个住在图书馆里的盲眼姑娘，她有许多心爱的诗人，每晚都会召唤他们的亡魂前来相会；有一首讲述一个住在云端的天使，他漫不经心地写着记录不朽人物的名单，时常在绵软的云朵上迷迷糊糊地睡去，偶尔还会漏掉一两个名字；有一首讲述一个住在沙漠里的农民，他发现了萨福所有失传的手稿——这首诗中要穿插着萨福的诗句，既有真实的，也有想象的，农夫磕磕绊绊地念了一会儿，然后把那些莎草纸[1]都撕成碎条，用来包扎疼痛的脚丫子——对了，也许还可以再写一首，讲述一个女人，为自己不肯生育的每一个孩子都写一首美妙绝伦的诗歌，但是仔细想想，还是算了吧，毕竟我对孩子一无所知……那么，写一位阿波罗的缪斯怎么样——我打算选择历史女神克利俄[2]——她坠入爱河，暂时放弃了缪斯的身份，结果在她谈情说爱的时候，所有文明都从人类的记忆中抹去了——等等、等等……

我感到神清气爽，周身充满了青春的活力，心中洋溢着欢欣的希望。

---

[1] 莎草纸：用一种名为纸莎草的植物制成的书写载体，最早见于古埃及，后传入古希腊。

[2] 克利俄（Clio）：古希腊神话中主司历史的缪斯，是众神之王宙斯与女神谟涅摩绪涅的女儿。

大学校园

8 男朋友的卧室

第一首英文诗，写于十九岁

"然后，当老鼠在笼子里交配时，"女孩儿在嘈杂的噪声中扯着嗓子说，"坐在我身边的那个家伙，居然为了能看得更清楚一些而站起身来。你能想象吗？罗伯茨教授发现了，就当着所有人的面说——"背景音乐重新响了起来，这回是一首快节奏的民谣，屋子那头有一群男孩儿齐声欢呼，挽着胳膊跳起了踢踏舞，还活力四射地往空中高抬腿，结果她的后半句话被湮没在了吵闹声中。她戴着一个饰有羽毛的面具，圆孔中露出的眼睛兴奋地瞪大了。她倾身凑近，"……你知道吗？真是太夸张啦！"

"我下学期也该上那门课，"我大声回答说，"可是，我不知道——"

"哎呀，原来你在这儿！"丽莎高喊着，用胳膊肘挤开跳舞的人群，走了过来，"你怎么还没喝完刚才那杯酒呀？我还给你拿了一杯新的呢。"

我眯起眼睛盯着她手里的塑料杯。

"这是绿色的。"我说。

"对啊!"她开心地答应着,"赶紧把你那杯粉红色的喝完,他们还有蓝色的呢。准备拥抱彩虹吧!"

"我要去洗个澡。"戴面具的女孩儿突然宣布,接着便踏着轻盈的脚步离开了,一头黑色的长发飘在背后。

我目送着她的身影。

"她住在这里吗?"我问。

"不,这儿是'哈姆雷特'住的地方。我看,她是想当他的女朋友吧。可话又说回来,谁不想呢?不过,这小子可挺能惹麻烦的。喂,要是你不喝那杯酒,就放下吧。"

欢快的民谣变成了东方哀歌,一个身着及膝长袍的男孩儿张开双臂,在屋里翩翩旋转,嘴上高声地悲叹着。

"丽莎,这些都是什么人?那音乐又是怎么回事?"

"这就叫作不拘一格。"她平静地说着,用力晃了晃手中的杯子,几个冰块蹦起来翻了个跟斗,又重重地落下去,溅起几滴绿色的液体,"而且,不是告诉过你吗,他们都是我在戏剧课上的同学。你呀,真的不应该天天躲在图书馆的小隔间里。"

我们看着人群,其中大多数都穿着一身黑衣,而其余的则是盛装打扮,颇有异域风情,还有少数几个戴着面具。灯光被调得很暗,不过还是能勉强看出一点房间的原貌:一张从跳蚤市场上淘来的二手沙发、一大块铺满整个地面的米黄色地毯、几个用板条箱做成的置物架。这一切与眼前的狂欢形成了鲜明的对比,令我感到很不舒服,仿佛在场的所有人都被困在一个单调无聊的故事中,正在疯狂地、拼命地挣扎,想要用荒唐滑稽来冲破平淡的束缚,好进入一个更有趣的故事。

有人从旁经过,把一盆天竺葵塞进了我怀里。

"好好享受。"他愉快地笑着说。

一瞥之下,我瞧见他的脸颊上用橙色的马克笔画着猫咪的胡须。

我把花盆放在附近的板条箱上,将自己那杯丝毫未动的粉红色酒水倒了进去。

"丽莎,我要回宿舍了。"我说,"我觉得很没劲。再说,我这身打扮也不合适。"

"有朝一日,"我的室友大喊道,"有朝一日,回首青春往事,你肯定会后悔的。浪费了多少大好年华呀!瞧瞧你,马上就二十岁了,你喝醉过吗?没有。好好谈过恋爱吗?也没有。你——"

我赶紧打断她:"这里太吵了,什么都听不见,我先走一步。"

我从人群中穿过,朝外面走去。地板中央放着一个编织篮,里面有一条闭目小憩的巨蟒,我特地绕了一个大圈子避开它,中途还躲过一些骚动,屋里的人们正在拽着家具往墙边拖。穿过起居室,走进空无一人的厨房,洁白的油毡布地面上有一串湿漉漉的脚印在发光。我循着这串脚印,来到门厅,正好看见一个光着腿的女孩儿,她的脸被潮湿、纠缠的黑色长发遮住,肩膀伴随着啜泣声起伏,身上裹着一件特大号的风衣,一个又高又瘦的男人正在动作轻柔地把她往门外推。

那个男人在她背后关上了公寓套房的大门,转过身来,看见了我。

无意中目睹了人家不愉快的私事,我感到很尴尬,只能别开脸,硬着头皮从他身旁挤过去。瞥见门厅里的镜子时,我更觉得窘迫不安了,镜中的自己穿着蓝色的牛仔裤和一件扣得严严实实的格子衬衫,头发梳到脑后,扎成一条过时的马尾辫,脸上未施粉黛,只是马马虎虎地擦了一点唇彩,双手正在用力地拽着门锁。

"这就要走了?"他在我背后轻声问。

"我有篇论文周一要交。"

"太遗憾了。毫无疑问,你是这里最有魅力的人。"

我这才第一次抬眼看向他。他站在那儿注视着我,优雅闲散地靠在墙上,身穿一件灰色开襟羊毛衫,脸色苍白却神情生动,显得很睿智,肩上趴着一只灰色的猫。在他身后,两道门框镶嵌着昏暗的长方形派对房间,那里的沙发和扶手椅都已经不见了。正在这时,一群身材苗条的姑娘跳起了康茄舞[1],像波浪一样在房间里起伏着,她们头上都戴着一个纸糊的巨大龙头。

镜中胆小如鼠的映象用肩膀推了推现实里的我。

"我深表怀疑。"说完,我又继续去拽门锁。

他朝屋里扫了一眼。

"哦,你是说她们?"他说,"不,不,她们太过刻意地追求与众不同,到头来不过是当了个背景,反倒让真正的新颖别致显得更加突出……我看,你确实急着要走。当然,我不会强行挽留,只是你何不尝一尝这杯上好的威士忌,权且当作是临别酒,也省得我担忧自己未尽地主之谊。"

他举起手中那只胖乎乎的水晶高脚杯。冰块碰到杯子,发出诱

---

1 康茄舞:一种起源于古巴狂欢节的舞蹈,20世纪30年代和50年代在美国很流行,常见于各种狂欢派对。

人的叮当声，我心想：这回不是塑料杯了。他在杯缘上方看着我，挑起了一边的眉毛。那只猫也在看着我。他们俩的眼睛很像，都是亮闪闪、冷冰冰的，透着戏谑的意味。我重新对大门发起了进攻。

"谢谢你，但我不喝威士忌。"

唉，这东西到底是怎么回事，该往左拧还是往右——

那个男人从容不迫地开口了。

"这是你的原则，还是说你仅仅不喜欢这种味道？"

"我从来没尝过。"

"那么，请恕我提一个显而易见的问题：没有尝试过，你怎么知道自己不喜欢呢？就个人而言，我一向热心拥护苏斯博士[1]的不朽教诲。"

"谁？"

"苏斯博士呀。《绿鸡蛋与火腿》[2]。'试试吧，试试吧，试了才会见分晓。'你不知道吗？"

"我完全不知道你在说什么。"说着，我又一次放弃了跟门锁的斗争，看向那个男人。有意思的是，我突然发现他其实只比我大一两岁，可是我并未将他视为毛头小子，平时在宿舍里或课堂上，我总是觉得所有男生都很幼稚，因而不愿与他们交谈。

"哦，糟糕。我觉得自己好像听出了一点儿外国口音，看来，

---

1 苏斯博士（Dr. Seuss）：本名西奥多·苏斯·盖泽尔（Theodor Seuss Geisel, 1904—1991），美国作家、漫画家、动画片制作者及艺术家，以"苏斯博士"的笔名创作出版了许多儿童读物。
2 《绿鸡蛋与火腿》：苏斯博士的代表作之一，出版于 1960 年 8 月 12 日，故事讲述了一个叫山姆的人坚持不懈地劝说另一个人品尝绿鸡蛋与火腿，山姆认为没有尝试过就不知道是否会喜欢。下文"试试吧"三句引文即出自该书。

你小时候肯定没能伴着母乳汲取苏斯博士的经典之作，太不幸了。这样下去可不行，得立即想办法补救。请跟我来。"

他表情严肃地讲完这番话，趁我还没来得及表示反对，就转身迈开大步，根本没停下来看一眼我是否跟着。不过，我确实跟上了，虽然有过片刻的犹豫。我们穿过嘈杂混乱的起居室，来到走廊尽头一扇紧闭的房门前。"在下的陋室。"他说着，微微欠身打开了门，抬手将我拂进屋里，接着把门关上了。音乐声和跺脚声瞬间变得很遥远。"咔嗒"，门锁的响动异常轻柔，我不禁感到十分惊奇，还未收回心神，注意力又在不知不觉间被面前的房间吸引住了。

它仿佛并不属于我们刚才走过的公寓套房。这里空间宽敞、风格典雅，家具装饰统一采用温和的灰色调——海灰色的柔软小地毯、青苔灰的天鹅绒窗帘、深灰色的床罩、蘑菇灰的细长落地灯。虽然谈不上讨厌，但是我对室内装潢毫无兴趣，可谓一窍不通。即便如此，我依然能看出，屋里处处都显示着与众不同的品位。墙上挂着几幅镶嵌在黑白画框中的建筑物版画，书架上摆满了皮面装帧的书籍，不知为何，天花板上还安着一面巨大的镜子。这个房间令我感到不安，仿佛走着走着迷了路，一脚踏入别人的故事中，而我还不确定自己是否喜欢这种类型的故事。

"我只能待几分钟。"我坚决地宣布，以免他会产生误解。

"明白，你有篇论文周一要交，我记得。"他从一个银色托盘上陆续拿了几瓶酒，倒满自己的高脚杯，然后伸手取了一本书，盘腿席地而坐，举手投足间既流露出悠闲自在，又显得一丝不苟，"不用担心，故事都很短。我读给你听，朗读时效果最好。"

我坐在地毯上，与他面对面，那只灰猫从他的肩头翩然跳下，倏忽来到跟前，趴在了我的大腿上。

"多里安喜欢你，"他说，"这可是极大的赞美，我向你保证，它平时根本不喜欢任何人。你知道吗？一群家猫叫作祸害，一群野猫叫作灾难。来，边听边喝，尝一口试试……好了，故事里的快活家伙叫山姆，不过暴躁家伙的名字却从未出现。小时候，我经常为此而烦恼……味道如何？"

"很有趣。尝起来像烟雾，像木头，又像锐角一样尖利。谈不上喜欢。"

"好吧，起码你现在知道了。来，尝尝这个，咖啡甜酒，味道更甘美。"

"我平时真的不喝酒。"我解释道。

"哦，这可不是喝酒，而是抽样尝试。完全是出于教育精神。"

于是，沐浴着柔和的灰色暮光，我坐在陌生房间的地上，大腿被猫咪捂得热乎乎的，倾听着眼睛明亮的男人朗读故事，故事中有鸡蛋与火腿、一号与二号[1]、"答答答答"[2]的钟表，还有塞满脚的鞋子[3]。与此同时，我一直在品尝各种酒水，面前总会突然冒出胖乎乎的玻璃杯，里面盛着五颜六色的液体——这一杯尝起来像金色顺滑的杏仁蜜，那一杯尝起来像在日出时分一头扎进冰冷的湖水

---

1 一号与二号：出自苏斯博士的《戴帽子的猫》，分别是故事中的两个角色，此外还出现了三号和四号。
2 答答答答：出自苏斯博士的《穿袜子的狐狸》，故事中有两个主要角色——狐狸与诺克斯。狐狸说话时用了许多复杂的绕口令，诺克斯抱怨那些绕口令太难。当狐狸教诺克斯讲"滴答滴答"的绕口令时，诺克斯跟不上，说自己的舌头都打结了，只会"答"不会"滴"。
3 塞满脚的鞋子：出自苏斯博士的《你要去的地方》，其中有一句话是：头里装满大脑，鞋里塞满脚，只会走到好地方。

里,最后一杯像落满灰尘的古董蕾丝花边,饱含着淡淡的悔意。

听完我的形容,他笑了。

"我就知道,"他心满意足地说着,举杯与我的酒杯碰了一下,他的手指又细又长,像贵族的手指一样,"我早晚会发现一个志同道合的诗人。你开口说话前,总是先让言语在唇齿间多停留一秒,仿佛在品尝滋味似的。给我朗诵几首你写的诗吧!"

"不,"我说,心中却暗暗感到高兴,"我不在派对上朗诵自己的诗。言语不该像廉价的硬币一样任人随意摆布。"

"可诗歌就应该在派对上朗诵。不然你还打算在哪儿朗诵?诗歌研讨会?图书馆?我必须承认自己深感震惊。接下来,你该不会告诉我,你写的诗都不押韵吧?"

"有时候确实不押韵,但并非总是如此。而且,我在任何地方都不会朗诵它们。"

"这太荒谬了!"他大喊道,"诗歌需要被朗诵,否则它们只不过是在无人的森林里倒下的大树而已。"(以前是否也有人对我说过类似的话?我记不清了,但是一种似曾相识的奇妙感受从心底油然而生,在一阵莫名而激动的战栗中,我觉得自己渐渐涨红了脸。)"而且,诗歌当然应该押韵。它们的力量就源自诗人的奇思妙想与形式的枷锁羁绊之间的痛苦冲突。正如柯勒律治[1]所言:'诗歌就是以最佳的秩序排列最好的字词。'[2]其中,'秩序'是至关重要的。韵

---

1 柯勒律治(Coleridge):指塞缪尔·泰勒·柯勒律治(Samuel Taylor Coleridge, 1772—1834),英国诗人、文学评论家及哲学家,与好友威廉·华兹华斯(William Wordsworth, 1770—1850)同为英国浪漫主义运动的发起者。
2 出自柯勒律治的一句名言,原句为:散文就是以最佳的秩序排列字词,诗歌就是以最佳的秩序排列最好的字词。

律将秩序加诸梦幻,而最伟大的诗人则从内部超越秩序,用美丽与热情突破预设的界线和陈词滥调,成就旷世奇作。"

他讲话时语气热烈、斩钉截铁,但在那机敏、瘦削的脸庞上,一双浅色的眼睛闪烁着嘲弄的光芒,我看不出这番言论究竟是他的肺腑之言,还是拿我寻开心的随口玩笑。屋外有人在敲门。

"给我朗诵几首你写的诗吧!"他重复了一遍。

"不行。况且,那些诗都是俄语的。"我已经觉得头晕目眩了,但这种感受却很惬意。此刻,屋里的光线十分昏暗,可我并未注意到他是在何时将灯光调暗的,"你难道不用去开门瞧瞧他们有什么事吗?"

"不必理他们,过一会儿他们自然就走了。既然如此,我便朗诵一首自己写的诗,以表诚意,如何?不过,我得提醒你一句,我的诗可比不上苏斯博士的故事。"

敲门声变成了砰砰巨响的重击声和喋喋不休的讲话声,灰色的多里安趴在我的大腿上,喉咙里咕噜咕噜作响,那个男人用低沉的嗓音在独特的节奏中抑扬顿挫地穿梭,时而有一两句平静缓和,接着却又会出现意想不到的激烈紧张,我知道这首诗非常精彩,绝对是佳作。忽然,砰砰的动静消失了,远处好像传来了关门的声音。我这才发现,自从踏入这个柔灰色的房间以后,已经过了很久——也许有一小时,又或许有两小时——眼下,音乐停了,派对似乎也散场了,只剩下我们两个人。他已经结束了朗诵,正在看着我,嘴唇上依然带着一抹温和而戏谑的微笑。我想要称赞这首诗,却发现自己连其中的只字片语都想不起来,仿佛那些诗句都只是从他手中燃起的刺鼻烟雾,一缕缕飘散在空中,没有实体,无法触摸。

"不对,等一下,"我反应过来,"这首诗完全没有押韵!"

"一切规则都是为了被打破而存在的。"他说着,穿过地毯,在我身边坐下,于是我吸了一口他的古怪手卷烟[1],咳嗽了几声,开始讲话。我之所以讲话,是因为我突然觉得紧张不安,但更重要的是,我不想再做一棵在森林里孤独倒下的大树。所以,我不停地对他讲话,说韵脚并非限定诗歌秩序的唯一方式,说自己有一个巨大的野心,想要把所有的人生体验都写成组诗,而且我已经完成了其中的一小部分:关于疲倦的组诗(这组诗是仿照茨维塔耶娃的失眠组诗所创作的现代版本)、关于家的组诗、关于记忆的组诗、关于……

"关于爱的组诗?"他提议道,犀利的浅色眼睛细细地打量着我。

"不,不。"我说着,稍微往旁边挪开了一点儿,"不要那么平庸老套的内容。"本来在这种情况下,我很可能又会开始感到心神不宁了,但由衷的好奇之情占了上风,我很想知道他是如何看待各种事物的。比如,在普鲁斯特笔下,那时时萦绕心头的难忘旋律曾一直在宇宙中飘荡,直到被一位作曲家发现并记录下来——或者,同样地,米开朗琪罗宣称,自己只是将早已存在的雕像从囚禁它们的大理石块中拯救出来——他是否认为这种柏拉图式的观点也可以应用于诗歌呢?也许这世上有一个宝库,装满了朗朗上口、普遍通用的表述方式,等待着莎士比亚或普希金填上和谐悦耳的字词,写出动人的诗篇,若果真如此,但每种语言都是独一无二、与众不

---

1 手卷烟:指大麻烟。

同的，该如何克服语言的问题呢？诚然，最深刻、最简洁的诗歌不费吹灰之力就能跨越语言的障碍——"生存还是毁灭"[1] 在俄语中同样强劲有力，不过平心而论，我无法断言在芬兰语或汉语中也是如此——然而，如果诗句中表达的是更为细腻微妙的情感，又会怎么样呢？或者，这便是宏大普世的真理与复杂精巧的美丽之间的区别，也就是说，应当看诗歌的意义是否超越了诗歌的表达吗？

他往我的玻璃杯中倒了点儿什么，然后开口说，提到莎士比亚，实际上，他自己对戏剧也偶有涉猎，曾在去年的一场简陋演出中扮演过哈姆雷特，不知我看过没有，啊，真遗憾。总之，莎士比亚说过，"整个世界就是一座舞台"[2]，在这句话的启发下，他想出了一个有趣的小理论，那就是，天才的剧作家总是深刻地触及了人性，因为他们当中的每一个都能从一种独特的世界观中汲取精髓，注入自己的剧作之中。即便过去了数个世纪，我们这些渺小的凡夫俗子也依然在不知不觉间将人生浇铸成戏剧的素材，终有一日会出现在某位伟人的笔下，而我们的本性也随着剧中的言语和情节而改变。有的人在莫里哀的滑稽戏剧中上当受骗、遭人设计，有的人在契诃夫的平静戏剧中度过枯燥单调的一生，有的人想在莎士比亚的悲剧中轰轰烈烈地爱一场，还有些倒霉蛋闯入了尤内斯库[3] 和贝克

---

1 出自莎士比亚的著名剧作《哈姆雷特》，是主人公哈姆雷特的一句台词，原句为"生存还是毁灭，这是一个值得考虑的问题"。
2 出自莎士比亚的剧作《皆大欢喜》，原句为"整个世界就是一座舞台，男男女女都是剧中演员"。
3 尤内斯库（Ionesco）：指尤金·尤内斯库（Eugène Ionesco，1912—1994），罗马尼亚裔法国人，剧作家，法国先锋戏剧的代表人物之一，其剧作描绘了人生的孤独与无意义。

特[1]的世界里。

"那你肯定是属于奥斯卡·王尔德[2]的戏剧了！"我笑着说。

"我会将这句话理解为仅仅指我的品位与幽默，而并非指我的行为。"他说，"希望不久的将来能有机会向你证明。"

我张口欲答，却想不出聪明的回应。正在这时，他吻上了我的嘴唇，他的亲吻跟我年少时在莫斯科经历过的那种橡胶摩擦般的亲吻截然不同。虽然我渐渐地坠入了黑暗而灼热的旋涡中，感到头晕目眩，但是心中仍有一个清醒的声音在冷酷地说：这是可以预见的，其实都有点老套。在这里，在柔软、温暖、灰色的房间里，在米黄色昏暗灯光的笼罩中，在天花板的镜子下，这种引诱女孩子的把戏显然时常上演。那只猫溜到橱柜顶上，用浅色的眼睛居高临下地盯着我们。后来，当心中那个清醒的声音沉默了许久，另一个更低沉的声音响了起来。这一切是如此有趣、可怕、令人沉醉，我觉得自己在改变，既变成了一个崭新的陌生人，又依然保持着自我。在某个只能用言语触及的宁静、隐秘之处，在风暴的中心、混乱的幕后，永远故我。心中深沉的声音讲着神秘的语言，将纷纷扰扰化为井井有条。在那与世隔绝的小小世外桃源，我发现自己正在写一首诗，那是我用英文写的第一首诗，是一首押韵的诗。

---

1 贝克特（Beckett）：指塞缪尔·贝克特（Samuel Beckett，1906—1989），爱尔兰小说家、剧作家、戏剧导演、诗人，荒诞派戏剧的重要代表人物，于1969年获诺贝尔文学奖。与尤内斯库相似，他也认为人的存在是没有希望、没有意义的，人生是空虚而孤独的。
2 奥斯卡·王尔德（Oscar Wilde，1854—1900）：爱尔兰剧作家、小说家、散文家、诗人，唯美主义运动的代表人物。他的剧作用诙谐的语言揭示了上层社会的腐朽与混乱。

邂逅。

"不。"[1]

打赌。

相互。

宠物。

湿漉漉。

尚无。

困住。

让步。

汗珠。

悔否?

并不。

烟雾。

1　原文为俄文。

大学校园

9 我的宿舍

祭品

尖锐刺耳的电话铃声响彻静悄悄的宿舍,一下子惊醒了我。原来,在等待的时候,我不知不觉蜷缩在扶手椅上睡着了。我让电话又响了一次,然后才拿起听筒,稳住狂跳的心脏,竭力调动积极的情绪,用尽量开朗的语气说了一声"喂"[1]。丽莎的声音伴着笑意传入耳中。她说,打来只是为了告诉我,她今晚要在萨姆那儿过夜,对了,今天早上在餐厅里发生了一桩特别有趣的事情,根本想象不到——

"丽莎,"我打断了她,"你知道的,我在等电话,眼下不能占用通信线路。"

"哎呀,我忘了,今天是周日。"话音未落,她就匆匆挂了电话。

我小心翼翼地把听筒扣下,坐回扶手椅上,看了一眼表。已经过去一小时了。有时,他们很快就能打进电话来,但一般情况下,

---

1 原文为俄文。

还是要花上两三个小时，甚至更久。我感到十分焦虑，根本就没有心思念书，刚想抽一口大麻，却立刻否定了这个念头：我要让思维保持清醒。音乐声从半开的窗户间飘进来——康斯坦丁又要举办派对了。三月的微风拂动低垂的遮光帘，轻轻地拍打着窗框。

我仰靠在椅背上，宿舍又陷入了意料之中的寂静。

每周日，在电话旁等待时，我都能清晰地在脑海中勾勒出父母的模样，因此我很珍惜这一周一次的守候。想象中，父亲坐在打字机前工作，只投入了平常一半的专注，随时准备着拿起分机听筒；母亲坐在走廊里的高脚凳上，拨号，可恶的忙音，再拨号，还是忙音，她一次又一次地拨号，抿紧嘴唇，集中精力，盼望着能听到接线员的简短回应。我们的实际通话本身是很扫兴的，只不过是五分钟的强颜欢笑，还得扯着嗓门压过嘈杂的电流声。但是，那数个小时的期待令我确信，我的家是存在的，我的童年是真实的——否则，我会觉得这一切都是虚构出来的，是一个在孤独寂寞时讲给自己听的童话故事，是一首写满星光与命运的心碎之歌，终究会在干巴巴的异国语言中、在耀眼的日光与夜晚的霓虹间消散得无影无踪。

久坐不动令身体都变得僵硬了。我打着哈欠，伸了个懒腰，闭上眼睛。片刻之后，当我睁开眼睛时，面前的世界变了：熟悉的泥土气味[1]飘在空中——也许我终究还是卷了一支大麻烟——整个房间充满了静谧与黑暗。那静谧颇为独特，显得如梦似幻，深邃的黑暗凝聚在我对面的扶手椅上，化为一团阴影。

---

1 泥土气味：指大麻的气味，通常像是混合着臭鼬气味和泥土腥味。

"所以,"他平淡地说,"你终于决定要对他们坦白了。你也知道,他们不会高兴的。不,别开灯,否则你只会看到一条丑陋的恶龙,而不是一名英俊的青年。"

"你把自己的神话故事搞混了吧?我不是普赛克[1],而你这个年纪,也当不成丘比特。"话虽如此,我还是从台灯上挪开了手,"无论如何,我并不担心,他们一定会理解的。我已经寄了一些自己写的诗给他们。"

"是啊,"他说,"你的'彼岸'组诗。换作是我,不会首选它的。这组诗不像阿波罗,更像狄俄尼索斯[2],充满了原始的感受,却没有足够的思考。还有,那首描写修女跟魔鬼睡觉的短诗,实在是毫无新意,与文明社会尚可接受的色情文学差不多。不过,事已至此,多说无益。我想,你应该已经准备好说辞了吧?"

"我希望能单凭自己的诗作说服他们。"我冷冷地说。

"如果不行呢?"

"那我就告诉他们,回家是见始知终的选择,毫无挑战性,有人曾经教过我,不要去走平坦轻松的大路。"我停顿了一下,等待他表示认可,但黑暗中一片沉默,"好吧。我会告诉他们,自己还

---

[1] 普赛克(Psyche):出自罗马帝国作家阿普列乌斯(Apuleius,约124—约170)的《变形记》(又名《金驴记》),其中有一篇题为"丘比特与普赛克",讲述了美丽少女普赛克与维纳斯之子丘比特克服重重阻碍追求爱情的故事,是后世诗歌、戏剧、绘画、雕塑的一个经典题材。在故事中,普赛克的父亲曾得到神谕,说普赛克最终会嫁给一条恶龙,后来普赛克嫁给了一个素未谋面的丈夫,那个丈夫只在黑暗中与她相会。普赛克的姐姐们提起当年的神谕,怂恿她偷看丈夫的面貌。于是普赛克便在夜晚偷偷点灯,结果看到丈夫并非恶龙,而是一名英俊的青年,也就是丘比特。

[2] 狄俄尼索斯(Dionysus):古希腊神话中的酒神,喜爱饮酒作乐、跳舞狂欢。

有几个月就满二十二岁了,却从未真正地闯荡过。迄今为止,我的全部人生都是在父母的庇佑下、在图书馆的隔间和宿舍里度过的,而未来的道路也早就铺好了,放眼望去,一目了然:莫斯科的日常生活跟旧时一模一样,等待着将我吞没,经过一小段研究生学习的插曲,接着在某个落满灰尘的机构里找一份办公室工作,跟一个像瓦西里那样的人结婚、生子,然后度过中年,步入死亡。这一切就像一个井字游戏[1]的巨大棋盘,年复一年,了无新意,当生活在一个格子上打叉时,我也得顺从地在下一个符合逻辑的位置画圈,心里却始终清楚,这场游戏永远也赢不了。然而,在外面,有热闹狂欢的街头、连绵起伏的山峦、阳光明媚的广场,而我只想——只想离开这个棋盘,哪怕片刻也好。"

"可是,亲爱的,那你究竟要做什么呢?"

"我不知道。那很重要吗?也许搬到纽约去,或者新奥尔良,或者旧金山。租一个单间公寓。在烟雾缭绕的小酒吧当服务员。学习如何调配鸡尾酒、如何弹奏吉他。精通扑克牌。接触空手道。到画廊或邮局工作。在行驶于海岸间的火车上谋职。或者做一名伴舞演员。或者当一个擦窗户的工人。什么都行。一切都好。我甚至从未去过任何地方旅行。我想投身于冒险之中。趁着二十世纪还没耗尽,一头扎进去,那样我就可以凭借丰富的经历来描写这个时代了。整日待在四面墙壁之中,守着书呆子的小房间,不去品尝欢乐与苦痛,是无法发现新东西的。艺术就是不断地拓展人生的极限,

---

[1] 井字游戏:一种两人玩的纸笔游戏,在3×3的棋盘上,玩家轮流打叉或画圈,最后哪一位玩家成功地将自己的符号连成一线(横、竖、斜),就算胜出。

不是吗？它绝不可能诞生于渺小平凡的生活。"

一缕夜风吹进房间，遮光帘在窗框上敲出颤抖的节奏。我凝视着黑暗的阴影："你还在吗？喂？"

"但愿，"他说，我能听出他忍住了一个哈欠，"但愿你别落入迷惑众人的圈套之中。艺术家没必要为了创作而过上灯红酒绿、纸醉金迷的生活。其实，如果你真想成为传奇，那就必须把所有的时间都奉献给自己的使命，而将制造冒险的任务留给未来替你撰写传记的作家。切记：极限的真正拓展是向内的，而不是向外的；无论你身处于多么狭小的蜗居，苦痛都能找到你；而欢乐，欢乐永远只有一诗之隔。这世上没有渺小的生活，只有渺小的人。"

我突然感到怒火在心中熊熊燃烧，他只会讲一些无关痛痒、优雅动听的箴言妙语，仿佛根本就不懂现实生活中的具体选择。

"高贵的使命、神圣的标准、真正的创作……你满口都是绝对的言辞和抽象的概念。"我尖锐地说，"他们不是说上帝存在于细节之中吗？我想要——不，我需要——体验细节，你明白吗——那些独特、逼真、奇妙的生活细节。在黎明时分，露水与垃圾车的气味。在街道拐角的路边餐厅，苦咖啡的提神味道。在静谧、昏暗的小巷里，从地下室窗户中飘来的爵士乐的疯狂颤音。这才是我想写进诗里的东西：对于此时此地而言，独一无二的事物与感受；对于此时此地的我而言，独一无二的事物与感受！"

我猛然发觉自己正在大喊大叫，立刻停住了。在微风轻拂的房间里，寂静变成了空洞，就像笼罩在一口轰然长鸣的大钟之内。

过了很久，他终于说话了，慢吞吞的语调中透着冷漠，犹如在我的腹部重重地击了一拳。

"有时候，亲爱的，我会忘记你还只是个孩子而已。好吧，多多保重。在外面的世界四处浏览时，当心不要在书架间迷路。现在，我要离你而去了。"

那说话声听起来遥不可及，仿佛正在渐行渐远，每个字都变得越来越模糊。我心里一沉，忽然记起了跟"哈姆雷特"相处的最后那段日子，往事如浪涛般席卷而来，冲垮了数月以来的平静。我想起了他那满不在乎的轻轻耸肩，那居高临下的似笑非笑，那双总是从我身上斜斜掠过的充满厌倦的淡色眼睛……

孤独与愤怒又涌上心头。

"那就走吧！"我冲着空荡荡的黑暗嘶吼，"走！我受够了你的长篇大论，也受够了你！我已经长大了，早该彻底抛弃这种幼稚的白日梦——"

耳畔扫过他的气息，我险些惊叫出声，那呼吸近在咫尺，灼热而干燥的嘴唇贴在我的太阳穴上。

"如果你献给我一件像样的祭品，也许我会实现你的一两个祈祷。仅此一次。"

失明般的黑暗死死地压在眼皮上，我感到喉咙里一阵发紧。

"怎么，你想让我给你宰一头山羊吗？"

电话铃声尖叫着划破宿舍的宁静，我猛然惊醒，发现自己蜷缩在扶手椅上，看来肯定是在等待的时候不小心睡着了。我让电话又响了一次，稳住心神，然后才拿起听筒，可结果只是我的室友丽莎，她打来告诉我，说今晚要在萨姆那儿过夜，对了，她有件好玩的事情要告诉我——

"丽莎，你知道的，我现在不能跟你多说，"我打断了她，"今天是周日。"

"哎呀，抱歉，我忘了！"她挂断了电话。

欢快的音乐伴着强烈的节奏，从半开的窗户间飘进来，康斯坦丁又在举办派对了。我打开台灯——夜色悄悄地从身旁消逝——陷进扶手椅中，感到迷惑而不安。心中笼罩了一层模糊的阴影，仿佛有什么可怕的事情发生了或将要发生，但说不上来，只有不祥的预感深入骨髓。我静静地坐了一分钟，然后摇了摇头，驱散残留的慵懒睡意，从电话旁拿起一摞纸，读着最上面的那一张。

"哈利路亚！"[1]
苍白的天使低声吟唱，
却失去了左边的翅膀，
只能在空中一圈圈盘旋，
因失去平衡而倒向一方，
就像喝醉了酒的人一样。

我想证明自己有能力将决心付诸实践，为孤独的探索而奉献，用语言之网捕捉无形的人生。单凭这些诗句，父母会理解我吗？我翻动纸张，从这里挑出一行，从那里抽出一句，在脑海里默念，试图以父母的眼光来评判，以陌生人的视角来鉴定，可是却无法连句成章、连章成篇。我读得越多，就越是惊惧地感受到，在灵魂中掷地有声的意义并没有破茧成蝶，而是被困在了枯燥的言语之中，那

---

[1] 哈利路亚：音译自希伯来语，意为"赞美上帝"。

字里行间写的不是诚恳真切的人生，而是青春的多愁善感和空虚的只言片语。

电话响了。

"莫斯科来电。"接线员尖声说道，然后我父母的声音便出现了。

喂，喂，你好吗，我们很好，我很好，都很好！我们三个一齐大喊大叫，接着又同时停了下来，等待对方说话，却无人开口。在这沉默的数秒之间，我想象着粗大的电缆线路在大洲间海底的淤泥中伸展，覆满了软体动物，落满了船只残骸，许多原始的怪兽扭动着身躯掠过上方的绿色水域，投下巨大的阴影。

"那……你们读过我寄的诗了吗？"

"读了，我们读过了，对。"他们又同时开口说话。母亲轻轻地笑了，每当她觉得尴尬时，都会这样笑。她说希望那些诗并不完全是自传性质的，还说了关于毒品的什么话，而父亲则在她的笑声中含糊地嘟囔着，听不真切。然后，母亲不笑了，父亲清了清嗓子。又一只怪兽从阴沉的大洋里漂过。

"咳，无论如何，写诗是青春的一部分，谁没有在抽屉里藏着几首十四行诗呢？"父亲总结道，"那么，你仔细考虑过研究生学习的事情了吗？莫斯科大学有几个专业——"

"关于那件事，"说话间，我感到脸上由于羞愧而变得滚烫，"我想在这里多待一段时间。一两年吧。"

我听到父亲在小心翼翼地喘息，听到母亲掉了什么东西的沉闷声响，好像是她的电话听筒。我静静地等待着笨拙摸索的杂音平息下来。

"啊，这么说，"最后，母亲终于说话了，她的声音听起来很遥远，"你要在美国申请念研究生吗？"

我心里一紧，想起了成功、完美的奥尔加，她正在考虑去耶鲁法学院念书，眼下还是不要提她为好，"不，我只是……我想，应该会找工作吧。"

"什么样的工作？"

"也许在邮局上班之类的。我觉得——"

"可是，这不像样啊。"母亲用受伤的语气说道。

父亲一言不发。

"我的意思是，短期内暂时如此。我可以一边工作，一边研究各个学校，继续准备申请。"

"这样，"母亲说，"不如你先睡一觉，好好想想，咱们下周再讨论所有选择。现在时间不多，你还有两个月就要毕业了。你要知道，这并不是可以重来的试验，而是仅此一次的人生。"

父亲依然沉默着。

通话断了，我环顾宿舍，在这里，我度过了四年的夜晚，除去二三十个在图书馆熬夜的日子，以及跟"哈姆雷特"嬉笑玩闹的一个短暂春天。我细细地打量着每一样东西，想再确认一下。我的目光在屋里游移，看向两张并排的桌子、女生的双层床、丽莎贴在墙上的克利[1]和康定斯基[2]的作品海报，角落里放着我自己的一小堆纪

---

1 克利（Klee）：指保罗·克利（Paul Klee，1879—1940），瑞士裔德国艺术家，个人风格受到了表现主义、立体主义和超现实主义的影响。
2 康定斯基（Kandinsky）：指瓦西里·康定斯基（Wassily Kandinsky，1866—1944），出生于俄国的画家、艺术理论家，与保罗·克利为至交好友，二人被认为是古典现代主义的创始人。

念品，中间那光秃秃的位置曾经摆过一张明信片，印着一只戴帽子的猫[1]。没错，真实的篇章不可能从这里诞生。说到底，这只是一个勤奋的姑娘在公园的沙堆里过家家，假装自己是诗人，用沙子堆砌诗歌，仅此而已。我下定了决心，便把地板上散落的所有纸张都敛起来，接着又走到书桌前，掏空抽屉，拿出更多纸张，它们全都是手写的诗稿，有些是俄文，有些是英文。

我感到非常平静。

我的口袋里有一个打火机，红底白字，写着"西伯利亚"，是康斯坦丁的朋友从阿姆斯特丹的咖啡馆里拿回来的。几周前，我借用了一下，后来忘记还了。我掏出打火机，反复试了几次，总是打不着火，大拇指的指腹都磨疼了，最后好不容易召唤出一团小小的蓝色火焰，在空气中微微摇曳着。房间角落里的水槽太浅了，没法一次装下所有诗稿。要是能有个壁炉就好了，场面会变得诗意许多——做这类事情时，总该显得优雅气派一些吧，我不无苦涩地想着，抓起第一把诗稿扔进了水槽。我注意到，那是"孤独"组诗。反正，我也不想再跟组诗纠缠了。最上面的纸页绽放出炙热的光华，显得生动明艳，仿佛那一字一句都是自愿燃烧起来的，将内在的纯粹激情幻化成了外在的熊熊烈焰。我忍不住又念起这些诗句，光秃秃的黑字与亮闪闪的金黄形成了鲜明的对比，在转瞬即逝的美丽中微微颤抖，不出片刻，它们就会瓦解成潮湿的灰烬，消失在下水道中，跟丽莎掉落的金色长发做伴了。

---

[1] 戴帽子的猫：出自苏斯博士的儿童绘本《戴帽子的猫》，是一只个子瘦高、模样拟人的猫，戴着红白条纹的礼帽和红色的领结。

那是一个漆黑的秋夜,
壁炉呈现蜂巢的金色,
蜂蜜般的余烬在闪烁,
一只猫咪在炉边酣卧。
我又变成自己的祖母,
织着一条永恒的围脖,
一排已然泛黄的照片,
贴在了我人生的相册。
当我为孙女织着围巾,
轰然闪现庄严的时刻——
这个人怎么可能是我!
我从幻梦中恍然惊醒,
听到自己的呻吟悲鸣,
还有你那喃喃的诉说。

下面的纸张暴露出来,依次翻滚着、蠕动着,新的诗句燃起火苗,在短暂的热烈中道别。我不想再看了,把剩下的诗稿都一股脑扔了进去,白色的尸体像水泥一样灌入肮脏的小水槽里。刚开始,什么都没有发生,过了整整一分钟,烟雾开始懒洋洋地从纸张边缘冉冉升起。在水槽上方的镜子里,有一个熟悉的姑娘正在注视着我,她的嘴唇坚决地抿成了一道直线,她的目光并不痛苦,反而闪烁着残忍的喜悦。我发现自己正打着嗝,发出笑声一样的啜泣声,抑或啜泣声一样的笑声。请吧,阿波罗,这就是献给你的一件小小祭品——时至今日我的全部存在,都被抹得一干二净,于是我就可以重新开始，于是我就可以创造真实的、鲜活的希望了。来吧，来吧，你能否闻到随意玩弄的言语、死气沉沉的言语发出甜蜜的腐烂气味，就像腻味的焚香飘进你的天堂？如果我信奉你，如果我能祈祷，我该要求得到什么回报呢？首先，要赋予我坚持不懈的力量，让我不要背离自己的道路，不要丧失一点一滴、一字一句捕捉世界的渴望，等到了合适的时候，我的渺小言语便会积少成多，化为一扇通往真实人生的大门，对每一个愿意接受邀请的人敞开。其次，或许我要把声音压低，难为情地轻声祈求，假如世上真有命中注定，那就让我遇到一个人，一个能让我全心全意、永远爱慕的人，我的灵魂伴侣，我的另一半。哦，我还要请求你，顺便惩罚那个肆意羞辱我的男人，也许你会发现这个请求是最讨人喜欢的，因为众神不是都渴望复仇吗？不过，愿望的实现形式常常出人意料，祈祷的最终结果也未必尽如人意……随着纸张冒烟、燃烧、粉碎，我对镜子里那个眼神野蛮的姑娘感到颇为惊异，紧接着却又将她抛在脑后，想出了一首新诗，等到这冗长乏味的仪式结束以后，我就要立刻动笔。这首诗的题目是"上帝的投诉书"，里面充满了祈祷、诅咒与忏悔，像人生一样复杂而矛盾，带着少许悲剧、少许有趣、少许暴力、少许——

火灾报警器在头顶上方响声大作。

我想都没想，就打开了水龙头，结果整个房间瞬间消失在一团嘶嘶作响的刺鼻蒸汽之中。报警器不停地尖叫着。房门突然被一把打开，有人冲了进来，我一边咳嗽，一边看着他拽过扶手椅爬了上去，动作熟练地在天花板上拧开了什么东西。

噪声立刻停止了。

"这下好多了。"他说着,从椅子上下来,"幸亏我碰巧路过。你到底在做什么?"

"销毁有损名声的材料。"我说。

"明白,"他说,"艳照。"他的语气故作严肃,但眼角眉梢却透着笑意。

"但愿,"我说,"我的生活别像你说的那么有意思。"

"我看,把宿舍烧了,就挺有意思的。"他说,"我正要去参加一个派对。"

"康斯坦丁的?"

他点了点头。

"当心乌佐酒[1],一杯就倒。"

他把扶手椅推回墙边。

"你应该让房间适当通风。需要帮忙清理吗?"

我转身打量着水槽,里面塞满了湿漉漉的灰色纸张。有一张一半已被烧焦、一半泡在了水里的纸片正好贴在搪瓷上,还能看清几行诗句。

你可以不用一直在这个迷宫徜徉,
但必须先在里面变成老年的模样。
这个迷宫的窗户都是透明的高墙,
童年游戏的鲜血在你的手上流淌,

---

1 乌佐酒:也叫希腊茴香酒,是一种茴香味的烈酒。

阿里阿德涅[1]的线球是一团嚼过的口香糖……

我发觉他正站在我身旁看着这首诗的残骸，不禁红了脸，赶紧把碎片塞进潮湿的炭灰中，将染黑的双手藏在了背后。

直到这时，我才意识到，自己早已牢牢记住了那些消失的诗篇，字字句句，烂熟于心。

"我自己能行。"我说，"谢谢。"

我们对视着。他的脸庞宽阔、干净，仿若米开朗琪罗的雕像，他的发型很孩子气，蓬松地卷曲着，就像拉斐尔笔下的天使。他的眼中笑意不再。

"好吧，那我走了。"他说。

"嗯，"我说，"谢谢。"

但是他依然站在原地。

---

[1] 阿里阿德涅（Ariadne）：古希腊神话人物，克里特国王米诺斯的女儿，在父亲的命令下管理献祭的迷宫，后来她爱上了提修斯，便给了他一把剑和一个线团，帮助他打败迷宫中央的人身牛头怪物米诺陶诺斯。后世常用"阿里阿德涅的线球"比喻解决问题的方法。

租赁的单间公寓

10　公寓房间

二十二岁时在黑暗中的交谈

　　此等快乐无以言表。

租赁的单间公寓

11　浴室

一首写于二十三岁的诗

我坐在床垫上，身上裹着毛衣，双臂紧抱着膝盖，只觉得浑身冰凉、寒彻骨髓。亚当从衣架上拽下一件衬衫，丢进了敞开的行李箱，顺手将衣架扔到了一堆越来越高的杂物上；塑料碰到了塑料，那声音干涩而响亮，"啪"。他对我视若无物。地下室的两扇小窗正好跟路面齐平，向外望去，冬雨正拍打着黑色的水洼。一个女人走过，鞋跟敲击着街道，那声音清脆而潮湿。我试着再次开口说话，但从我嘴里吐出的每一个字就像一缕缕透明的幽灵，从他身上飘然而过，痕迹全无。

"求你想一想。我为了你的学业，跟着你来到这里，如今你又要我为了你的工作随你漂洋过海，我……"

又一个衣架砸在了那堆杂物上，发出一声愤怒的脆响。

"求你，我不想离开你。说不定等过一阵子……等到你回来……"

终于，他的目光转向了我。一双漆黑而平静的眼睛。

"咱们说好了要共度余生。"他的双颌正在收紧,"现在,都到了最后一刻,我才发现你居然瞒着我把这个破地方的租约延期了,而且还说你不跟我走了。"

"求求你,求你听我说……我只是……"

"不,"他转过脸去,"我会收拾好东西,马上离开这里。今晚我要住在别处。无所谓什么地方,也许一个旅馆吧。我会直接从那里去机场的。"我张了张嘴,想打断他。"不,"他又一次说道,那坚定的语气就像一只无形的手,死死地捂住了我的嘴,"我不想说一些将来会后悔的话。等到了旅馆以后,我会给你打电话。如果你改变主意了,就收拾行李来找我。否则——否则就以后再说吧,祝你幸福。"

我不知所措地呆坐着,耳中只有衣架碰撞发出的声响,听起来就像骨骼关节发出的噼啪声。一分钟后,我站起身来,没有看他,径直走进浴室,关上了门。我们住的地方狭窄拥挤,除了浴室,我无处可藏。就像一个担惊受怕的孩子,我只能闭上眼睛,假装那个尾随我穿过地下室的可怕怪物看不见我。可是,即便躲到这里,怪物还是抓住了我。亚当的牙刷和剃须刀都不见了,浴室里只剩下那株巨大的剑兰,就在浴缸的一角,斜靠着发霉的瓷砖。它那枯萎的花瓣向外耷拉着,就像从无数血盆大口里伸出的红色舌头,得意扬扬地嘲笑我、嘲笑我。

(这株花是一周前亚当带回来的,他说:"等它凋谢时,咱们俩就漫步在塞纳河畔了。"

"可咱们没有这么大的花瓶,"我抗议道,"你想一想,咱们根本就没有花瓶。"

"那就把它放在浴缸里呗,洗澡的时候会很有趣的。"

"你知道吗?我已经有很多年没见过这种花了。"我说,"记得小时候第一天上学,我带了一束剑兰。当时我只有七岁,那束花比我都高,而且——你没在听我说话。"

"听着呢。"他说,但是我能看出来他又在思考自己的音乐了,于是我便没再往下讲,而他也丝毫没有察觉。)

我瘫倒在暖气片旁的地板上,用额头抵住墙壁,拼命忽略衣架的碰撞声。不久,噪声停止了,屋里静了一会儿,忽然,行李箱的拉链尖叫着撕破了我的听觉,他的脚步声穿过房间——从床到门,只有四步。

房门打开,关闭。

我难以置信地僵住了,侧耳倾听钥匙转动的声音。但是房门突然又打开了,脚步声折返,他冲进浴室,跪在我身边,一如既往地用双手捧起我的脸颊,他的眼中不再死气沉沉,而是恢复了昔日的生动明亮,我感到一股暖流席卷全身,心中的一切都各归其位了。

"我不能就这样离开。告诉我,你不再爱我了吗?"

"我比自己想象的还要爱你,你永远都不知道我有多么爱你。"

"那你为什么要这样做?"

"你还记得咱们俩一起度过的第一个夜晚吗?当时我问你,你想趁人生在世过得幸福快乐,还是想在百年之后变得永垂不朽,你说想永垂不朽,我说我也一样,于是咱们俩都惊喜万分,觉得能够遇到彼此是上天注定的缘分。只是,我爱上了你,此时此刻跟你在一起,我只想过得快乐。其实,我是快乐的,欣喜若狂、心花怒放,可是我也害怕失去这份快乐,怀疑你跟我在一起不够快乐,想要让你快乐,担心我不像表面上那样快乐,或者我的快乐只是自欺欺人,因为我不想承认自己还有一点伤感、一点失落。就这样,整日为了快乐而烦恼,同时还要筋疲力尽地打着各种零工帮你交账单,我几乎再也没有精力为诗歌付出了——可是你呢,对你来说,生命中还是只有音乐。最令我不安的,并不是我如此需要你,也不是我爱你胜过你爱我——尽管这一点也很难承受——但其实——"

"哦,可是你没有!你不可能爱我胜过我爱你。我只想让你快乐,根本不在乎自己的工作,我可以立刻打电话告诉他们我不想——"

"不!你不能那么做,这是你的未来,是我们的未来,我会跟你一起走,我当然会跟你一起走,我只是想听你亲口说——"

我们的嘴唇紧紧地吻在一起,全世界都回归正轨了,可是,一声心跳过后,我却真真切切地听到了钥匙在锁孔里转动的声音——他肯定在关闭的房门外站了许久,说不定同样也想象着我追出去,扑进他的怀抱,朗声念着多愁善感的僵硬台词。他的脚步声顺阶而上,像雷鸣般轰然作响。公寓大门的弹簧发出尖厉的长啸。

他走了。

不知过了多长时间,我才意识到砭人肌骨、无孔不入的寒冷正在侵袭——至少过了一个小时,也许更久。我瑟瑟发抖,暖气片在僵硬的手指下微微发热,贴在冰冷地板上的双腿变得麻木不堪。我觉得自己动不了了,身体不属于我了,在疯狂的片刻之间,我十分笃定,自己已经不知不觉地死了,现在注定要困在这狭小昏暗的浴室里、陷入肮脏污秽的地狱中，度过悲惨的来世，怀着悔恨的痛苦永远铭记，都是由于自己的选择，我才走出了光明、失去了爱情。

我强迫自己站起身来，脱光衣服。迈进浴缸中，我推倒了剑兰，将淋浴喷头开到最大、最热，直到水流滚烫，直到冉冉升起的蒸汽混合着花朵的血液变成了红色。我开始擦洗自己，用力地擦洗，身体像灼伤一样疼痛，最后泪如泉涌，崩溃地大哭起来，手上却依然在不停地擦洗，洗掉他留在我肌肤上的触碰，洗掉那些刻骨铭心的回忆：在黑暗的小房间里深情拥吻，光着身子随巴赫与姜戈[1]的音乐翩翩起舞，赤裸的脚板底下踩着粗糙破旧的地毯，我们的灵魂总是一丝不挂，午后两点在床上吃早餐，凌晨两点享用葡萄酒与伏特加，互相背诵阿波利奈尔[2]和古米廖夫[3]的诗篇——他的流利法文，我的母语俄文，都变成笨拙的英文汇聚在一起——从街边小摊上淘来的锡铅烛台捧着摇曳的蜡烛，探寻真理的交谈变得深刻而激烈，青春的贫穷挡不住苦中作乐和浪漫情怀，三条腿的大老鼠夜复一夜地挠着地下室的窗户，无数双靴子踏着沉重的脚步路过，月光之网在天花板上微微轻颤，清脆的绿苹果在他的唇间留下香甜，新年的烟花在外面的街道上灿烂绽放，而我恰好在前一刻刚

---

[1] 姜戈（Django）：指姜戈·莱恩哈特（Django Reinhardt，1910—1953），比利时裔法国爵士吉他手、作曲家，被认为是20世纪最伟大的音乐家之一。

[2] 阿波利奈尔（Apollinaire）：指纪尧姆·阿波利奈尔（Guillaume Apollinaire，1880—1918），法国诗人、剧作家、小说家、艺术评论家，被认为是20世纪早期最重要的诗人之一，也是立体主义的热心捍卫者和超现实主义的先驱。

[3] 古米廖夫（Gumilev）：指尼古拉·古米廖夫（Nikolay Gumilev，1886—1921），杰出的俄罗斯诗人、文学评论家、旅行家、军官，与著名诗人安娜·阿赫玛托娃育有一子，此子曾被关进监狱，阿赫玛托娃的组诗《安魂曲》就是在等待探监时所作。

刚说了:"我愿意,我愿意。"

外面的房间里,电话铃声响了。

飞快跳出浴缸,赤裸的身上滴着水,心脏怦怦狂跳,一把打开浴室门,水蒸气倾泻而出,湿漉漉的双脚踏在冷灰色的地毯上,不在乎是否有人会透过毫无遮掩的窗户向里窥探,匆匆抓起听筒,冻得喘不上气来——喂,喂,你在听吗?是你吗?你在哪里,给我地址,待着别动,别走,别再去其他地方了,我马上就来,我爱你,我会永远爱你,我不能没有你——

我一动不动地站在淋浴喷头下,滚烫的热水顺着前胸、后背、大腿向下流淌,电话铃声激起的涟漪在严冬的寂静水面上一圈圈扩散,我透过那另一个姑娘敞开的浴室门,注视着她。我看着她在房间里忙来忙去,把衣服拽出来,塞进背包里,快速披上外套,朝房门跑去,回来拿起遗忘的钥匙,又再次冲出去。那个姑娘看起来欢天喜地,比我快乐许多,却又比我虚幻许多,就像一场不真实的美梦。她消失了。房门在她的身后关闭,就像先前在他的身后关闭一样。

空荡荡的房间里,电话铃声戛然而止。

我关掉热水,擦干身体,穿好衣服,弯腰把死去的剑兰剩下的褪色花瓣从浴缸里捞了出来。

"七岁的时候,"我大声说,"我在上学的第一天带了一束这样的花。按照惯例,我们都应该为老师献花,而剑兰是最符合传统的选择。为此,我还傻乎乎地觉得很自豪呢。老师让所有新生挨个儿走到她跟前,亲手递上鲜花,然后在所有人面前宣布自己长大以后想做什么。所有的男孩儿都想当宇航员,所有的女孩儿都想当芭蕾舞演员。轮到我了,我说自己只想生活在一栋装满美丽油画和古老书籍的城堡里。老师非常生气。她说这是危险堕落的资本主义思想,还说必须跟我父母谈一谈。她把我当成反面例子狠狠地教训,课间时,其他孩子都辱骂我、嘲笑我。我心里苦不堪言,结果病倒了,在床上躺了两个星期,高烧不退。母亲给我念夏尔·佩罗[1]的童话故事,可父亲却为我朗诵诗歌。就是在那时,我爱上了布莱克[2]的《老虎》和古米廖夫的《长颈鹿》。你还记得吗?我曾经为你翻译过——

> 今天你的目光显得格外忧郁,
> 抱着双膝的手臂也特别纤细。
> 听我说:在遥远的乍得湖畔[3],
> 一头漫步的长颈鹿那样美丽……[4]

"可从那以后,我就一直讨厌剑兰。"

我把剑兰的残骸塞进垃圾桶里,然后一丝不苟地冲掉手上的暗红色花粉,彻底消灭了这场谋杀的最后痕迹。我思考着自己最大的烦恼,其实,我本可以与他分担这些烦恼——对艺术的思考、对

---

[1] 夏尔·佩罗(Charles Perrault,1628—1703):法国作家,基于已有的民间传说,为童话这一新兴文体奠定了基础,其代表作有《小红帽》《灰姑娘》《睡美人》《蓝胡子》《穿靴子的猫》等。
[2] 布莱克(Blake):指威廉·布莱克(Willam Blake,1757—1827),英国诗人、画家,是浪漫主义时期诗歌史和视觉艺术史上的重要人物。
[3] 乍得湖:位于非洲中北部,是非洲第四大湖。
[4] 出自尼古拉·古米廖夫的诗集《征服者之路》中的诗作《长颈鹿》。

成就的思考、对人生的思考，我不想要那种在快乐中消磨殆尽的渺小生活。我也可以对他抱怨说，虽然缪斯都是女人，但是她们依然激励了男人，不是吗？然而，这些都不是我最大的烦恼。

真正的烦恼是，我更加爱他了。

我用力褪下亮闪闪的金戒指，手指被磨出了血。我将戒指放在空肥皂盒中——是他拿走了肥皂，还是我们，我，用完了肥皂？我想起了过去的两年人生——就这样化为乌有、消失殆尽、荡然无存了——想着想着，渐渐觉得悲惨，又想哭了。于是，我翻了翻药柜[1]，在几瓶阿司匹林和一盒过期的面霜后面找到了一张纸，从口袋里掏出一根铅笔头——他总是笑话我的这个习惯——接着跪在地板上，贴着浴缸侧面草草书写。

严寒刺骨的天气，
我的言语都已冻僵，
一抹蓝色的云朵飞往远方。
一个奇妙的形容词飘向烟囱，
温暖、喧闹、烟雾缭绕，
仿佛一个实现了的人生梦想。
我看着它飘然而下，
尾巴颤抖得摇摇晃晃。
我们静静地坐着，然后他问道
（模仿的句式闻起来就像发霉了一样）：

---

[1] 药柜：在许多西方国家，药柜通常设在洗手池上方的镜子后面，用来放置药品和化妆品。

"你最喜欢什么颜色的花朵?"
"没有,"我回答,
"花朵总是让我恐惧。"——
接着便移开目光。
我的手指又流血了,
它似乎总是会受伤。
"应该不会跟你去巴黎,我想。"
"是吗?真遗憾。"——
他啜饮了一口咖啡,
然后戴上皮手套,
连扼杀者都会嫉妒的那双。
他彬彬有礼地信步而去。
我的夜晚却温馨荡漾,
那些最好的言辞,
像忠诚欢乐的宠物来访。
它们聚集在我的大腿上,
舔舐着牛奶,一如既往,
生机勃勃地回到了故乡。
此刻我似乎终于明白,
先前是多么麻木迷惘,
就像陷入冬季难以自拔,
祈求别人改变自己的思想。

等到我写完时,那张纸已经在水蒸气中变得十分潮湿,边角也卷曲了。我决定将这首诗命名为"剧终"。我重新读了一遍，知道写得并不好，但是无论起点如何，总得重新开始。坐在冰冷的浴室地板上，我笨拙地挣扎着，想把臃肿的词句和任性的感情打磨成简练、真实的诗篇。此时此刻，我已经感觉到，重归寂寞的喜悦正从孤独的泥沼中渐渐升起，闪耀着冷酷而明亮的光芒。

第三部分

过去

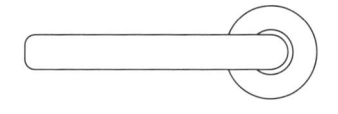

顶层公寓

12　厨房

阿波罗之箭[1]

三扇大大的窗户在四月的美丽余晖中泛着红光，那绚烂的色彩令她想起了一张广告海报上宣传的热带鸡尾酒——清凉、甘甜，果香浓郁，杯口还罩着一朵粉红色的小纸伞。从这里向下俯瞰，街道上是一排排黑瓦屋顶的房子，狭窄的阳台上整齐地摆放着盆栽植物，显得干净、小巧，颇具欧洲风情。她心中这样想，嘴上也就这样说了，倒不是要故意挑起交谈的话题，只是随口把一时兴起的念头讲出来而已。跟保罗在一起时，她很少拘束，总是想到什么就说什么。

"不过，我从来没去过欧洲。严格来讲，莫斯科也属于欧洲，只是名不副实。是啊，我们是眼神贪婪的斯基泰人；没错，我们是凤目炯炯的亚洲人。[2]"

---

[1]　在古希腊荷马史诗《伊利亚特》中，阿波罗之箭会带来疾病或死亡。
[2]　这几句出自俄罗斯抒情诗人亚历山大·勃洛克（Alexander Blok，1880—1921）的诗作《斯基泰人》。其中，斯基泰人是一支庞大的欧亚游牧民部族，属伊朗族裔，据称在公元前9世纪至公元前1世纪占领了欧亚中部的大片草原。

他停下手头切蘑菇的动作，抬起眼来，"那段讲斯基泰的话是什么？"

"哦，是勃洛克的两句名言。"停顿了一下，她又补充道，"他是俄罗斯白银时代的一名诗人。"

"啊，诗歌，我从来都搞不懂。对了，说到欧洲，你真应该去一次。"

"对我来说，旅行没那么容易，"她说，"我不擅长跟文件材料打交道——"

其实，她还可以再加上一句，"况且我也没有钱。"因为她的确很穷，几乎一无所有。她早就辞掉了百货公司的日班和饭店的夜班，现在只靠着偶尔接点翻译零活勉强度日。可是，那些翻译任务都是按页数支付酬劳的，而她总是做得很慢，怀着一名失意诗人的全部执念，在琐碎的字词选择上犹豫不决、痛苦挣扎。每天晚上，她都写下自己的收入（"在中亚地区安装公共厕所的提案，3页，48美元"）和支出（"三月房租，525美元；苹果，3.60美元；从图书馆回家的公交车费，1.10美元"；为了节省费用，她总是步行去图书馆，可是离开时总会带着一大堆书，负担太重，没法走回家）。到了周末，如果尚有结余，她就会允许自己奢侈一把，到附近的咖啡厅去享受一杯卡布奇诺和一块油酥点心。她对贫穷看得很轻——她相信自己所接受的教养灌输了无需安逸、不求富贵的思想——可是，她感觉提到自己的处境也许会令保罗尴尬。从商学院毕业以后，保罗便在某个企业管理咨询公司上班，这份工作内容含糊，薪水可一点都不含糊，如今他已经住上了一套地段繁华、装潢精致的顶层公寓。

她迅速地转换了话题。

"真的不用我帮忙吗？"

"我绝对不会让客人做饭的。再说了，我喜欢给别人做饭。你就喝着霞多丽[1]，安心地坐一会儿，晚饭很快就好啦。"

他在炉子和料理台之间来回忙碌，虽然体形十分高大，动作却出人意料地灵活敏捷。她轻轻晃动杯中的葡萄酒，在一旁静静地注视着，心中感到惊喜不已。自从在市中心的一条街道上偶遇之后（当时他刚从新公司下班，而她正要去图书馆），他们俩每隔几个月就会约出来见面，一起喝咖啡，不过这是他第一次邀请她到家里来吃晚饭。这时，她才恍然发觉，在来之前，自己预想的是一个又脏又乱的单身汉房间和一盘煮烂了的意大利面，面条上浇着冷冰冰的罐头酱汁（她自个儿做的饭就是这样）。整日过着苦行僧式的清贫生活，她是否也陷入了平庸老套的想法，认为沉浸于数字的人就跟沉浸于文字的人一样，无法自如地应对物质世界呢？诚然，对于她而言，情况确实如此，可是瞧瞧面前的保罗，他是数学专业的高才生，此刻却穿着绣有葡萄图案的白色围裙，在一尘不染的厨房里优雅娴熟地切着芦笋，举手投足间都散发出一种从容不迫的平静，周围满是热气腾腾的蒸锅、嘶嘶作响的炒锅以及闪闪发光的厨具，有些厨具显得很神秘，她见都没见过，甚至猜不出用途。

他很能干，驾轻就熟的模样令她觉得安心。

"但愿对你来说不会太油腻，"他一边把奶油倒进酱汁里搅拌，一边说，"我以前没做过这道菜，它是一本新食谱上的——"

"无论如何，光是闻起来就已经让我食指大动了……哎呀，这

---

[1] 霞多丽：一种用同名葡萄酿造的白葡萄酒，原产自法国的勃艮第地区。

儿的书可真多！我的厨房里一本书都没有。不过，我的整个厨房也就是茶壶那么大——"她拿着酒杯，从桌边站起身来，打量着书架，然后随意抽出一本书，漫不经心地翻了翻。

"可是，这些内容看起来好像诗歌啊！"她惊叹道，"香草烩小牛胫配米兰调味饭[1]！马赛鱼肉浓汤配蒜泥蛋黄酱[2]！还有这个，看上去挺刺激的，蛋奶馅饼配马耳他血橙酱和火葱脆皮鸭。这本食谱里用到的词，我恐怕连三分之二都不认识。真的有人能做出这些菜吗？"

"也许吧。不试试怎么知道呢？"他微笑着说。

"你还有两大本甜品食谱！我向来都无法拒绝甜食，这是我的弱点之一……这儿写到一种甜品，叫'卡萨诺瓦[3]的欢愉'。嗯，需要猕猴桃果酱和柑曼怡[4]冰淇淋慕斯。"

他走过来，不小心碰到了她的胳膊："哦，抱歉。我看看。这道甜品做起来有点难。"当他靠近时，那足球运动员般壮硕的身材总会惊吓到她，"不过，下回吃晚饭的时候，咱们可以大胆一试，怎么样？"

"你真是慷慨大方，还愿意亲自下厨来喂饱劳苦大众。"

他回到炉子前，面庞被火光映得通红。

"对了，"经过短暂的停顿之后，他开口说，"最近有老同学的消息吗？"

1　原文为意大利文。
2　原文为法文。马赛：指法国马赛市。
3　卡萨诺瓦（Casanova）：指贾科莫·卡萨诺瓦（Giacomo Casanova，1725—1798），意大利冒险家、作家，著名的风流才子。
4　柑曼怡：一种甜酒，由白兰地、苦橙和糖配制而成。

"只有丽莎。"她又打开了一本食谱,"她果然嫁给了萨姆,跟大家料想的一样。他们刚刚生了一个儿子。小豆蔻究竟是什么东西?……玛丽亚和康斯坦丁分手了,不过从那以后我就再也没跟他俩通过电话了。"

"我跟他们一直保持联系。玛丽亚在纽约,打算进军演艺界。康斯坦丁回希腊继承了家族的船舶帝国。斯泰西从父母那儿租了自己的童年房间住着,抱怨家中二老疯疯癫癫、不近人情。当然了,还有发生在约翰身上的那件可怕的事情……我倒是不怎么喜欢他,以前一向觉得他是个自命不凡的蠢货,但是如今也不该再说他的坏话——"

"谁?"她一边问,一边翻着书页,沉浸在食谱中,感到十分着迷。里面列出了各种奇妙食材的精准用量,偶尔还会提及遥远的异国他乡,调味品的外语名字念起来悦耳动听,崭新的词汇带来了语言的享受。自从亚当离开以后(至今已经过了十四个月零八天又两个小时),她始终在昏暗的地下室里过着清心寡欲的囚徒生活,平静得没有一丝波澜,但此时此刻,她感到自己的灵魂正眯起双眼,面对着灿烂夺目的外界生活,一切都是如此精致、复杂而多变,充满了陌生的成熟魅力。她这才想到,自己并没有令感官得到应有的满足。如果为每种感官知觉都写一首诗,说不定会很有意思。就像十七世纪的寓言画[1]一样,味觉太太舔着糖霜梅子,视觉先生举起望远镜研究星星,嗅觉太太将玫瑰凑到鼻子跟前,听觉先

---

1 寓言画:流行于 16 世纪、17 世纪的一种画作,画中人物常常是内心情感或抽象概念的化身。后文提到的是让·布鲁格尔和彼得·保罗·鲁本斯于 1617 至 1618 年间合作创作的一组寓言画,题为"五种感觉",以拟人手法在绘画中表现视觉、听觉、嗅觉、味觉和触觉。

生在宫廷聚会上弹着曼陀林[1]演唱小夜曲，而触觉先生和太太则在黑漆漆的灌木丛中亲密爱抚。毫无疑问，听觉之诗最容易构思，创作的时候要大量运用头韵和拟声，不过其他几首都颇具挑战性，单凭文字来传递感觉的独特——

"约翰啊。就是'哈姆雷特'。你不是还曾经跟他约会过吗？"

"哦，"她合上了那本食谱，"对，不过我们在一起的时间很短。他怎么了？"

"我还以为你知道呢。"他迟疑了一下，她继续看着他，"他——他好像去年冬天出了意外。起初，大家不明真相，都以为是饮酒过量或吸毒过量，可结果不是。原来他的汽车失控了，撞上一棵大树。一根树枝刺穿了他的肺部……对不起，这件事太可怕了，我不应该——"

她把酒杯放在饭桌上，慢慢地坐下了。

"阿波罗之箭。"她轻轻地说。

"什么？"

"没什么。"她望向窗外。路灯开始在暗绿的暮色中闪耀。有时候，你能否想象，当暮色在屋子里徜徉，另一个时空就在身旁，人生将呈现不同景象……她感到很冷，冷彻骨髓，"保罗，你有没有觉得，我们所看到的生活并非全部，还有一些近在咫尺却无法触及的存在？"

"你是说像鬼魂一样？或者……天使之类的？"

"不，不是那么明显的，就是……我以前从来没有试过用语言来描述这种感觉，不过……年少时，我偶尔会觉得，在普通事物

---

[1] 曼陀林：一种小型弦乐器。

的表面之下，埋藏着一层更为神秘的存在，倒不是魔法，而是宇宙的深奥力量，或者更为明亮、真实的事物，或者……或者类似的。如果你很特别，能看到隐藏在此时此地的另一个世界，那么你就可以从中得到一点光明，就像发现了秘密咒语就可以实现愿望一样。只是，有时你会忘记这并不是儿戏，有时你会祈求一些不该……"

话音戛然而止，她愧疚得说不出声来，脑中一片混乱，隐约记起了一个梦境的残余片段。微风吹来，拂动厨房里的窗帘，沉默随着鼓动的薄纱膨胀。楼下的街道上，一场红色花雨纷纷扬扬地飘落在地上。

"我没大听懂。人人都有自己的特别之处，而且——恕我冒昧——我并不相信神秘主义的胡言乱语。此时就是此时，此地就是此地。想我所想，念你所念。就是这么简单，根本用不着祈祷许愿。"这番话的口气几乎带着敌意。停顿了一下，他又用柔和的语调补充了一句："约翰的事情，我很遗憾。"

"我跟他早就分手了。"她没有看他，"其实我也不知道自己在说什么，只是你突然讲出这个噩耗，我实在措手不及。这件事……很悲哀。我不想再谈了。"

"当然。来，"他给她的杯中又倒了一些葡萄酒，"还有十五分钟就可以开饭了。"

于是，他们便开始谈论其他话题，比如在学校里曾经教过他们俩的教授、他的工作、他的父母、她最近接到的翻译合同等等。可是，她并没有听进去他说了什么，也没有留意自己说了什么，只是机械地应付着，因为有一个阴沉、神秘的声音正在内心深处坚持不懈地喃喃低语。那个声音轻轻地说，上天的一切恩赐都有代价。

如果你的确是宇宙选中的幸运儿,并不只是一个自负轻信的可怜虫,那么你现在不应该觉得受宠若惊,而是应该感到胆战心惊。她知道,自己的确怕了,那是深刻而荒谬的恐惧——害怕离开这明亮、踏实、现代的顶层公寓,离开闪闪发光的不锈钢世界和美好生活的诱人香气,害怕回到那黑暗、潮湿、陈旧的地下蜗居,过着不合时宜、与世隔绝的生活,守着寂静与孤独,那里有一只三条腿的大老鼠,她曾在绝望中给它起名叫朗·约翰·西尔弗[1],黑漆漆、光秃秃的窗外总是不停地响起脚步声,跟父母通话时的沉默变得越来越久,夭折的诗句化作鬼魂夜夜纠缠,写下的诗句变成秘密藏在心中,失去旧爱的记忆就像色彩明艳的丝线,在岁月编织的黯淡布料上清晰可见,每每伸手抚摸,这些细丝都会变得刚硬无比,一不小心便会划破指尖,留下一道道血痕。长久以来,她一直竭力安慰自己,这种渺小而寂寞的生活、严酷而近乎被奴役的状态,都是在做准备,只为了有朝一日能迎来伟大的人生。可如今,她的存在变得越来越微不足道,就像一层薄纱,底下暗流翻涌,有许多庞大、可怕、危险的东西正在蠢蠢欲动。如果令它们满意,它们就会陪你嬉笑玩耍;如果令它们失望,它们就会让你魂飞魄散。

日复一日,夜复一夜,她只能独自面对。

"看,"保罗煞有介事地宣布着,从炉子前退开,夸张地做了个"请"的手势,"香槟黑鲈。等等,别起身,我来上菜。或者,如果

---

[1] 朗·约翰·西尔弗(Long John Silver):英国作家罗伯特·路易斯·斯蒂文森(Robert Louis Stevenson,1850—1894)于1883年出版的小说《金银岛》中的人物,是一个狡猾、投机的海盗,声称自己曾在皇家海军服役,因而失去了整条左腿。

你愿意的话，咱们也可以转移到起居室——"

"不，拜托，就待在这儿吧，我喜欢厨房的视野。你知道我觉得你哪一点最可爱吗？你总是很通情达理。"

"通情达理，哈！如果想打动一位姑娘的芳心，通情达理可算不上很迷人的特点。"

"你想打动姑娘的芳心？"话音刚落，她猛然一惊，从自己的思绪中回过神来，"我还以为……你不是有恋人吗？"

"嗯，先前跟蒂芙妮在一起，不过现在已经结束了。"他把餐盘端到桌子上，"其实，"尚未坐定，他就又一次起身从料理台上拿过酒瓶，为她斟酒，而他自己的那一杯却几乎还没碰过，"干杯。所以，我在想，也许，你和我——你觉得咱们俩是否——有可能——"

"哦，"她把叉子放回饭桌上，"保罗，我不擅长处理恋爱关系，结局总是很糟，要么是他们与我断绝往来，要么是我跟他们不再联系……"又或者是他们死了，一个惊恐的声音在她的体内尖叫道。"我非常喜欢和你做朋友。我的朋友很少，而且……我还指望着有朝一日能尝到'卡萨诺瓦的欢愉'呢——"她努力挤出一个笑脸，心中却皱起了眉头，这道甜品的名字实在是不吉利。她希望他也能报以玩笑，可是他沉默了。刹那间，她觉得他的脸上仿佛又出现了那种混合着歉意与受伤的表情，就跟六年前一样，当时他们在图书馆里相遇，他的头发比现在要长一些，身上穿着一件"感恩的亡者"的衬衫。她僵住了，开始变得语无伦次，"或者……不一定非得是你做饭，我也可以为你做饭，不过我要提醒你，我做得不好，实际上很差，我煮的米饭总是太硬，而且我也不想让你看到我住的地方，那里有点……"

"好了，"他说着，把自己的手掌放在她的手背上，短暂地停留了片刻，"没关系的。我又不是让你嫁给我。仅仅是个提议而已，主要考虑到咱们俩都是单身嘛。真的不要紧。"他叉起一些芦笋，放在她的餐盘里，又恢复了轻松自如的神态，就像一个善良亲切的巨人，既能烹制美味佳肴，又能处理税务数字。"咱们不提这件事了。开饭吧？"

她拿起叉子，尝了一口。

"真好吃。"她感到了一阵莫名而又强烈的羞愧。

"先别忙着夸，你还没尝可丽饼呢。那是外祖母教给我的。她是个弱不禁风的女人，但是只要一进厨房，就会变得特别强大、无所不能。她还有一个非常美丽的名字——塞西莉娅。我觉得如今叫塞西莉娅的人不多了，也许是不够时髦吧。她在两年前去世了。"

"给我讲讲她吧。"她央求道。

当他说话时，她望向窗外。此刻，天已经黑了，她的身影映在玻璃上，面容苍白、眼睛深邃，在一道道阴影的扭曲下，像一个疯狂的中世纪隐士。上方，璀璨群星点缀着墨色夜空，下面，万家灯火闪耀着温馨安宁。树木在轻柔的微风中沙沙作响，泛着白光的斑马线上落满了飘零的花瓣。她想起自己以前读到过，住在高山上的人们能享受开阔的视野、美好的风景，因此会活得更久。那么，如果住在这样的地方，或许也能活得更久吧，到那时，你就会敞开心扉，原谅自己犯下的过错、恶意的许愿，还有一路走来曾经误入的歧途。

你会有更多的时间来修正一切。

未婚夫父母的别墅

13 客房

丝质纽扣

起居室里，圣诞聚会还在热热闹闹地进行着。叔叔伯伯凑到一起畅饮美酒，谈论近期的政治选举；兄弟姐妹围成一圈，正在研究几本老相册；两三个蹒跚学步的小孩儿在一棵壮美的圣诞树下摆弄着皱巴巴的礼物包装纸，而她则抽出身来，悄悄地离开了。聚会的喧闹声迅速减弱，分散在一连串高大宽敞的屋子里，变成了愉快的嗡鸣。跨过声音的分界线，一脚踏入寂静，她才发觉自己的高跟鞋（二手货，专门为了这个场合从她家附近的旧货商店淘来的）与实木地板碰撞所发出的钝响。

在大厅的台阶底下，立着另外一棵个头稍小的圣诞树。昨天晚上，他们驱车前来，停在车道上，透过镶嵌着玻璃的前门，这棵树闪闪发光，就像一幅由许多碎片构成的圣诞节抽象画，在冷杉树的深绿色怀抱中，每一个菱形窗格都闪耀着白色的光芒，玻璃表面覆盖了一层薄薄的冰霜。"你的父母家有一扇玻璃做的前门？"她不禁高喊道。

保罗开怀大笑,她却惊讶得笑不出来。

她从来不知道这样的房子居然真的存在。

此刻,大厅里只有一个身穿紫红色天鹅绒西装的小男孩儿,他是保罗那众多表兄弟姐妹、堂兄弟姐妹中某一人的儿子,目前她还分不清这些兄弟姐妹究竟谁是谁。小男孩儿仰着脑袋,站在圣诞树旁向上看。她微微一笑,正打算径直溜过去,那个男孩儿却转向了她。

"我们家的圣诞树上有很多棒棒糖,可以拿下来吃,"他说,"这棵树已经完全长大了。你能保密吗?我得小声说。"

她点了点头,在他的面前蹲下身来。小孩子总是令她感到紧张不安。他指着一根低处的树枝,那里有一个粉红色的天使正在慢慢地旋转,纤细的翅膀闪烁着像糖霜一样的亮光,他贴在她的耳边,悄声说:"天使尝起来有一股土味儿。"

"哦,可是这些天使并不是用来吃的。"她说,"每天晚上,等到房子里的所有人都睡着了,天使就会离开大树,飞到小男孩儿、小女孩儿的卧室里,为他们带去甜美的好梦,给他们哼唱美丽的歌曲,而且——"

"你讲话真好笑。"男孩儿说,"我饿了,我要找妈妈。"

她目送着他摇摇晃晃地离开。这时,上面传来了嘎吱嘎吱的开门声,她抬头一看,发现保罗正站在楼梯平台上,斜靠着栏杆的弯曲处。她觉得很难为情,仿佛被揭穿了一个小谎言。她站起身来,走上楼梯去迎接他。他将她拽进怀里,紧紧地拥抱,有一瞬间,他们俩没有站稳,在台阶顶上危险地踉跄了一下。

"大家都很喜欢你。"他在她的发丝间快活地唱了起来。

她挣脱出来，略带惊讶地打量着他。他面带笑容，轻轻晃动着高大的身躯，衬衣下摆露在外面，赤褐色的头发贴在湿漉漉的前额上，稍显涣散的眼神中充满了喜悦。他显得非常年轻，也许不再那么棱角分明，但是跟从前一样青春健康。

"没想到我还能见到这一天，"她说，"你喝醉了！"

"我在庆祝呢，"他说，"今晚你真是太美了！你就应该一直戴着钻石。人人都喜欢你，柯蒂斯叔叔说你就像个瓷娃娃一样。"

他的醉意中流露出明显的如释重负，仿佛在紧张的期待过后，终于松了一口气，僵硬的身体也随之缓和下来。她当然知道，他的家人对于跟她见面的事情肯定会感到紧张不安，可是直到此刻她才发现，原来他也一样紧张。不知不觉间，脸上的微笑动摇了，她努力地挣扎着，想要忽略那蒙上心头的一丝失望。

从明亮耀眼的房子深处传来了落地大摆钟的轰鸣。头顶上方的水晶枝形吊灯震颤着，发出轻微的叮当声，等到第十下巨响消失，她说："我累了，想回房休息。我已经跟你的父母道过谢了，大家都对我很好。过一会儿，如果你觉得方便，就来给我一个晚安吻吧。"

保罗住在他的童年房间里，而她则被安排在客房中。

一关上房门，她就立刻踢掉高跟鞋，无力地坐在天鹅绒包裹的梳妆凳上，看着梳妆镜里映出的蓝色与银色的房间。镜中的房间完美无瑕。光滑闪亮的丝被十分平整，毫无褶皱；淡蓝色的窗帘垂到深蓝色的地毯上，优美起伏的线条就像雕刻出来的一样；年代久远的桌子和床头柜上对称地摆放着精致的台灯、花瓶和钟表，显得高贵典雅。一瞥之下，她就意识到，这里的一切并不是她离开房间时的样子了。一阵孩子气的疑虑忽然涌上心头,她转身盯着现实里的房间。果不其然,实物跟映象并无差别。她记起自己曾遇到过一个身形瘦削、沉默不语的黑衣女人,手拿鸡毛掸子,穿着拖鞋无声地掠过楼上的走廊。今天早上,她只是随手铺了一下床,后来又手忙脚乱地为了聚会而做准备,现在看来,肯定是那个黑衣女人重新整理了床铺,拉上了窗帘,并且收好了散落在梳妆台上的口红和纸巾以及扔在枕头上的衣物。

她又一次面对镜子。

她发现,镜子里的姑娘看起来也略有不同,耳朵上坠着雅致的泪滴状钻石,手上的戒指更是璀璨夺目,显得有点陌生。她垂下眼眸。梳妆台上摆着六张镶嵌在华丽相框中的黑白照片,画面中都是板着脸的新娘,腰身纤细、不盈一握。这些相框就像哨兵一样,拥立在一套雕刻精美的梳妆用具周围,她在一家珍宝古玩店的橱窗里见过一套模样相似的梳妆用具,当时价签上的天文数字曾令她哑然失笑。拿起沉重的发刷,她试着辨认镌刻在金属上的名字缩写,但只能认出第一个字母是"M",其余的两个字母则隐没在肆意蔓延的维多利亚卷形花纹中,瞧不真切。她用发刷梳理着纠缠的发丝,一次、两次,然后又将它放回原位。这里的东西显然不能随便乱放。在那套梳妆用具旁边,有一个圆形的银托盘,上面整整齐齐地排列着各种香水瓶,有的棱角分明,有的矮矮胖胖,还有的弯成了妩媚的螺旋状,它们簇拥在一起,洋溢着藏红花、柠檬和蜂蜜的香气,再加上镜子里映出的香水瓶,仿佛芬芳加倍。她从中随意挑出一个,在裸露的脖颈上喷了一点,然后抬起头来。

"真迷人。"她对着镜中的姑娘说。

镜中的姑娘报以优雅十足的微笑。乍看之下，她就像一位高贵的公主，和谐地融入了这间灰姑娘的完美卧房。可是，如果有人留心，就会发现，那双斯基泰人的眼睛里闪烁着疯狂、惊惧的光芒，磨损的黑色高跟鞋露出污渍斑斑的鞋垫，像没有教养的乡野村姑一样横在可爱的蓝色地毯上。

　　那几滴香水散发出香草的甘甜，还混合着一丝陈腐，像是老太婆的气味。她从一个镀金的水晶碗里拿起棉球，开始擦拭脖子，同时想到了一首可以写下来的新诗。诗中的每一节都描述了同一面镜子中映出的神秘景象，那是一面文艺复兴时期的大镜子，起初放在五个世纪以前的佛罗伦萨或锡耶纳[1]的宫殿中，最后流落到今时今日的美国郊区。她正想得出神，外面忽然传来了轻柔的敲门声。

　　"请进。"她大声应着，赶紧把那双丢人的高跟鞋推到墙边。

　　"希望没有打扰到你，"保罗的母亲说着，款款地迈进门槛，腰背挺得笔直，像女王一样，"保罗告诉我，你很快就要睡觉了。"

　　"再次感谢您，考德威尔夫人，这场聚会实在太美妙了。"

　　"请。"这个字从考德威尔夫人的口中说出来，仿佛成了一个完整的句子，"叫我艾玛就好。"她小心翼翼地把一个白色的大箱子放在床上，打开盖子，"这曾经是我母亲的，后来成了我的。原本一直收在仓库里，不过在你来之前，我已经叫人清洗干净了。这仅仅是一个提议，如果你不喜欢，千万别勉强，也许你想自己挑选一套，或者你的家族里已经有了——"

　　越过考德威尔夫人的肩膀，她注视着那个箱子，奶油色的古董

---

[1] 锡耶纳：一座古老的意大利城市，因其菜肴、艺术、博物馆和中世纪的城市风光而闻名。

蕾丝花边像泡沫般溢了出来。

"不,我的家族里没有这样的东西。"她平静地说。

"你可以在这里看到它的全貌。"考德威尔夫人指着梳妆台上的一张照片。当她走动时,闪闪发亮的棕色长发像雕塑般纹丝不动,"那是我母亲在婚礼上拍的,当时她十九岁……哦,哪一张呢?啊,那是我的外祖母,这套梳妆用具就是她的,是外曾祖父送给她的十六岁生日礼物……不,不,千万别客气。我先把它留在你这里,还是说你愿意今晚就试穿一下呢?不过,你应该也累了……你确定吗?那我先出去,在外面等着,你穿好了就叫我。"

考德威尔夫人一离开房间,她就马上开始脱衣服,不想让未来的婆婆在走廊里久等。在端庄的黑色礼服底下,她穿着红色的蕾丝胸衣、丁字裤和吊带丝袜。今天早些时候,她漫不经心地盘算了一个计划,准备在夜里两点偷偷溜到保罗的房间里,跟他私会。此刻,一个穿着吊带袜的风尘女子站在蓝色和银色装潢的雅致房间里,这幅景象令她近乎羞耻地将目光从镜子上移开了。

她又一次看向梳妆台上的黑白照片,注视着那位表情严肃的年轻新娘,画面的背景就像一团微微发光的灰色迷雾。这肯定就是保罗的外祖母塞西莉娅了,在三年前与世长辞,她这样想着,忽然深感触动。在一阵朦胧的暖意中,富丽堂皇的房间仿佛变了:不是威严可怕的博物馆,摆满了娇贵的琐碎展品,令人无法沉浸在自由自在的生活中,而是一个收藏家族记忆的宝库,每一样代代相传的物件都具有独特的意义,因而无比珍贵。她再次触碰那把发刷,浪涛般的喜爱之情(她告诉自己,这是诗人的喜爱之情)扑面而来,这些旧物都承载着往事的回音。当然,她自己的家族中也有许多故事，可大部分都是波澜壮阔的时局动荡和浪漫禁忌的风流韵事——战争、革命、与吉卜赛人相爱、跟公爵幽会——能够用以说明或提供证据的东西不多，只有少数珍宝幸存，照片更是寥寥无几，她甚至从来都没有见过外曾祖父和外曾祖母的模样。对于她来说，家族的过往就是一个充满了猜测与想象的模糊世界。可是，在这里，像梳子、花瓶、衣裙这种平凡而实用的物品却长久地铭刻着一种截然不同的生活，几代人的婚姻、孩子和传统井然有序地谱写了波澜不惊、宁静安稳的家族历史，令她颇感惊讶。

刹那间，她渴望成为踏踏实实的有形历史，而不是难以捉摸的如烟过往。

那条裙子在展开以后显得又长又窄，袖子是错综精致的蕾丝花纹，后背有一排奇小无比的丝质纽扣，从脖子一直延伸到腰部以下——不会少于一百粒，她暗自思忖。想象一下，某位女裁缝用灵巧的双手将纽扣一粒一粒地用丝绸包裹起来，那得需要多大的耐心啊！她满怀感激之情，高兴地发现这件礼服的样式是如此优雅、简洁，唯一复杂的设计便是那排纽扣——哦，她已经爱上了那排纽扣！

她抬腿迈进裙子里，立刻紧张起来——万一不合身怎么办？领口显得端庄大方，但左右敞开得比较宽，红色胸衣的肩带邋遢地露在外面。她脱掉胸衣，然后笨拙地摸索着背后的纽扣。

"怎么样？"考德威尔夫人的声音从门外传来。

"裙子很美，考德威尔夫人，我很快就好。"她回答道。

那些纽扣又小又滑，总是从她的指尖溜走。她扭来扭去、气喘吁吁地忙活了整整一分钟，结果发现不仅够不着中间的纽扣，而且能摸到的纽扣也系不上。于是,她放弃了高难度的杂技动作,挣脱袖子,把连衣裙的上半身勉强转过来,冷飕飕的空气拂过裸露的肌肤,乳头都被压成葡萄干了,然而她什么都顾不上,只是忙着折腾那排丝质纽扣。终于大功告成,她松了一口气,把裙子又转回原位,这才发现自己根本就挤不进去了。她觉得自己就像爱丽丝[1],站在紧锁的仙境花园外面,却永远都够不着开门的钥匙。她暗暗地咒骂着自己的愚蠢,开始解扣子,那些滑溜溜的丝质纽扣就像水里的游虫一样灵活,十指的动作变得越来越疯狂、慌乱。这一回,她数清了纽扣的数量,总共四十八粒,每一粒都令她恨之入骨。

"亲爱的,一切还好吗?"考德威尔夫人在走廊上问道,"需要帮忙吗?"

"不,不用,我自己能行,马上就好,再等一下——"

她这才想到,自己确实应该叫保罗来帮忙。可是,别墅这么大,他无法听见她的叫喊声,她也不能使唤考德威尔夫人去带他来,更加不能拽着他外祖母的结婚礼服满屋子地找他。她把礼服一拉到底,堆在脚边,只穿着红色的丁字裤和吊带丝袜,半裸地站着,环顾房间,正在纳闷女仆把她先前穿的毛衣和牛仔裤放在哪儿了——恰在此时,考德威尔夫人决定主动进屋看看,她一边推门一边说着:"也许我可以……啊,啊,太抱歉了!"

房门"砰"的一声关上了,考德威尔夫人在走廊里气喘吁吁,

---

[1] 爱丽丝(Alice):指英国作家刘易斯·卡罗尔(Lewis Carroll,1832—1898)的小说《爱丽丝梦游仙境》中的主人公。在第一章中,爱丽丝掉进兔子洞里,发现了一扇小门和一把小钥匙,门里有一个迷人的花园,可是她的身体太大,无法进入那扇小门。爱丽丝在桌上发现了一瓶奇妙的饮料,喝下以后身体变得很小,却够不着桌子上的钥匙了。

不住地道歉。

"不，没关系，请——"她一把抓起掉在地板上的胸衣，正巧被礼服的丝绸裙摆绊住，踉跄了一步。布料撕裂和线头绷开的可怕声音响起，她不禁祈求所有神明，但愿屋外听不见这令人尴尬的动静，"我——我只是系不好纽扣。请进来吧。"

等到考德威尔夫人慢慢走进房间时，她已经重新挣扎着钻进那条裙子的禁锢中了，身后张着大口，露出赤裸的背部。她沉默而屈辱地站着，满脸通红，不敢去看考德威尔夫人那双明镜般的眼睛。接下来的一分钟是她人生中最漫长的一分钟，考德威尔夫人帮她拉紧礼服，系上那些丝质纽扣。

最后，事实证明，这条裙子太紧了。

"你已经很苗条了，亲爱的，"考德威尔夫人第三次重复道，虽然有几分失望，但脸上还是带着和蔼的微笑，"我觉得，过去的人太瘦弱了，不像今天这样健康……也许，咱们可以把它拿给我的裁缝，看看能不能修改一下……"这时，又传来了不祥的哧啦声，有一处缝合要裂开了，"哦，不过咱们还是别把它弄坏了。没关系，总有办法的。王薇薇[1]设计的礼服也很美。"

后来，保罗到房间里给了她一个彬彬有礼的晚安吻——婚前纯洁之吻，她没有告诉他这场试穿婚纱的灾难。夜里，她换上睡衣，沿着大床边缘转了一圈，将被单从过分僵硬、整洁的状态中解放出来。忽然，赤裸的脚底踩到了某种又硬又凉的东西。一粒丝质纽扣躺在地毯上，泛着牛奶的光泽。她弯腰捡起纽扣，攥在手心

---

[1] 王薇薇（Vera Wang, 1949— ）：著名华裔美籍设计师，由她设计的婚纱礼服受到众多顶级明星和社交名媛的青睐，价格十分高昂。

里，片刻之后，把它深深地塞进了床垫与床垫之间。当然，她很清楚，考德威尔夫人不会不知道那条裙子已经损坏了，但她仍然不想让其他人发现自己的新罪证。

上床时，她心想，如果我今晚能够安睡，那么母亲的猜测就错了，我们的体内没有流淌着王室的血液[1]。不过，我严重怀疑，自己已经在考验公主的测试中失败了。唉，太糟了，实在是太糟了……不过，我还可以学习，去参加培训公主的夜校，如果勤勤恳恳地熨烫许多窗帘，肯定能获得好分数……不，我得睡觉了，这根本毫无意义——或者，有意义吗？她咯咯地笑出了声，结果把自己从浅浅的睡眠中惊醒了，然后又逐渐沉入梦乡，躺在挺括整洁、色调柔和的蕾丝枕头上，露出了淡淡的微笑。

---

1 这里指的是安徒生的童话《豌豆公主》里的故事情节。王子想要跟真正的公主结婚。有一天夜里，来了一位自称是公主的姑娘请求避雨，王后想要测试一下她是真是假，于是便在床上放了一粒豌豆，然后铺上二十张床垫和二十层鸭绒，让公主睡在上面。第二天早上，大家询问公主睡得怎么样，公主却说根本没有合眼，不知床上有什么东西，弄得身上青一块紫一块的，所以王后便断定她就是一位真正的公主。

顶层公寓

14 起居室

善意的表示

"剩下的还需要帮忙吗?"她的母亲一动不动地坐在扶手椅上问道。

"不用,谢谢。现在已经轻车熟路了。"

母亲重新望向窗外。她从剩下的那堆包裹里挑出一个最大的,扯掉娇滴滴的蝴蝶结,撕开印有天使图案的精美包装纸,里面是一个沉重的硬纸盒。她用小刀划开封口,从纸盒里拽出了长长的塑料纸,就像魔术师从帽子里拽出无穷无尽的彩带一样。接着又出现了一个盒子,虽然个头稍小,但是内容依然充实,隔着一层层紫罗兰色的薄纱,她已经能摸到某种结实的东西,似乎是金属。

她摸索着,把藏在其中的宝贝掏出来,不禁惊呼起来。

"嘘,嘘,小点儿声。"她的母亲用恼火的语气低声说。

她扫了一眼紧闭的卧室门,"对不起,我总是忘记,"她轻声说,"不过,咱们也应该叫他起床了吧?都快到吃饭的时间了。"

"我好像听到了一声尖叫,"保罗从厨房里探出头来,"这回又是什么?"

"书立吧,也可能是门挡[1]。"她举起一对沉重的小鸟,一手一个,抓着它们的长尾巴,就像握着锤头一样,"要不然就是婚姻斗争的武器,或者赫拉[2]圣坛的雕像?"其中一只小鸟的粗脖子上拴着一张印花卡片,她看了看上面写的字,"你的伯祖母海柔尔为什么要送给咱们两只铁孔雀?"

"那是锡铅合金做的山鸡,"他耐心地说,"是放在餐桌上的摆饰。"

"啊,"她说,"你是说,就跟那串玻璃葡萄一样。"

"对。"

"还有陶瓷兔子。"

"对。"

"还有假苹果。"

"亲爱的,咱们不必非得用这些东西。把它们都放回盒子,塞进橱柜里就行。我跟你说过,咱们应该列一张礼品愿望单[3]。大家对于装饰都有自己的想法。"

"嗯,"她说,"现在我明白了,可是为什么——"

"你父母的告别晚餐要烧煳了。"话音未落,他就钻回了厨房。

她把那对山鸡放在满满当当的桌子上,旁边有一个镶嵌着珠宝的灭烛器、一个泰姬陵造型的象牙盐瓶,还有一套极为华丽的相

1　门挡:一种用来保持房门敞开或关闭,或阻止房门开得过大的物品或装置。
2　赫拉(Hera):古希腊神话中代表女性和婚姻的女神,嫁给了众神之王宙斯,忠诚于爱情和家庭,但是嫉妒心很重。传说中,赫拉的战车由孔雀拉动。
3　礼品愿望单:新人在结婚时可以登记一份对亲朋好友公开的礼品愿望单,上面列出新人希望在婚礼上收到的礼物。

框，共有四个，分别饰有代表四季的鲜花、昆虫、树叶和冷杉果。她审视着面前的一切，心中一沉。

"这些蝴蝶盘子挺漂亮的，"她半信半疑地说，"也许你可以带回去，塔妮娅说不定会喜欢。妈妈？妈妈，你在听吗？"

她的母亲依然坐在窗边的扶手椅上，望着外面渐渐变暗的秋日街道，双手交叠，平放在大腿上。

"妈妈？"

"抱歉，我在想家里的事情。你说什么？"

"这些东西里，有没有你想带回俄罗斯的呢？"

为了避免吵醒她的父亲，她们的交谈声很轻。

"算了吧，行李箱已经收拾好了。而且，你完全可以留着自己用。给这间屋子添一些个性，不然总瞧着像酒店似的。"

保罗的公寓里家具齐全，装修风格现代、简洁，尽管她的生活痕迹已经初步入侵了卧室（床头柜上的图书馆藏书和摊在床上的睡衣）与厨房（水槽里没喝完的茶杯和料理台上的苹果核），但是客厅一如既往，他们从来不用那张玻璃餐桌吃饭，洁白的真皮沙发也完美无瑕，令人不忍落座，处处显得时尚奢华，仿佛室内设计杂志中的精致照片。

"可是，这些东西实在……实在多余，"她叹了一口气，看着那堆横七竖八的礼盒，有敞开的，也有还没敞开的，"都不是必需品。"

她当然明白，掀开时间的面纱，忽略博物馆的敬奉，雕刻成少女形态的古埃及木勺依然只是吃饭的工具，描绘着英雄与野兽的古希腊双耳瓶也终究只是盛油的容器。然而，她觉得，在难以定义的实用艺术领域中，有一条细微却清晰的界线，划分了艺术与家居、美丽与虚饰，一旦越过这条界线，就会产生混乱。她很好奇，不知在遥远的将来，人们会如何看待这些琐碎的小玩意儿。她的后代会不会对金属山鸡和玻璃葡萄的用途感到困惑呢？他们会不会想出荒谬离谱的解释呢？也许那些不着边际的猜测最终会被世人接纳，变成考古真理，因为到了那个时候，大家早就已经不在桌边吃饭了，自然也不知道餐桌摆饰为何物了。其实，如果能为此写一组短诗，应该会十分有趣，每一首都描述一件常见的物品，既要准确表达物品的本质，又要突出其内在的神秘性和外形的随机性。每首诗的标题就是提示主题的唯一线索，比如在"银色的凸面上，颠倒地漂浮着一张孩子的脸庞"这类诗句的上面，会有一个简洁的标题写着"勺子"——

她的母亲已经来到了桌子旁边，也叹了一口气。

"你这么想是不对的。"虽然母亲已年近六十，但面容依然美丽，只是如今看来常常显得有些晦暗，就像是一幅手法平庸的画像，失去了真实人物的夺目光彩，"结婚礼物并不是普通的东西，而是美好的祝愿，更是善意的表示。这些送礼之人都知道你的存在，他们心中记挂着你，而那份惦念现在成了你家里的一部分。我觉得很欣慰，这说明你不是孤身一人。跟保罗在一起之前，你总是显得迷茫无助。这是我第一次能够安心地将你留在这里。"

她的心头掠过一阵熟悉而疲惫的疼痛。

"我希望你不要走。"她说。

"别这样，咱们已经好好地谈过了，"母亲扫了一眼紧闭的卧室门，"你也知道，我们的生活在那里，不在这里。"

接下来，似乎无话可说了。在沉默中，她们听着厨房里熟练的炒菜声。整个屋子里飘满了香气，烤土豆、焦糖洋葱、迷迭香、白糖、奶油，一场盛宴即将到来。

"咱们真的不用叫醒爸爸吗？"最后，她问道，"他说过要咱们叫他的。现在已经七点多了。"

"不，就让他睡到晚饭时间再起来吧，我们明天一早还要赶飞机……来，我帮帮你。"

她们一起拆开剩下的盒子，掏出了更多的水晶、银器和陶瓷，有的漂亮，有的丑陋，全都风格各异、互不相配。在那堆礼盒的最下面，她发现了一个白色的扁平包裹，比一盒扑克牌大不了多少，右上角贴着三枚印有巴黎圣母院的紫红色邮票。她呆呆地凝视着，一个熟悉得令人心痛的笔迹写着"保罗·考德威尔夫人收"的字样，却没有留下寄信地址。"不知里面装了什么。"她的母亲说完，便忙着收拾撕开的硬纸盒与皱巴巴的包装纸了。她让那个包裹又保持了一刻的神秘，不去碰它，只是静静地聆听着血液在耳中流淌的声音，然后伸手拆开了包装。

她在里面发现了一张淡黄色的小卡片，这次是打印的，只在正中央印着"恭喜"二字，还有一套磁性诗歌[1]——"原始版"——就是那种吸在冰箱上的玩具。

除此以外，别无他物。

"好了，那你们的计划是什么？"她的母亲问道，语调显得很

---

1 磁性诗歌：一种玩具，有许多写着单词的小磁铁，可以在冰箱或其他金属表面随意排列成诗句，不同版本的磁性诗歌有表达不同主题的单词，最经典的是"原始版"，此外还有"浪漫版""莎士比亚版"等。

坚决，仿佛她已经不止一次问过这个问题了。

"计划？"她茫然地重复道。隔着透明的塑料盒盖，她能看到几个长方形的单词——"尖叫""怎样""你"，还有一个孤零零的"的"。

"对，计划。你们两个想过要孩子的事情了吗？"

她的脸涨得通红，心中产生了一种说不清道不明的感觉——愤怒混合着惊讶，惊讶掺杂着苦涩，还有一种截然不同的情绪隐藏在其中。她拽开离自己最近的抽屉，把那盒狡猾的单词塞进餐具柜的深处，淹没在先前收到的闪闪发光、华而不实的礼物之中。接着，她转身面对母亲。

我从来就没打算要孩子，她想激烈地说。我不会过上平凡庸俗的普通生活，不会陷入舒适享受的婚姻泥沼。我永远都要走更艰难的那条道路。我的人生没有司空见惯，没有陈词滥调，而是充满了旅行与思考，洋溢着感受与经历。那是艺术家的人生，你明白吗？可是，她从母亲的眼中看到了一种令人不安的目光，像是恳求，于是她压抑着感情，用紧绷的声音说："妈妈，我才二十六岁。三天前，我们才刚刚度完蜜月回来。以后的日子还长着呢。"

保罗出现在厨房门口。

"马上就做好了，"他宣布道，"也许你们应该叫醒教授了。这一回，咱们就坐在餐桌旁好好地吃一顿，你觉得怎么样？不过……呃……"

他看向乱七八糟的桌子。

"没关系。"她说着，拿起那对山鸡。愤怒仍然在喉咙里徘徊，她不愿意看保罗，也不愿意看母亲，"收拾干净花不了多长时间。"

保罗点了点头,便消失在厨房里的芬芳烟雾中,"妈妈,你去叫醒爸爸,我把这些东西都收起来——"

"咱们用吧。"她的母亲说。

"什么?"

"所有这些东西。甜品瓷器。茶具。香槟酒杯。小鹿。孔雀。咱们把它们都用上吧。"

"是山鸡。"她机械地纠正道,"为什么要那么做?"

"我有没有对你讲过我收藏的老明信片?那本来是我祖母的东西,在她去世以后,我父亲就把它们给了我。那时,我才八九岁。从前,祖母总是将那些明信片放在一个有着粉白条纹的帽盒中,里面还有许多戏院节目单和干花。"

母亲说着,开始动手把五颜六色、形状各异、大小不同的玻璃制品和碟子堆起来,摆在绣花的餐具垫布和白银的装饰圆盘上,周围满是零零散散的小装饰品。一眼看去,就像在金光闪闪的汪洋中漂浮着一座座样子怪异的孤岛。

"当第一次打开帽盒,看到里面的东西时,我就深深地着迷了。那些明信片上画着雄伟壮丽的城堡、月光照耀的湖水和衣着优美的姑娘。画面本身都是黑白的,可是那些姑娘的嘴唇、脸颊和阳伞都被涂成了红色。我从未见过这样的东西,实在惊喜万分。不过,我是一个喜欢储存秘密的人。我不想在平凡的日子里浪费这份喜悦,所以我没有仔细欣赏那些东西,而是把它们又放回帽盒,扣上盖子,藏在了床底下。在此后的数周之内,我表面上假装若无其事,但是心中因为这个秘密而激动不已。每一天我都渴望把盒子拿出来,看一看里面的珍宝,瞧一瞧那些美丽的姑娘,可是我忍住了。

我觉得自己有足够的时间,可以选择一个完美的时刻,在特殊的场合下打开这份秘密。也许是我的生日,又或者是新年的第一天。"

她默默地看着母亲,没有出言阻止,也没有柔声相劝。一股冷飕飕的寒意爬上了她的脊梁。母亲的脸上露出了熟悉的冷酷与坚决,手中不停地整理、移动、摆放桌上的东西,动作变得越来越快。

"后来,有一天,当我在学校上课的时候,父亲新娶的妻子去打扫我的房间。她在床底下发现了一堆陈旧的废品,于是便统统扔了。你看,结果我一点儿时间都没有了。如果你拖着一件事不去做,告诉自己以后再说,那么这件事就永远不会像最初设想的那样实现。因为时间不等人,从来就没有什么'以后'……好了,收拾完了。你们家里的火柴放在哪儿?我想现在就把这些蜡烛点亮。"

她看着母亲,然后又望向桌子,盯着它在闪闪发光的重压之下呻吟,最后再一次抬起目光,注视着母亲。

她的心跳缓慢而沉重。

"妈妈,"她说,"发生什么事了吗?"

"还有五分钟!"保罗在厨房里吹响胜利的号角。

"咱们真的应该叫他起床了。"她的母亲说。

她们一起望向紧闭的卧室门,蜡烛的火焰在看不见的微风中左右摇摆。灾难将要降临的不祥预感掏空了她的五脏六腑。她说:"出事了,对吗?"

"嗯。"她的母亲站着一动不动,双手松松垮垮地垂在身体两侧,仿佛瞬间耗尽了所有的力气,"暂时先别让他知道我告诉你了,我本想让今晚……让今晚跟以前一样。我答应过他不会告诉你,我也确实做到了，起码在婚礼之前没有告诉你，我不想让这件事坏了你的好心情。不过，我觉得现在是时候了。爸爸病了，病得很重，是癌症，而且不是那种可以……就是说，医生也不知道还有多久……唉。总之，我只是要告诉你，如果你还想让爸爸见到你的孩子，那么现在就应该开始打算了。"

"开饭啦！"保罗宣布着，端进来一个热气腾腾的大汤碗，"哇，快看哪！这简直就像阿里巴巴[1]的洞穴一样！……嘿，现在是不是应该去叫醒你爸爸了？"

"我醒了，早就醒了，"她的父亲走进了房间，"只是躺在床上闭目养神，休息了一下。"

她听到他走路时慢吞吞地曳着步子，当然，那只是因为保罗的拖鞋对他来说太大了，不是吗？而他自己的拖鞋已经装进行李箱了。起初，她无法直视他的脸。当她终于鼓起勇气看向他时，这才发现，在连日来的无谓忙碌中，自己究竟忽视了什么。他今年六十八岁，却显得比实际年龄要衰老许多，皮肤笼罩着一层铁灰色，眼睑蒙上了疲倦的阴影，嘴唇干瘪而僵硬。悲伤涌上心头，她知道自己再也无法清晰地记起他从前的模样了，在某种程度上来说，她已经失去他了——这时，他瞧见桌子上那一大堆千奇百怪、林林总总的宝藏，于是便笑了起来，那笑声充满了感染力，就跟她小时候听过的一模一样，他用大手拍着膝盖，布满皱纹的脸庞变得十分生动，深邃的眼睛里洋溢着轻松、天真的欢乐。她的内心复归

---

[1] 阿里巴巴（Ali Baba）：指民间传说《阿里巴巴与四十大盗》中的主人公阿里巴巴，《一千零一夜》的许多版本都收录了这个故事。在故事中，阿里巴巴发现了四十个强盗存放奇珍异宝的洞穴。

平静。

他们四个坐在节日般喜庆的烛光中，周围环绕着感恩节的金属山鸡、圣诞节的黄铜麋鹿、复活节的陶瓷兔子，还有玻璃葡萄。年长的夫妇举起不成对的香槟酒杯，祝愿新婚夫妇永远幸福快乐。泡沫在她的舌尖嘶嘶作响，仔细品来，那是纯真而又失落的味道。

"麻烦你，请把盐瓶递过来。"她的母亲费力地用英语对保罗说。

"绝无冒犯之意，不过这个泰姬陵的造型真是太丑啦！"她的父亲说着，又一次开怀大笑。

为什么，她想，为什么他们不在婚礼举行之前告诉自己？那样的话，她就不会结婚，而是直接回家，不再过着没心没肺的自私生活，不再错过父亲生命中的任何一天。可是，现在已经太迟了，令人麻木的悲痛在她的体内蔓延，就像一股缓慢流动的浓稠毒液，阻止它扩散的方式只剩下一个，除此以外，别无他法。

神明啊，我的神明，有时候，人生之路的艰难与否跟表面看上去的可能截然相反。

顶层公寓

15 卧室

二十七岁时在黑暗中的交谈

"你睡着了吗？"

"没有。呃，有可能。估计刚才是睡着了。怎么了？"

"我睡不着，一直躺在这里想事情。"

"想什么？"

"倒也没什么特别的，就是瞎想。我有没有跟你说过自己刚来美国第一个月时参加的那次研讨课呢？"

"嗯，大概说过吧。不对，应该没有。"

"现在我已经不记得当时讨论的主题是什么了，其实就是那种大家坐成一圈的普通研讨课，教授让我们在一张纸上写下自己的'强项'，也就是我们真正擅长的方面，然后我们就轮流念出自己写了什么。这种事情很平常，对吧？在面试、课堂讨论、教会聚会等各种场合下，大家早就做过许多次了。这里的每一个人总是谈论自己的强项和弱点，答案也都是固定的——'我富有创造力''我能够一心多用''我擅长学习语言''我具有团队领导能力'。可是，我从来没做过这种事情，所以脑海中并没有现成的公式可循。我记得自己先是呆坐了整整一分钟，只觉得手足无措，完全不知道该怎么办。然后，我思考了一下，认认真真地思考了一下，接着洋洋洒洒地写下一大段诚挚的文字。我写道，我相信有时自己能感受到事物的本质——各种各样的事物，比如房子、书本、面孔，乃至岁月长河中的某个瞬间——有时我能捕捉到一缕它们深藏的灵魂、独特的气味，我还写道，希望可以用一生的时间把这些印象变成生动、精确的言语，让其他人也能感受得到。五分钟到了，我们开始依次发言，所有长头发的男生都说自己富有创造力，所有外国女生都说自己擅长学习语言。轮到我的时候快到最后了，这时我已经彻底领悟了个中奥妙，于是也说自己擅长学习语言。记得当时我暗暗地松了一口气，心想幸亏不是自己第一个发言……可是如今我想……这就像人生一样：你越是了解世界对你的要求，就越是会陷入这些模式、规则、惯例之中，而你的经历就会变得越发平凡，你自身的独特性也会越来越少。比如，假设你不知道人们到了某个年纪要结婚、到了某个年纪要生子、到了某个年纪要退休，那么你还会做这些事情吗？或许你会做一些别的事情，一些截然不同的事情呢？毕竟，结婚、生子、退休不可能全都是受单纯的生理动机驱使。我知道你只相信自己看到的事物，并且以此为傲，我喜欢这样的你，令人感到十分安心，可是——可是有时候你难道不会觉得，我们的生活仅仅是冰山一角，如果你不再紧紧地依附于微不足道的小小冰尖，而是抛弃恐惧或克服习惯，毫不犹豫地潜入水中，那么你就会发现这座灿烂的冰山一直向下延伸，直达海底深处，你将会见到自己从未想象过的生灵，产生独一无二的想法与感受……正因如此，起初我才远离家乡来到这里，至于后来为何留下，你已经知道了。我是说，我告诉过你，之所以留下，是因为当时的一段感情，但恐怕这只是其中一部分原因而已，最主要的是，我知道回到俄罗斯会过上怎样的生活，我觉得留在这里就可以摆脱那种见始知终、一览无余的人生……当然，不止人生，还有语言。因为语言也跟人生一样，你明白吗？刚开始学习一种语言时，你畅游在充满可能性的壮丽海洋之中——你觉得自己可以自由自在地捕捉周围漂浮的意义，将这些星星点点组合成最奇特、最绚丽、最梦幻的结构，用美妙的言语从混沌中造出独一无二的城堡、教堂、城市。可是，后来你开始学习各种语法、规则、搭配，最糟糕的是，那些司空见惯的表达和平凡无趣的措辞深深地烙印在你的脑海之中。每当你说到'时间'，就会想到'时间宝贵''浪费时间'和'时间不等人'；说到'爱情'，就会想起'不幸的爱情'和'盲目的爱情'；说到'死亡'，就会想起'自寻死路''无聊得要死'和'死翘翘'——经过无数次重复，在不知不觉间，你的言语已经变成了串在一起的陈旧念珠，新颖的火花早就消失无踪了……也许你使用这种语言的时间越长，就越会变得陈腐、肤浅、黯淡，可是如果你学习一种新的语言，那就能从头开始。我觉得，我真的觉得，这世上存在着巨大的真理，或者不叫真理，确切地说，只是一些纯粹的……意义和感受，是我们凡人眼中的永恒不朽——爱情、死亡、美丽、上帝——我想，如果我能毫无成见地走向它们，就像天真的孩童一样，抑或同时从两条道路走向它们，既通过母语的前门，又通过外语的偏门——还是说应当反过来，是母语的偏门和外语的正门呢？——无论如何，也许那样一来，我就真的有机会发现在宇宙中静静等待的诗歌宝库……因为,我写诗,你知道吗?每次你看到我在涂涂写写时,我都说自己是在写感谢信或购物清单,但其实不是。可能你已经发现了,但我还是想亲口告诉你。我早就想告诉你了,可是我在这件事上……很迷信。大概我觉得应当对自己的诗作保密,直到准备好与全世界分享为止。我还没有做好准备,但是在咱们举行完婚礼以后,母亲对我说了一些话,从那以后我就一直在思考,而现在……我想告诉你。因为我觉得很快乐,为我们而快乐,当然也为我们的宝宝而快乐,可是我也为这个宝宝而感到恐惧,为爸爸而感到悲伤,有时候——请千万别生气——有时候我也觉得有点孤独,所以我想,如果我告诉你的话……喂?喂?哦,天哪,我又在自言自语了,是不是?保罗?你睡着了吗?"

"什么?没有。呃,对,恐怕刚才是睡着了。不过我听见你说了什么研讨课,还有你擅长学习语言……哦,你是不是还说想要给咱们的儿子起名叫'马斯塔德'[1]?或者是我在做梦?"

"没错,其实'马斯塔德'是我父亲家族中的一个古老的名字,所以我觉得挺好的……哎呀,瞧把你吓的,气儿都不敢出了。那是你在做梦!"

"嗨,害得我白担心了一场。我觉得现在可以保持清醒了。基本可以。你愿意把刚才说的话再说一遍吗?"

"没什么,接着睡吧。"

"你也要趁着能睡的时候多休息休息,预产期只剩下三周了。"

---

[1] 马斯塔德(Mustard):意为"芥末"。

第一栋房子

16 玻璃前廊

秋千

他们迈进玻璃前廊,纱门"砰"的一声在身后关闭,她的第一印象是觉得这里狭窄、黯淡、平庸。

前一天晚上看起来却截然不同,当时他们第一次开车经过这条街道,婴儿正在后座上熟睡。印有"房屋待售"字样的指示牌从车灯中掠过,一眼望去,能看到三扇拱门在黑暗中闪闪发亮。房子本身掩映在大树后面,瞧不真切,只有一个矮胖的轮廓立在灰色的天空下,不过前廊上的灯光却营造出舒适而温馨的感觉。"减速,减速!"她大喊道,可是他们的汽车已经开过去了。他调转车头,第二次沿着这条街道缓慢行驶。这一回,那栋房子看起来更加可爱动人了,鹅黄色的灯光在十一月的绵绵细雨中闪耀。

等到了街区尽头,他们才发现还有一辆车被迫跟在后面慢吞吞地爬了整整一分钟。

"你想想,他们居然没有按喇叭,"保罗说,"看来这里应该是个友善和睦的街区,有利于孩子的成长。亲爱的,我对这栋房子有不错的预感。"

"是啊。"她说。不过,面对这栋拱门发亮、轮廓模糊的房子,她最喜欢的是那份笼罩在黑暗中的朦胧与希望。它没有任何归属的街区,也没有任何固定的地址,它不在单调的郊外,附近也不是繁华的都市。这栋房子只有光与影,剩下的一切都任君想象。它可以栖息于葱翠繁茂的加勒比山坡上,赤素馨花在枝头怒放,冰块在流光溢彩的鸡尾酒中叮当作响,欢乐的人群在梯田上载歌载舞,山下就是月光倾洒、神秘莫测的海洋;或者,它可以静静地躺在葡萄牙或法国的一个中世纪小镇,天色阴沉,所有的镇民都已酣然入眠,只有一位孤独的诗人坐在亮着灯的前廊上来回摇晃,嘎吱嘎吱,摇椅的节奏渐渐变成了诗句的韵律;又或者,它可以挺立在广袤的西伯利亚森林边缘,成为那里的最后一处人间烟火,就像古老的童话故事里被青苔覆盖的小屋,每天晚上,一家人舒适地围坐在灯光中,手里端着有缺口的茶杯,轻声细语地谈论着鸟儿、繁星与书籍,小屋被施了永恒的咒语,大家会一直相伴相依,没有病痛,人人幸福……

"我们可以,"保罗说,"在前廊上挂一个秋千。"

"如果我们买下这栋房子的话。"她说。

"如果我们买下这栋房子的话。"

此刻,他们就站在潮湿的前廊上,头顶亮着刺眼的灯光,女房产经纪人又一次丁零当啷地晃动着手里的钥匙,这似乎是一个紧张不安的习惯,就像无意识的动作一样,她说:"这个玻璃前廊里虽然没有供暖装置,但是你们完全可以把它当成一个日光室,天气温暖的时候,在这里吃早饭会很棒的。"她的声音里充满了热情与欢快，一双凸出的金鱼眼却显得十分呆滞，就像厚厚的酒瓶玻璃一样。她抬手朝阴暗的角落里示意了一下，那儿放着三把低矮的藤椅和一张歪歪扭扭的藤桌，每个椅垫上都印着巨大的粉色牡丹花，"当然，家具并不是配套出售的，只是为了让顾客有个概念，不过二位可以坐下来体验体验，试试吧！"

"不用了，谢谢你。"保罗说。她看出来，他准备继续参观房子内部了，可是她一直竭力地安抚着在襁褓中蠕动、哭闹的婴儿，胳膊已经累得生疼，于是她便走到桌边坐下了。结果，椅垫太过柔软，当她抱着孩子陷进去时，一团轻薄细微却清晰可见的灰尘翻滚起来，笼罩了她——要么这栋房子不常有买主来看，要么在她之前从未有人应邀坐下。

婴儿从小声的哭闹变成了哇哇大哭。

"他真可爱！"女房产经纪人大喊着，努力压过婴儿的哭声，"叫什么名字？"

她正在拼命地哄孩子，所以保罗回答说："尤金。"

"真是个好听的名字！"那个女人高呼道，"非常特别。"

"跟我岳父同名。"保罗淡淡地说，"那么，我们能进去看一看房子的其他部分吗？"

"好，好，没问题，我找找是哪一把钥匙……往里走的时候，请留意门铃，那可是一大亮点，当然了，绝不是摆设，完全能正常使用，这栋房子里的一切都能正常使用，没有丝毫损坏。来，您听，多么与众不同的铃声呀——"

铰链发出不愿屈服的痛苦呻吟，女房产经纪人用力敲开大门，一个绵长而悲哀的音符传入耳中，她觉得仿佛有一列逃逸的火车尖啸着驶上了前廊。苍白暗淡的秋日光线钻进低矮的房檐,穿透门里的阴沉,一股陈腐、封闭的气味扑面而来。先前,参观这个地方的念头一直让她觉得激动不已,而且准买家的身份也令她感到自豪而庄重。她甚至戴上了自己那副泪滴状的钻石耳坠,穿上了崭新的黑色皮鞋,也许是想给房产经纪人留下深刻的印象,又或许是想优雅地踏入有可能成为未来新家的房子,就像一个渴望迈出人生下一步的少妇。

现在,她却发现自己一点都不想进去了。

"不用管我,你们先去吧,"她说,"我在这里多待一会儿,哄宝宝睡着。"

他们两个在门口停下脚步,一齐看向她,女房产经纪人露出了呆板的微笑,晃动着手中的钥匙,保罗的表情有些困惑。然后,他们就进屋了。她注意到保罗警惕地缩了缩脑袋,避免撞上门框。

那扇门在他们身后缓缓地关闭了。

婴儿依然在哭闹,不过已经不那么声嘶力竭了。前廊上很冷,就像深深的地窖一样冰凉,她把襁褓裹紧了一些,抬头盯着外面。街道上空空如也,路边的行道树落光了叶子,对面有一栋模样相似、前廊阴暗的单层小屋,静静地坐落在灰色的草坪上,头顶着灰色的天空。目光所及,看不到任何生命的迹象。也许大家都去教堂做礼拜了吧,不然人们还能在周日早上做什么呢?尤其是在这样一个适宜孩子成长的和睦街区,邻里之间连喇叭都不会按,又怎么可能不去教堂做礼拜呢?

"邦——格——楼[1]。"她压低声音,轻轻地说出这个崭新的单词。在她听来,它的发音显得很奇怪,甚至有些野蛮。恍惚间,平凡的郊区街景在她的眼中变得十分陌生,就像一排茅草覆盖的非洲小屋,成群结队的猴子在屋顶之间跳来跳去。这一切跟她童年时那些朦胧的期待实在相去甚远。突然之间,一种对自由的强烈渴望淹没了她——为什么是这栋房子?为什么是这条街道?为什么是这座城市?(为什么是这个国家?那个危险的声音在心里轻声地继续说,为什么——可是,在它还没来得及提出其他问题之前,她就设法让它沉默了。)静下心来想一想,这才发现,挑选房子是多么古怪反常、多么令人畏缩的事情啊!以前,她从未思考过想要几间浴室,想要什么样的燃气灶,她从未拥有过——也从未想要拥有——任何无法装进一个小小行李箱的东西。如今,她就要成为一栋房子的主人了,有朝一日,睁开双眼,会发现自己拥有了一个由水管、电线、砖石、木头构成的异常复杂的庞然大物。这个念头像一道巨大的阴影笼罩下来,令她感到茫然、激动、无奈、忐忑,几乎就跟初为人母的心情一样。

她不安地打量着宝宝的脸庞——她还无法鼓起勇气叫他"尤金"。刚才,他终于安静了下来,一双忧郁的蓝眼睛从她身上越过,仿佛在眺望远方。她把毛毯朝他那通红的小鼻子拉近了一点儿,然后再次把目光投向落满灰尘的椅垫,看着上面恶俗的粉色牡丹。心中有某种类似惊恐的情绪在翻滚,她提醒自己深呼吸——这些牡

---

[1] 邦格楼(Bungalow):指起源于南亚孟加拉地区的一种单层小屋,一般屋顶很低,而且门前都有前廊。这个英文单词来自印度的古吉拉特语,本意为"孟加拉"。

丹不是跟房子一起出售的,她可以自由选择不同的椅垫,或者干脆不要椅垫,随心所欲。可是,一想到有这么多空间要进行装潢,她就感到呼吸加快,喘不上气来。房子跟学生宿舍或租来的公寓是截然不同的:随着时间流逝,它会成为反映品格的巨大明镜、深埋根基的坚定磐石、洞察世界的彩色镜片。它会为人生的乐谱定下情绪、音色和曲调,对于诗人来说,人生的曲调很可能就决定了作品的曲调。如果拜伦住在一个小家子气的海边公寓里,像老太婆一样守着印花窗帘,养着哈巴狗当宠物,那么他还会成为后来的拜伦吗?如果普希金住在荒原上的废墟里,整日与空谷回声、孤魂野鬼和橡木橱柜为伴,那么他还能用优美简洁的语言歌颂俄罗斯的乡村吗?如果莎士比亚住在郊区的"邦格楼"里,坐着印有恶俗牡丹花的椅垫,那么他还能创作永垂不朽的悲剧吗?十六岁的她会斩钉截铁地回答"能",可是二十七岁的她却不再那么肯定了。(一个从未在她心中彻底消失的声音说:写一首题为"建筑"的诗歌应该会很有意思——不同的诗节讲述不同的住处,每一节的写作风格都要符合住处本身的风格,用爱伦·坡式的悲号哀叹来描述一栋荒废的哥特式府邸,用一种类似《鹅妈妈童谣》[1]的欢快对句来描绘坐落在草坪上、沐浴在阳光中的农舍,怎么样?她摇了摇头,将这个不相干的念头抛在脑后。)如果选定居住的地方就意味着选定将要渗透进血液里的气氛,也意味着选定将要成为怎样的诗人,那么她是否有足够的信心能让买房的品位和装潢的能力不辜负自己的艺术呢?

她茫然地看着前廊里肮脏的地砖、马路对面潮湿而阴暗的大树、整齐单调的草坪——终于,恐慌攫住了她,压倒了她。

---

[1] 《鹅妈妈童谣》:一本童话故事和儿童歌谣集。

怀中的婴儿已经睡着了。

如果她现在起身离开，会怎么样呢？

大门发出一声悲伤的呻吟，女房产经纪人走了出来。

"您丈夫让我来看看您，"她一边说，一边晃动手里的钥匙，"他正在检查屋里的衣柜。哎呀，尤金已经乖乖地睡着了。看来他已经把这儿当成自己家啦！"

她一言不发地盯着经纪人。

"尤金真是个好名字，"那个女人一屁股坐在她旁边的椅子上，激起了又一层更加浓密的灰尘，"与众不同。就个人而言，我一直很喜欢与他同名的萨伏依的尤金亲王[1]，就是那位哈布斯堡王朝的著名将军。不过，当然了，这里头还有一点家族的缘故：我父亲是哈布斯堡家族的直系后裔，所以——"

那扇门又呻吟起来。保罗出现了，依然记着低头避开门框。

"这里很不错，"他热情洋溢地宣布道，"我们决定买了。"

女经纪人手忙脚乱地从深陷的椅垫中挣脱出来。

"开玩笑啦！"他说。那个女人小心翼翼地赔着笑，又一屁股坐了回去，"如果你不介意的话，现在我要带妻子进屋快速地参观一下。"

"没问题，没问题。我就待在这里，给二位一些私人空间。"

保罗打开大门。她站起身来，在婴儿的重量下微微地趔趄了

---

1 萨伏依的尤金亲王（Eugene of Savoy，1663—1736）：尤金亲王是神圣罗马帝国的将军，也是欧洲近现代史上最成功的军事战略家之一。尤金亲王的曾祖父、祖父和父亲都是意大利萨伏依王朝的贵族，因而被称为"萨伏依的尤金亲王"，不过他一生都在奥地利为神圣罗马帝国的哈布斯堡家族效忠。哈布斯堡家族是欧洲历史上统治地域最广的封建家族。

一步。

进门之前,她站住了。

"保罗,"她说着,仰起头冲他露出微笑,竭力装作开玩笑的模样,"咱们真的需要一栋房子吗?"

他开怀大笑,对她的幽默感表示赞赏。

"如果咱们买下它,就在这里挂一个秋千。"他一边指,一边说,然后动作轻柔地推着她跨过了门槛。

第一栋房子

17 厨房

唯一一首写于二十八岁的诗

如今,她对这套例行的流程已经驾轻就熟了,无须打开头顶的大灯,在朦朦胧胧中就能下意识地完成所有动作。凌晨四点,厨房看起来就像在水下一样,橱柜和料理台都隐没在阴影里,她的所经之处被一连串微弱的蓝光照亮:冰箱闪耀着炫目的冷光,她眯起眼睛在存货匮乏的冷藏室深处寻找牛奶瓶子;灶台照明灯投下昏暗的淡光,她从各式各样的锅具中翻出最小的煮锅;燃气灼烧出青中泛紫的火光,她把煮锅放在炉子上,火苗纷纷摇曳着低下了头。

等待牛奶加热的时候,她靠在料理台上,轻轻地摇晃着身体。这些天(这些周、这些月)以来,她从未彻底清醒过,现实的轮廓总是模模糊糊。她也从未彻底睡着过,一声婴儿的啼哭就能打破梦境。她想起自己在十九岁那年写下的"疲倦"组诗——距今已经快十年了——苦笑卡在喉咙里,变成了淡淡的哽咽。大学岁月的通宵熬夜充满了战士般的勇敢大胆和青春的无所顾忌,那种感觉是坚强的、明亮的、鲜活的,推动着她迈出胜利的前进步伐。今时今日的不眠不休是一份湿漉漉、沉甸甸的重担，毫不留情、无法逃避，就像寒气缓缓地渗入骨髓，将整个世界都变成灰色，悲伤落泪的冲动从未如此强烈。她忍受着深深的绝望无助，同时却又享受着甜蜜的如释重负：她可以暂时忘却对永恒不朽的渴望，暂时屈服于偏离命运的必然，听凭身体的软弱掌控一切。

反正，这样的日子仅此一次。

苍白的月光透过窄窄的窗子斜照进来，外面的世界覆盖着一层薄薄的雪花。她搅动锅里的牛奶，双脚踩在冰冷的瓷砖地上。在走廊另一边的卧室里，她的丈夫正在平稳而规律地打着呼噜，快要满六个月的宝宝发出了一声猫叫般的动静，那是新一轮哭闹的前兆。心头忽然涌上一阵冲动，模糊得像是梦境的指示，而非自觉的行动，她弯腰打开炉子旁边最下面的抽屉，翻开一堆只有少部分启封的邮件，包括广告传单、电话账单、外卖菜单等等，这些邮件总是见缝插针地钻进房子，数量只增不减，抓住一切机会在屋里的边边角角开拓殖民地。在信封下面，静静地躺着一个扁平的盒子，比一盒扑克牌大不了多少。她拿出那个盒子，用一把小刀划破外面包裹的塑料膜，打开盒盖。

小巧的单词块跳出来，摊在料理台上。在炉灶火苗的轻轻摇曳中，在冬季月亮的淡淡光芒下，她用双手抓起这些调皮淘气的小家伙，固定在冰箱门上，然后困倦地摆弄着，近乎随意地滑动它们，直到字词开始组合成句，她才发现自己似乎正在写诗，不过这是一种逆向的创作，仿佛站在镜子里面，通过映象来制造实物——不是将暧昧的嗡鸣凝固成清晰的声音，让模糊的意义渐渐露出轮廓，在与众不同的字词中变得棱角分明，而是胆小羞怯的感受试图透过裂缝钻进已经存在的愚蠢字词之中。

况且,她在黑暗中几乎看不清那些字母。

不知为何,她感到了莫名的安慰,站在原地将那些看不真切的磁铁块推向左边、推向右边,不时地搅动牛奶,偶尔陷入迷迷糊糊的半睡半醒之间,最后这一切仿佛变成了久远的记忆:指间战栗着熟悉的兴奋,宝宝在呜咽,厨房漂浮在水中,脚底冰凉,宝宝在抽泣,鼾声起伏,宝宝在哭号……她猛然惊醒,将所有梦境都抛在脑后,急忙用小拇指测了一下牛奶的温度,迅速倒进瓶子里,赶紧跑去喂他。可是,在那天早上七点,当她怀抱哭闹的婴儿走进厨房时,发现保罗正歪着头站在冰箱前,手里端着半杯橙汁。那首已经被她遗忘的诗歌歪歪扭扭地排列成长短不一的句子,周围散落着一大片尚未使用的形容词和动词。

"咱们家什么时候有了这个?"他抚摸着下巴说,"大学二年级时,我的室友曾经有过一套。我不知道你还写诗呢,哈哈!"他在空中高高地挥舞着那只空闲的手,故作夸张地大声朗读起来:

我的厨师是个老酒鬼,
总是把鸡蛋煎得焦黑;
我的司机是个梦想家,
总是把汽车开得像飞;
我的朋友是个浪荡子,
总是惹得我伤心落泪。
我迷恋那个浇灌玫瑰的男孩儿,
他有可爱的屁股和粉色的双腿,

我住在海边——

诗句到此戛然而止。

"如果咱们家有花园的话,我会产生危机感的。"保罗微笑着说完,一口喝干了果汁。当他放下玻璃杯时,嘴唇上方有一抹橙色的胡须。

"我想,我当时肯定是睡着了。"她说。

"该我啦。"他大手一挥,将她的诗句扫到旁边,随着那几十个词跟其余的几百个词混在一起,她的小小作品也荡然无存。他让所有磁铁都聚集在冰箱门的边缘处,只从中挑出了五六块——隔着他那宽阔的肩背,她无法看见究竟是哪几块——在中间的空白区域排列好,接着闪到一边,嘴上模拟着闪亮登场的声音:"当当当当!"

"我爱你,亲爱的。"那些小磁铁说。

她想走过去拥抱他,可是刚一抬腿,怀中的婴儿就开始号啕大哭,她只好打消浪漫的念头,把宝宝放在婴儿高脚椅上,急忙去准备牛奶。当她关上冰箱门时,可能有点用力过猛,几个词被震掉了,沉重地落在地上。她呆呆地盯着它们,睡眼惺忪、头晕目眩,然后动手把所有磁铁一块接一块地拿下来。她的脑海里突然凭空冒出了一幅不愉快的画面,被汽车撞死的动物横尸在马路上,而自己正在清理事发现场。

"你要做什么?"他问。

"把它们收回盒子里。"

"就这么放着吧,看起来挺有趣的。"

"家里已经够乱了。"她淡淡地说。

宝宝吃饱了肚子,开心地咯咯笑着。她低头看向他,短暂动摇的内心渐渐平静下来,复归原位。

第一栋房子

18 育儿室

采蘑菇

育儿室是一间可爱的屋子,油漆都是她亲手刷的。一边的墙壁是柠檬绿,另一边的墙壁是翡翠绿,天花板是淡蓝的,窗框和护壁板是蔚蓝的。在绿色的墙壁上,她画了黄色的鲜花,花瓣圆润优雅,天花板上点缀着能在黑暗中发光的塑料星星。当她的父母第一次踏入育儿室时,她的母亲对房间的装扮赞不绝口,可是她的父亲似乎根本就没注意到——在这间屋子里,他唯一关注的只有金尼[1]。

此刻,他正坐在角落里的扶手椅上,身形瘦小,面带不悦,就像一只在冬日里竖起羽毛的鸟儿一样。"还没到小家伙起床的时间吗?"他又一次问道。

他总是管金尼叫"小家伙",而她的母亲则称其为"热尼奇卡[2]"。

---

[1] 金尼(Genie):即前文中提到的尤金(Eugene),"金尼"是"尤金"的昵称。
[2] 热尼奇卡(Zhenechka):俄语名字,常用作小男孩儿的乳名,意为"高贵的人"。

她扫了一眼婴儿床,又看了看墙上那个月亮笑脸的分针。

"嗯,"她说,"还没到。"

他抿起嘴唇,微微皱着眉头,重新望向窗外。她立刻感到十分愧疚,等到下一次他再发问时,她一定要叫醒金尼。在金尼面前,她父亲的脸庞就像脏兮兮的玻璃窗闪耀着灿烂的阳光。可是在其他时候,他那黯淡的眼睛里、眉头的皱纹中、下垂的嘴角和深入胡须的法令纹间,总有一种挥之不去的苦涩。每当她在收拾衣服或整理玩具时抬头望向他,都觉得仿佛有一只汗涔涔的大手攫住了她的心脏,猛然拽向一旁。

"这条街道的外面是什么?"他问。

"一条跟这里一样的街道。"她回答。

"再向外呢?"

"两条跟这里一样的街道,然后是一条公路。公路的另一边有一家杂货店,但是推着婴儿车需要走上一段时间才能到。"

"你必须买一辆车,"他闷闷不乐地说,"住在这里不能没有车。你应该学学开车,否则总是不出门,小家伙都变得脸色苍白了。"

她开始解释,说自己每天都带他到前廊上呼吸新鲜空气,而且搬到这里之前是不需要车的,如今保罗总是在周末加班,没有时间教她,再说,她也不想带着孩子练车。可是,她正在满怀歉意地喃喃低语,父亲却从喉咙里发出了一声短促而恼怒的冷哼,她沉默了。他重新望向窗外,脸上的表情很阴沉。突然之间,她想抛弃那些忙碌琐碎的家务和无关紧要的交谈,不再浪费他们在一起所剩无几的时间——她想坐在他的脚边,将下巴撑在他的膝盖上,抬头看着他,提一些问题,就像小时候一样。当年,她总是想透过他来窥探宇宙的奥秘——"天空为什么这么黑？""踩在自己的影子上会受伤吗？""这首歌为什么总是让妈妈流泪？"。

现在，她也有同样多的问题想得到答案，只是问题的性质已经变了。

妈妈说医院的治疗进展顺利，对你很有帮助——是真的吗？你还有多少时间——我们还能在一起多久呢？我还有足够的时间能向你证明自己吗？每当我看到你望着金尼的目光，心里都感到温暖，但同时也觉得受伤：仿佛我已经完成了自己的任务，因而不再重要了。你是不是对我感到失望，所以希望他能比我更像你呢？你是否需要有一个人像你，来保存一些你生命的回音呢？你曾经对我解释过生命的意义，在达恰里，在繁星下——你依然认为那些话是正确的吗？你是否害怕自己做得不够，勤勤恳恳地工作了数十年，生命之花却未能淋漓尽致地绽放，所以你想亲眼看到后代延续自己的生命，带着你的一部分继续前行，是吗？

你害怕死亡吗？

你相信有来生吗？

你觉得上帝存在吗？

听我说，爸爸：我爱你。我会给你许多许多，更多更多，绝不仅仅是一个外孙。我会拼尽自己全部的灵魂来让你的记忆永远鲜活。有朝一日，等我终于成为一名足够优秀的诗人，我会写下一首关于你的长诗。那样总该是有些价值的，对吧？我爱你。

她继续默默地叠着金尼的小衬衫，她的父亲继续眉头紧锁地坐在扶手椅上盯着窗外。几分钟后，金尼从午睡中醒了过来。他总是开开心心、精力充沛地醒来，常常在嘴里翻来覆去地念着一些新学的单词——"茶杯""金鱼"——就像在咀嚼美味的点心，细细地品尝新奇的发音，粉红色的小脸蛋上（不苍白，一点也不苍白，她把他照顾得很好）露出一种惊喜而满足的表情。现在，睁开眼睛以后才过了几秒钟，他就一骨碌爬起来，抓住婴儿床的栏杆，"咔嗒咔嗒"地摇晃着，迫不及待地想要下床，看看这一回外祖父为他准备了怎样的神奇冒险。

金尼生着金发蓝眼，长得完全不像他的外祖父——或者，也可以说，长得完全不像她。

"今天，"她的父亲一边摸索着手杖，一边笑容满面地宣布，"我要教你采蘑菇。跟我说一遍：蘑菇[1]。再来一遍。蘑菇[2]。当然啦，真正的蘑菇都长在森林里，等你再大一点儿，到我们家在俄罗斯的达恰来看我时，我会带你到森林里亲眼见识一下。至于现在呢，这些纽扣就暂时代表蘑菇。白色的最好，我们称之为'白蘑菇'[3]，而红色的——"

她想出言劝说：那些纽扣看起来不安全，金尼还不到两岁，什么东西都往嘴里塞，有可能会噎住窒息的。然而，她看着父亲，却说不出话来，只是在接下来的十分钟里目不转睛地监视着他们的一举一动。爷孙俩在地毯上展开冒险行动，金尼走得不太稳，微微有些摇晃，她的父亲深一脚浅一脚地跛行着，手杖发出轻轻的敲击声。一旦发现新的纽扣，他们俩都激动得欢呼雀跃。每一回，她的父亲都提醒小家伙先把蘑菇杆上的枯叶和尘土清理掉，然后他们再

1　原文为俄文。
2　原文为俄文。
3　原文为俄文。

169

小心翼翼地将纽扣放进幻想的篮子中。

在这个美国郊区的房间里，看着油漆粉刷的青草、蓝天和鲜花，她想起了俄罗斯森林的气味和声音，二十年前，她曾经和父亲一起在林中漫步。有一次，他们把一只小猫头鹰带回了家，还有一次，他们在一棵倒下的橡树中发现了一只死去的小狐狸，它静静地蜷缩在覆满白雪的树洞里。记得在一个雾蒙蒙的秋日清晨，太阳刚刚升起，一头麋鹿从灌木中跳出来，冲向他们。当时那头麋鹿近在咫尺，她都能看到它那湿漉漉的鼻孔在焦虑不安中微微张大。以前在某处读到过的一句格言忽然浮现在脑海中："诗歌的缘起便是如鲠在喉、不吐不快，是思乡，抑或相思。"[1]——类似这样的话。她想，是否喉中之鲠越大——比如碰巧同时拥有这两种思念之情——写出的诗歌就越好呢？

她的母亲出现在走廊里，穿着保罗的厨房围裙，整个身体就像缩水变小了一样。

"热尼奇卡该吃点心了。"虽然嘴上这样说，但是她也停下来看着他们爷孙俩玩耍。金尼刚刚发现了一枚滚落到婴儿床底下的纽扣，正在咯咯地笑着，然后又兴奋地大叫起来。她的父亲也开怀大笑，笑啊，笑啊，眼泪都出来了，看上去就像在哭一样。

"我此生最大的遗憾，"她的母亲站在走廊里说，"就是没有和你父亲再生一个孩子。独自长大的孩子不会学着考虑别人的感受，如果你总是沉浸在自己的世界里，跟想象中的朋友对话，不关心其他人，那么你以后很难在现实生活中过得快乐。"

---

[1] 本为美国诗人罗伯特·弗罗斯特（Robert Forst，1874—1963）的一句格言。原句为：诗歌的缘起便是如鲠在喉、不吐不快，是不满，是思乡，是相思。

她急促地喘息着，觉得不公平，觉得很委屈。她想大喊，我关心其他人，可最后说出口的只是："我很快乐。"

母亲仿佛没有听见她说的话："兄弟姐妹之间的最佳年龄差，"她继续平静地说，"是一岁或两岁，最多不能超过三岁。那样他们就可以成为一起长大的朋友，等到上一代人……那个……"她迟疑了一下，匆匆地继续说，"我是想说，无论发生什么，他们都拥有彼此，可以相互支持、相互帮助。"没有说出口的话沉重地悬在空中，给清新可爱的育儿室蒙上了一层阴影，"想想看，如果你有一个女儿能让你父亲宠爱，那他会多么欢喜啊……来吧，热尼奇卡，咱们去吃外婆做的苹果派。"

她猛然转向父亲，希望他会耸一耸肩，对母亲的话表示满不在乎，或者至少说些什么。但他一言不发，只是站在原地，默默地目送着小家伙离开房间，脸上的笑意渐渐消失，最后只剩下泪水的痕迹。他的眼中流露出无尽的渴望，她不禁垂下了自己的双眸。

那天夜里，在房子里的其他人都睡着以后——她的父母睡在临时让出来的卧室里，保罗蜷缩在起居室的沙发上，小尤金躺在婴儿床里，紧紧地抱着长得像熊的玩具刺猬，抑或长得像刺猬的玩具熊，那是大尤金[1]送给他的礼物——她清醒地躺在展开的育儿椅上，听着儿子均匀的呼吸声。她知道，她的母亲错了，这代代传承的顺从认知，这生儿育女的催眠乐曲，绝不是流淌在她血液中的全部。因为，那童年感受到的灿烂秘密还在悄悄潜伏，那梦中窥

---

[1] 大尤金：在西方家庭中，对于同名的家庭成员，会按照年龄分别在名字前加"大"或"小"。此处指的是主人公的父亲，由于主人公的儿子与父亲同名，因此分别称为"小尤金"和"大尤金"。

见的神秘魔法还都历历在目，那眼花缭乱的奇妙灵感还会时时浮现——这一切赋予了她一种转瞬即逝却犀利敏锐的感受，能够掀开普通生活的伪装，突破一时平庸的外表，挖掘到不可测度的深处。仅仅在一处拐角、一个瞬间、一首诗歌之外，就有着难以想象的丰富世界，威严智慧的神明与百里挑一的凡人并肩漫步，假如你能排除万难到达那里，便会获得至高无上的奖赏，诸神将为你的辛勤努力和艰苦工作赋予意义，向你承诺永垂不朽，助你看清神秘之光。

在人生的最初十年里，她懵懵懂懂地明白了，如果你想要看见其他人看不见的东西，那么内心就要拥有一团火焰。在第二个十年里，她了解到，努力和勇气也是必需的。在第三个十年里，她又给这张清单加上了经历，既要有痛苦的经历，也要有欢乐的经历。可是，在即将进入第四个十年之际，她会不会发现，原来在这个通往天堂的等式中，自私也是必不可少的一部分呢？最终，当所有因素都加在一起时，是否只有罔顾他人的幸福才能令自己变得伟大呢？真正的天才是否都是孤独的，都对艺术之外的一切漠视不理呢？

若果真如此，她只能将寻觅天堂入口的旅程向后推迟了，因为她还要先平衡其他等式，那些属于尘世和凡人的等式。

她躺在硬邦邦的椅子上，盯着育儿室的天花板，默默地想，诸神在上，请听我讲。如果天上有人能听到我说话，如果我的声音有些许特别，如果我有资格让一言半语传入你的耳中，那么我要跟你做一笔交易。我会放弃一段自己的生命，来交换我父亲的生命。我会尽己所能地令他快乐，我会再生一个孩子——一个女孩儿，求你，如果你能仁慈地听到我的恳求——我甚至会在他活着的时候抛弃一切关于诗歌的念头,我发誓——只求你让他活着,让他活着——

另一个理性、成熟的自我在冷眼旁观,深知这种行为是夸张的、可笑的,只是在对着空气讲话而已——她没有力量跟神明做交易,而且这世上也没有神明——可是,她依然躺在育儿室的黑暗中,疯狂地喃喃低语。天花板上,塑料做的玩具星星发出冰冷、苍白的光芒。朦胧中,星星在微微地颤抖,因为她的眼中盈满了泪水。过了一会儿,星星里储存的荧光开始渐渐消失,但她还是凝视着它们,凝视着苍白的轮廓,凝视着曾经发亮的地方,在不眠的长夜里无声地许下承诺。跟童年时见过的壮丽星空截然不同,眼前这些星星令她觉得自己无比渺小。

第一栋房子

19 起居室

电话

当初他们刚搬来时,起居室是这栋房子里她最不喜欢的地方,留给她的印象是一个狭窄、低矮的小单间,就像夜行客船上的沉闷船舱一样。起居室的窗户连着封闭的玻璃前廊,即便在阳光灿烂的日子里,也显得暗淡模糊,前任主人的脚臭味儿总是挥之不去,似乎已经深深地嵌进了昏暗的地板中。曾经她总是快速地穿过起居室,不作片刻停留,只觉得胸口有一阵莫名的压迫感,仿佛无法正常呼吸。可是,随着时间的流逝,沙发、桌子、扶手椅渐渐地填满了这片空间,她的厌恶之情也不知不觉地慢慢减弱。在他们搬进这栋房子的第三个年头里,她发现自己越来越经常地到起居室来休息。当漫长的一天结束时,这个淡灰色调的温暖房间总能平息抚养孩子的心烦意乱和处理家务的焦虑不安,令她感到踏实而宁静。

那天晚上,她唱歌哄金尼睡着以后,便来到起居室,打算舒舒服服地坐在沙发上,裹着柔软的毛毯,享受一杯花草茶。一股冷飕飕的气流掠过,拂动手中的杂志,她看到有一扇窗户开了条缝,四月正迈着轻快的舞步向屋里走来。这座城市的春天通常只会持续短短的两三周。在一个晴朗的早晨，一阵凉爽、绿色的微风乘着轻盈的翅膀从天而降，沿着城里的人行道撒落纷纷扬扬的花瓣，将漫长的夜晚变得清新宜人，在不可避免的炎热降临之时，这阵微风便潇洒地离去了，像来时一样如雪泥鸿爪。过去，春日的转瞬即逝总是令她伤感不已，可如今，她忽然开始盼望盛夏的酷暑了。不羁的春风常常扰乱她的心神，唤醒一种古怪而悲哀的渴望，渴望那些难以名状、远在天边的陌生事物。她坚决地关上窗户，拉好厚重的窗帘，然后陷进沙发的靠垫之中，打开台灯。在轮廓分明的棕色灯光里，她调整坐姿，让圆鼓鼓的腹部稳稳地垫在大腿上，接着稍稍迟疑了一下，伸手拿起电话听筒。

响到第二声时，他接起了电话。

"喂，我是保罗·考德威尔。"

"我在想，"她说，"你有没有可能早点回家。"

"亲爱的，你还记得吗？我告诉过你的，这个月会很忙。我正在写的那份提案——"她没再往下听，"怎么了？你觉得不舒服吗？尤金不听话吗？"

"没有，他刚刚睡着了，我很好。只是——"只是我父亲在莫斯科的一家医院里，母亲一直告诉我说没什么问题，不过是例行检查而已，但我不知道是否真的如此，那家医院的病房里没有电话，所以我不能亲口跟父亲交谈，而母亲的声音里隐隐地透着紧张，叫人担心。我真的应该去一趟，可是眼下我无法去俄罗斯，甚至无法去咖啡馆或图书馆，因为我已经怀孕七个月了，按照医嘱必须静养，整日困在这栋郊区的房子里，守着一个蹒跚学步的小淘气，没有车,我的丈夫也很少回家。哦,还有,我不喜欢抱怨,但是既然你发问,那我就说了。今年夏天我就满三十岁了。你听到了吗?三十岁!莱蒙托夫[1]死的时候只有二十六岁,济慈更是英年早逝,兰波[2]的所有诗作都是在二十岁之前写完的,普希金在我这个年纪已经创作出《叶甫盖尼·奥涅金》[3]的最佳篇章,而我呢——我已经有这么长的时间一字未写了——

突如其来的激烈情绪令她自己大吃一惊。她短暂地闭上眼睛,心想,都是春天的缘故,春天常常令人失控。

"亲爱的,一旦我忙完手头的事情,"他说,"就立刻回家。我得到一些消息——嗯,算是可能性很大的消息吧。这份提案将会成为重要的——"

她又听不下去了。等他挂断电话以后,她眉头紧蹙地盯着那份没有敞开的家居装潢杂志,然后拿起放在电话旁的通信簿翻了翻,锁定了丽莎的号码。遥远的响声持续了很久,最后结束在一条电话录音上。虽然不抱什么希望,但她还是留了言,接着又继续翻起了通信簿,在别的首字母下面寻找新的号码。玛丽亚正忙着要去参加试镜,斯泰西要赶一份研究生课程的论文。她没有注意听她们的具体解释,只知道她们没空。又尝试了两三次之后,她已经没有可以打扰的朋友了。当然,还有奥尔加,可奥尔加总是很忙,她不愿打

---

[1] 莱蒙托夫(Lermontov):指米哈伊尔·莱蒙托夫(Mikhail Lermontov, 1814—1841),俄罗斯浪漫主义时期作家、诗人、画家,是继普希金之后最重要的俄罗斯诗人,也是俄罗斯浪漫主义运动中最伟大的人物。

[2] 兰波(Rimbaud):指亚瑟·兰波(Arthur Rimbaud, 1854—1891),法国诗人,对当代文学与艺术有重大影响,是超现实主义诗歌的先驱。

[3] 《叶甫盖尼·奥涅金》:普希金创作的诗体小说,被认为是俄罗斯文学的经典之作。

扰奥尔加那多姿多彩的人生篇章：要么正在打包行李，准备跟男友去威尼斯旅行一个月，要么赶着参加自己在纽约就职的律师事务所举办的客户招待会，或者去听交响乐，抑或去博物馆……她一次次地努力想让自己的人生变成一个故事，却又一次次地失败了，她明白，在这位光鲜亮丽的童年伙伴面前，自己肯定显得平凡单调、庸俗不堪。可是，每当奥尔加那自信的声音从脑海中消失以后，她就会提醒自己，奥尔加的生活只不过是徒有其表、华而不实，充满了昙花一现的快乐和虚无缥缈的成就，而她的宁静生活是踏实的、智慧的、沉思的，这种生活就像地球上的古老泉水，饱含着宇宙间的人生阅历，能够浇灌出肥沃的土壤，滋养未来的艺术。

尽管如此，她现在依然不愿想起奥尔加。

放下电话听筒，她拿起一支铅笔，在通信簿上漫不经心地涂鸦，画了满满一页的水仙花、气球和戴帽子的小鸟，心里想着不知丽莎究竟会不会给她回电话。突然，一道窗帘鼓胀起来，吓了她一跳，笼罩着棕色灯光的房间在一阵清新、凉爽的气息中变得生动活泼。她这才发现还有一扇窗户没关牢，却懒得起身了，于是她继续移动铅笔，画着圆圈和曲线，呼吸着阵阵飘拂而来的干净、美妙却又令人不安的春风，感受着花蕾盛开的芬芳与春水流淌的气息。过了一会儿，当她低头看向纸上时，发现有一些诗句悄悄地出现在了涂鸦之中。

坐在圆形的小山之上，
天空闪耀着绿色光芒，
草地变成了一片蔚蓝，

心不在焉的夜晚时光。
它戴着黑色圆顶礼帽,
手握银头的威风拐杖,
神情恍惚地擦身而过,
她却正在默默地冥想。

从潮湿的洞穴里爬出,
这个世界的秘密芬芳,
惊动一只受伤的白鸟,
尖叫不停的嘶哑破嗓。
一只漂亮的粉色气球,
挣脱了束缚扶摇直上,
却被天花板牢牢挡住,
只有那细绳来回摇晃。
夜晚悄悄地给你带来,
大地最爱的玩具月亮。
她却正在默默地冥想。

她的身影消失在空中,
潮湿的蓝色小山之上,
空留一片踩过的草地,
一个丢弃的自行车胎,
一枚金戒指也被遗忘。

腹中的孩子踢了一脚，她心神不宁地推开通信簿，想了想，又拿起来，把招惹麻烦的这一页彻底撕掉。她将纸片塞进睡袍的口袋里，心想，但愿以后不要结识名字以字母G开头的人，不然就没有地方记电话号码了。有一种观点认为诗人是拥有灵感的浪漫之子，可以在不知不觉、毫不费力的情况下就用美妙的声音歌唱自己的灵魂。对此，她向来嗤之以鼻。她觉得真正的诗歌是辛勤的工作，是耗费无数光阴的脑力杂技，要熟练地抛接韵律的每个音符，要谨慎地走过意义的纤细钢索。而这——这根本就不是诗，只是随手涂鸦，只是缥缈虚无，是随意的，是偶然的，就像春日里鸟儿的啭鸣。

　　她摆正肚子，更深入地陷进棕色、踏实的光环之中，拿起电话听筒，拨打了保罗的号码。

　　"喂，我是保罗·考德威尔。"跟平常一样，响到第二声就传来了他的声音。

　　"你还没有离开办公桌呢？"她问道（总有一天，我会真正关心他的工作，弄明白他在办公室里从早到晚做的是什么，她怀着熟悉的愧疚对自己做出保证，紧接着却又感到十分疲倦，将这个念头搁置一旁），"已经九点了，我想我应该很快就要去睡觉了。"

　　"我基本忙完了，"他说，"再过半小时就好。如果到时候你还没睡的话，我可以——"通话中忽然插入了"哔"的一声，然后他的声音重新浮现出来，"……和冰淇淋……"

　　又传来了一声，"哔"。

　　"丽莎正在给我回电话，我得挂了。"她大喊道。在所有朋友当中，唯独丽莎也有孩子，向理解情况的人抱怨两句，总能让她振作起来,"喂!喂?"

听筒里传来一阵刺刺啦啦、咔嗒咔嗒的声响,接着便安静下来。

"丽莎?是你吗?丽莎?喂?"

耳中的寂静显得很古怪:不是断线的空白,而是无言的存在,虽然听不到呼吸声,但是肯定有人在电话的另一端。于是,在接下来的几分钟里,她也沉默地拿着话筒,聆听着,聚精会神地聆听着,惊讶地感到突如其来的悲伤在体内释放,同时又有一股温暖的爱意席卷全身。她一直侧耳倾听,直到她觉得听到了自己的名字——没有说出声,却隐藏在寂静里,就像一个念头划过心间——只有她的名字,仅仅说了一次,穿过寂静,跨越沉默,那是一个熟悉的声音,听起来十分亲切,仿佛带着笑意。

"爸爸?"她试探着说。

听筒里爆发出一阵刺耳的嘟嘟声,刚才肯定始终都没有接通吧。她扫了一眼挂钟,迅速地计算了一下:莫斯科现在应该是刚过早上五点。她困惑地放下听筒,等了一会儿,但是电话没有再响起。于是,她关上棕色的台灯,把双腿收进棕色的毛毯下,背靠在棕色的沙发上。胎儿在腹中动了一下,叫她名字的声音在脑海里激荡起一道道微弱的回音,就像水面上扩散的一圈圈涟漪。她感到温暖、安详,舒适地沉浸在一个无边无际的宁静世界里,知道自己被人所爱,并不孤独。她刚进入迷迷糊糊的状态——又或许已经沉入梦乡——这时,电话铃声吵醒了她。

她接起电话,心脏提到了嗓子眼里。

电话的另一端,她的母亲在哭泣。

"妈妈?"她说,"妈妈,是你吗?妈妈,跟我说话!妈妈,出什么事了?"

可是,她已经知道了。

第一栋房子

20 卧室

三十岁时在黑暗中的交谈

"保罗,这回该你起来了。"

"嗯……"

"你听到我说话了吗?她在哭呢。该你了。"

"嗯……"

"保罗?保罗!哦,算了……地板太凉了,我需要拖鞋——或者地毯,也许我们应该买一张地毯——"

"亲爱的,你说话了吗?"

"嗯,半小时之前。她要喝奶。"

"我又睡过去了,是吗?对不起,你也知道……你这是刚回到床上来吗?现在几点了?"

"四点一刻。"

"你的脚像冰块一样。我忽然完全清醒了。如果你愿意的话,我可以让你暖和起来——"

"我需要睡一会儿,保罗。"

"你没生我的气吧？白天里你可以跟孩子们一起睡觉，可是我一大早就得去上班呢。"

"没生气，我只是累了。他们睡觉的时间总是不一样，而且金尼现在基本不在白天睡觉了。咱们睡吧，好吗？"

"好吧，好吧……嘿，你还醒着吗？"

"嗯。"

"最近我一直在考虑一件事。前些天在城里，我看见一个姑娘沿着街道散步，她推着一辆婴儿车，牵着一条灵缇犬，戴着一顶圆形的裘皮小帽，看起来很漂亮。当然啦，还是不如你漂亮。"

"所以呢？"

"所以，也许咱们应该买一条狗。"

"什么？"

"别笑。买一条狗，你也知道，就是养个宠物嘛，现在人人都养宠物了。孩子们肯定会很喜欢的。"

"说真的，我觉得眼下这不是一个很好的主意。"

"你有没有想过，是不是因为在'邪恶帝国[1]'度过了保守拘泥的童年，所以现在面对任何改变，你总是强烈地表示拒绝呢？"

"听着，我没有说咱们永远都不能养狗。也许等孩子们长大一些……不过，要养也得养小狗。家里的院子不够宽敞，没法养大狗。"

"那正是我想说的另一件事。对咱们一家四口而言，现在这栋房子未免太拥挤了，我觉得……嘿，你睡着了吗？"

"没有。"

---

1 邪恶帝国：美苏冷战期间，美国前总统里根在一场演讲中对苏联的蔑称。

"刚才一直没反应,你听见我说的话了吗?我觉得咱们应该搬到一栋更大的房子里去。"

"保罗,咱们买下这栋房子还没多久,我现在才刚开始适应呢。"

"那正好呀!趁着还没适应的时候搬走,免得以后想念。我是觉得,这栋房子确实不错,但只有两间卧室,艾玛甚至都没有自己的房间。有她在一旁不停地哭闹,咱们晚上根本就没法好好睡觉。"

"我看你睡得挺香的。"

"哎呀……总之,这栋房子——"

"保罗,这栋房子很好。"

"你以前还觉得我那套只有一个卧室的公寓很好呢!"

"那套公寓确实很好。人们不会每隔几年就从一个地方搬到另一个地方。"

"其实,那恰好就是大家的做法。你知道吗?一个普通美国人一生要搬家十一次或十二次。"

"真的吗?当个普通的美国人也太惨了!那得装修多少个,差不多六十个房间?还得买六十块地毯,真是可怕!"

"可能也就是四十个吧,其中包括宿舍、单间公寓,还有咱们家这种小房子。所以就又回到了我想说的重点上来,这栋房子对咱们而言太小了。"

"哦,保罗,我不知道该怎么办。我只是很讨厌搬家、搬家、再搬家。"

"如果咱们直接跳过剩下的七八次搬家,只搬这一次呢?如果咱们找一个再也不用离开的完美住处呢?想象一下——住在你梦寐以求的房子里。"

我梦寐以求的房子……每个房间都有着不同的构造，带来不同的心绪，成就不同的诗歌。在正中央，有一个不朽的橡木房间，散发着皮革与永恒的气味，一架嘎吱作响的梯子沿着顶天立地的书架滑行。落地大窗夜夜都辉映着柔美多彩的生活，挚友的欢笑、悦耳的音乐、洪亮的言语填满了黎明前的静谧时光。神秘大门日日都向着全世界开放，北边是崇山峻岭，南边是丛林繁茂，东边是芳草摇曳，西边是美丽海岛。你可以随时离开这栋房子，走向未知的天地，手上提着一个没装满的背包，心中揣着一首未写完的诗歌，当你回来时，房子里的一切都在静静地等着你，一如既往地张开欢迎的怀抱，闪烁着无穷无尽的惊喜。在这个充满了艺术、热爱与温暖的地方，抬头就能看到璀璨群星，离家前念的那本书还原封未动地躺在你最爱的扶手椅旁，永远长不大的孩子们正安安稳稳地睡在床上，你的人鱼母亲在高高的角楼上一边唱歌一边梳理碧绿的长发，你的智者父亲在紧闭的房门后永远守着古董打字机辛勤地劳作。这里充满欢乐，没有人会离开，没有人会死亡，一切都保持原样，却又截然不同。一栋梦寐以求的房子，矗立在过去与未来的交界处，绕过枯燥、悲伤、琐碎的现在，诞生于记忆和承诺之中……

"嘿，亲爱的，你睡了吗？"

"没有。你说'梦寐以求的房子'，指的是什么？"

"我是说一栋两层的房子，有精装修的地下室和真正的庭院，有属于每个孩子的卧室和几间客房，有带着涡流浴缸的主卧室，有衣帽间、一个或两个壁炉、一间能调过身来的厨房、一个可以烤肉的大阳台，还有宽敞的娱乐空间，可能有一间健身房、一间多媒体室、一个酒窖——"

"我明白了,你是想一下子满足那四十个房间的要求。我觉得自己还没准备好要住进《了不起的盖茨比》的房子里。再说,这只是个设想而已——你也知道,咱们负担不起那样的房子。当然啦,你挣钱很多,但我没有工作,你还有助学贷款和汽车贷款要还,今年秋天金尼就要上学前班了,接着就是艾玛。而且,我还希望有朝一日也能拥有一辆自己的车呢……即便住在这里,日子也已经很紧张了。除非你的父母帮忙,可咱们已经决定了不依靠他们。"

"但是,咱们不需要我父母的帮忙。这正是我想跟你说的。你还记得我今年春天交的那份提案吗?上周,我们……嘿,亲爱的,你睡着了吗?"

"抱歉,我肯定是迷糊了一下。你刚才在说什么?"

"我在说,到了三月底,我很可能就要成为公司的合伙人了。到时候,咱们就有钱买一栋完美的房子。咱们可以在夏天开始找房子,然后搬进新家过圣诞节。想象一下,壁炉里燃烧着真正的火焰,孩子们的圣诞袜可以挂在壁炉架上。尤金肯定会喜欢的,到时候他就四岁了,正是最理想的年纪。你也是,你可以休息休息,享受生活的乐趣。那该有多好呀!"

"听起来挺好……虽然不现实,但是挺好……"

"等着瞧吧,一定会实现的。哎呀,你的脚还是很凉,让我——"

"嗯……挺好……嗯……嗯……哦,保罗……嗯……挺好……可是我现在真的得睡一会儿了……哦,保罗?保罗!她又哭了,醒醒,这次真的该你了。哦,不!你听到了吗?我觉得金尼也醒了。"

"妈妈？我做了一个很吓人的梦，有个大怪兽把我的袜子全都吃了。妈妈，我渴了。"

"保罗？保罗！哦，天哪……等等，宝贝，妈妈马上就来。"

我梦寐以求的房子：一个可以睡觉的地方。

第四部分

现 在

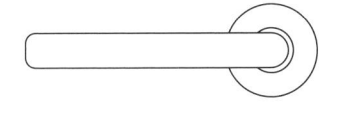

新房子

21　舞厅

节日清单

> 送给保罗家人的贺卡与礼物篮子。打钩。
> 付给邮递员和杂货店伙计的小费。打钩。
> 送货上门的新地毯。打钩。
> 壁炉里燃烧的火焰。打钩。

银色拉花、黄铜麋鹿、镀金松果、一品红[1]、朗朗上口的圣诞颂歌、肉桂与松木的香味、一盘盘新鲜出炉的烫手饼干、节日装饰品——已经从各种各样的盒子里拿出来,打开包装、抹掉灰尘、除去异味,摆在屋子各处了。打钩,打钩,打钩。

四只袜子挂在壁炉架上,其中三只模样相似,分别绣着红绿相间的名字:"保罗""尤金""艾玛"。保罗的袜子柔软而陈旧,曾经雪白的羊毛随着多次圣诞节积累的壁炉炭灰而变得发黑了,那是一位叔祖母在他出生时织的,这位年长的老妇人如今还奇迹般地活

---

[1] 一品红:一种原产于墨西哥的植物,有大红色和绿色的叶子,多用于圣诞节装饰,因而也被称为"圣诞红"。

着，经过了将近三分之一个世纪，又亲手为他们的孩子织了一样的圣诞袜。第四只袜子是她自己的，上面没有绣名字，不仅样子与众不同，而且还承载着一段小小的回忆。六年前，在一个刮着大风的寒冷日子里，他们俩信步走进一家街边的古董店，保罗在最里头的昏暗房间里发现了这只袜子，把它从钩子上拿下来，转向她，一反常态地露出了紧张的神情，说："可以买下来留着，等咱们以后有了壁炉架再拿出来用。"就在那天晚上，他求婚了，她平静地答应了。打钩。

一棵大树，跟金尼站在保罗的肩上一样高。打钩。

一间足以容纳这棵大树的屋子。几个月前，他们跟随热情的房产经纪人第一次参观了这栋房子，一处处堂皇壮丽的空间令她感到头晕目眩。门厅里有高贵的大理石台阶，起居室有一面墙上布满了耀眼的玻璃窗，宽敞的厨房里有弧线优美的花岗岩料理台和阳光灿烂的用餐空间，还有一个房间像是较小的起居室，天花板上挂着一盏华美的枝形吊灯，她经过的时候差点儿一头撞上。"我觉得，这盏灯挂得有点低了。"她慌张地说，经纪人亲切地笑着解释道："不过，这下面通常会放一张桌子。""哦，"她说，"我还以为餐厅在刚才那边。""不，亲爱的，"保罗微笑着说，"那只是吃早餐的地方罢了。""哦。"她又喃喃地答应了一遍。这时，他们已经回到了门厅，经纪人在另一边的法式对开门前停住了脚步，说："最好的留到最后。"

她满心以为他们走到了房子的尽头，迈出去就是屋外了。因此，当经纪人郑重其事地停顿了一下，伸手打开两扇大门时，她不禁倒抽了一口冷气。

"舞厅。"经纪人宣布。

她想：仿佛是一栋房子里又装了一栋房子，但里面的房子比外面的房子更大，就像魔法故事一样。我要写一首诗，讲述一个快乐的小姑娘在自家的郊区"邦格楼"里发现了一个童话般的舞厅，里面有摇曳的烛光、落地的镜子，还有跳着华尔兹的美丽公主。可是，她又考虑了一下，却明白自己根本写不出这首诗：光是想到要住在一栋带有舞厅的房子里，就已经让她瞠目结舌了。

"瞧瞧这个天花板。"保罗仰着头说。

（自以为有钱的暴发户，经纪人一边想一边用锐利的目光打量着面前的客户，尤其是那个女人，激动得两眼放光。这个经纪人把"彼得·博格特"印在花纹繁复的浮雕名片上，但他的真名叫波格丹·佩特科维奇。他不喜欢崭新的大房子，也不喜欢参观这些房子的客户。他的祖父在巴尔干山脉的一个小村庄里养蜂，他自己也打算一旦攒够钱了就回家乡生活。每当他感到筋疲力尽，就会想象在蓝天碧草间，有一群嗡鸣的蜜蜂，还有一个黑眼睛的姑娘坐在村里的井水旁，冲他回眸嫣然一笑。这幅梦中的景象总能令他振作起来。）

"面积是二十二英尺[1]乘以三十二英尺，天花板高十四英尺。"经纪人积极地说，"就连白宫的圣诞树差不多都能放得下。"

打钩。

（"这栋房子很完美。"等到经纪人挥手告别之后，保罗立刻说道。

"太贵了。"她说。

---

[1] 1英尺约等于0.3米，该舞厅的面积为65.4平方米，高约为4.2米。

"能负担得起，只要精打细算就行。"

"孩子们会从台阶上摔下来的。"她说。

"可以在楼梯口装上儿童防护栏。"

"夜里我会听不到他们叫我的。"她说。

"可以在屋里各处安上监控装置。"

"我得一天到晚打扫这栋房子。"她说。

"所以，等到我下次升职以后，咱们就雇一个女佣。"

"现有的家具根本装不满那个像宫殿一样的房间，更别提房子的其他部分了，我真不知道该怎么进行装潢。"她说。

"可以请一位室内设计师来帮你，肯定会很有意思的。好啦，亲爱的，不要烦恼了。这栋房子非常合适，而且咱们终于可以养一条狗了，甚至两条。"

她想：天哪，怎么办，我爱这栋房子。

她想：我已经认不出自己的生活是什么模样了。

最后，她说："反正你总有办法解决，对吗？"说完以后，她故意微笑了一下，以免这句话听起来像是责备。）

节日清单上的倒数第二项：在圣诞树下漂漂亮亮地摆一堆送给孩子们的礼物——打钩，打钩，打钩。他们俩彼此约定，这一年不再互送礼物了：她还没学会开车，新房子的位置比旧房子还要偏僻，周围没有商店；而且她提出，这栋房子就足以充当他们两个人的礼物了。在圣诞节早晨，她身穿睡衣，跪在新地毯上看着孩子们。四岁的金尼撕开益智拼图的包装纸，兴奋地大叫起来，一岁半的艾玛趴在一只巨大的毛绒玩具狗上轻声呢喃。等到所有的礼物都被拆开、肢解、丢弃以后，保罗便端着放了棉花糖的热巧克力走进来。她把两个孩子都搂在自己裹着法兰绒的大腿上，坐在壁炉旁凝视着熊熊燃烧的火焰，冬日的白色阳光倾洒下来，照亮了宽敞的空房间，早晨的炉火透着一股别样的宁静。艾玛渐渐睡着了，沉重的身体压得她右臂发麻，金尼盯着还没来得及装上帘子的窗户，屋外雪花飞扬。

"给我们讲个故事吧。"她提出要求。

金尼点了点头，毫不犹豫地开口说："从前，有一个小男孩儿想堆雪人，可惜当时是秋天，没有雪，所以他就用落叶堆了一个雪人。但是，第二天早上醒来，那个雪人不见了，原来是大风在夜里把它吹走了。不过，等到圣诞节来临时，这个男孩儿用白雪堆了一个真正的雪人，玩得特别开心。完。"

听着听着，时时萦绕心头的担忧渐渐消散，她确信，几乎可以确信，这栋房子正是他们所需要的——在这里，金尼和艾玛肯定能拥有一个奇妙梦幻的童年，不亚于她曾经度过的美好时光。不过，她知道，魔法不仅仅是诞生于居住的地方，作为母亲，她自己也必须努力才行。等到金尼讲完故事以后，她便拿起了作为礼物送给他的俄罗斯民间传说集，给他看书里画的火鸟与棕熊。他始终显得漠不关心，直到看见一幅她小时候很喜欢的插画，他才全神贯注、一言不发地研究起来。"一名骑士在十字路口停了下来，"她解释道，对于他表示出的兴趣感到很欣慰，"看到这块石头了吗？上面写着：'如果直走，你会找到快乐。如果右转，你会失去马匹。如果左转，你会失去生命。'他正在选择要往哪里走。"

保罗大笑起来："谁会选择右转或左转呀？"

"呃，"她说，"我从来没这样想过。也许只有俄罗斯人才能明白其中的诱惑吧。"

"或许他根本就不认字。"金尼说,语气中流露出一丝轻蔑,秋天时他就已经学会所有字母了,"我不喜欢这幅画,太吓人了。"

"吓人?"她难以置信地重复道,又一次望向那幅画,画面中有空旷的黄色天空,有乌鸦与头骨,还有那名骑士,他正朝着墓碑弯下腰,瞧不清面孔。现在看来,他的姿势确实显得疲惫不堪,甚至沮丧失落,整个背景都充满了邪恶、肃杀的不祥征兆。

金尼探身把那本书推开,不小心碰倒了杯子,热巧克力洒在波斯地毯上。几滴滚烫的液体溅到了艾玛的手腕上,小姑娘猛然惊醒,开始放声大哭。不过,当然了,记忆和喜好是无法通过血脉传承的,她理智地告诉自己。他们的童年魔法自然不会跟她一样。可是,当她匆忙地处理着烫伤和污渍时,内心深处却依然有一阵难以抑制的悲伤在颤动。

那天晚上,等到筋疲力尽、心满意足的孩子们终于沉沉入眠,床边的监控也开始工作,她便回到黑漆漆的舞厅,坐在地板上,守着快要熄灭的炉火。几分钟后,保罗来了,一只手里端着一杯调制的蛋奶酒[1],另一只手里拿着一个天鹅绒的长条盒。

"送给你的。"他说着,将盒子轻轻地放在她的大腿上。

"可是,保罗,"她抗议道,"咱们不是说好了——"

"真没什么,只是个小玩意儿而已。来吧,打开瞧瞧。"

里面是一条金丝花纹的短项链。

"好美。"她轻轻地叹息道。

"来,让我给你戴上——这个项链扣有点复杂……"

---

1 蛋奶酒:一种圣诞节的传统饮品。

"咔嚓"，一声清脆的响动传来，就像小老鼠咬东西的声音。她看向身旁最近的镜子，里面有一个笼罩在阴影中的女人，又环顾屋里的所有镜子，每面镜子里都有一个朦胧的女人，然后缓缓抬手，抚上了喉咙。那条项链冰凉、沉重，摸起来很光滑。她仿佛看到，角落里的一个映象从众多女人的身影之中站起来，头也不回地离开了，一阵疯狂的冲动突然袭来，她也想不顾一切地快步跟上，远走高飞。

　　她转过身去，背对镜子。

　　"一切都跟我们想象的一样，"保罗说，"对吗？"

　　"嗯。"她答道，可是她知道自己从未有过这样的想象。在她成长的世界里，珠宝的价值是用故事来衡量的，而不是克拉。小时候，她向往过城堡里的生活，却不是为了土地钱财，也不是为了坐在奢华（虽然有点污渍）的波斯地毯上品尝蛋奶酒，而是一个单纯的愿望，想要日日与美丽相伴。所谓美丽，只是一个念头，是她那七岁的小脑袋瓜里萌生的一个幸福的念头。可是，这座美丽的房子绝不是一个念头，而是真实的——太真实了。她无法再假装了，无法再像曾经居住在低矮的"邦格楼"里一样，假装这一切都只是暂时的，是一幕匆匆拼凑的戏剧，是一支虚幻无力的序曲，在不久的将来，她总会迎来合适的生活。

　　然而，也许她不该如此忧虑。没错，世上的确有诗歌的艺术，但是也有生活的艺术，而且，跟十九世纪的浪漫主义信仰相反，这二者并不会互相妨碍，不是吗？或许她也该学习一下生活的艺术了。能够跟两个活泼健康的孩子和一个充满爱意的丈夫生活在一栋舒适的大房子里，还有什么不知足的呢？她从不安的沉思中回过神来，发现他正在亲吻她的脖子，同时还有点害羞地轻声说着要给这块地毯施以洗礼。不光是这块地毯，也是这间屋子，更是这栋房子，尽管他们已经搬进来快两个月了。其实，已经有一段时间，有相当长的一段时间，她一直拒绝他。自从艾玛出生以后，她始终没有机会去见医生，讨论接下来的选择。他很不情愿地表示同意，没错，两个孩子可能是足够了，但三个肯定会更好，他想有三个孩子，不过他明白，对于他们来说，两个正合适。然而，也许这一次，就这一次，她可以放下心头的顾忌，无忧无虑地享受此刻。毕竟，还有多少机会能享受自由的人生、富有经历的人生呢？而这不正是她想要的吗？余火在壁炉中安逸地燃烧着，圣诞树在头顶上方叮当作响、闪闪发光，蛋奶酒的甘甜在她的唇齿间徘徊。是的，她迟早会写出自己注定要写的每一首诗，而一切的一切都会变得更好。

节日清单最后一项：幸福。打钩。旁边画着一个模糊的问号。

新房子

22 餐厅

幽灵的交谈

"沙拉叉应该放在外面。"保罗端着一摞汤碗走进餐厅,朝桌子上瞟了一眼。

"我知道。"她有些恼火地答道,转过身才发现自己确实摆错了:较小的叉子全都歪歪扭扭地贴着盘子的镀金边缘。她根本不记得何时将它们这样放了。

"你还好吗?"他放下汤碗,在门口停住脚步,略带关切地看着她。

"我没事。"她避开他的目光,绕着餐桌走了一圈,调换叉子的摆放位置,"只是有点恶心。胃不舒服。"

"或许是太紧张了,"他轻松地耸了耸肩,"没必要紧张。咱们只是要打动我的老板和老板夫人罢了,这顿饭不过是决定了我的整个未来而已。好啦,我得去看看酱汁烧得怎么样了。"

他冲她笑了一下,然后消失在厨房里,她听到了嗞嗞啦啦、噼噼啪啪的动静,还有打开烤箱和关上冰箱的声音。那是个玩笑吧,她对着他留在空气中的余像无声地说道,我指的是你刚才关于未来的那番话,因为现在这一切——你的合伙人身份、这个地方、我们的孩子——难道不就已经是未来了吗?……肉味儿闻起来好油腻……哦,不,又开始犯恶心了。我觉得自己病了。或者……或者……不,我现在不能想那些。

当客人到达时,她确实成功地稳住了心绪,不去胡思乱想,在之后的一段时间里,只有偶尔翻涌的呕吐感会令她稍微走神。他们四个围坐在餐桌边,枝形吊灯的灿烂光芒笼罩着美味佳肴,她向左扭头,近乎胸有成竹地细数着丝质壁纸的优点,然后又向右扭头,谈论着俄国革命,同时还竖起耳朵捕捉楼上的动静,他们家的新保姆西蒙斯夫人正在安抚抽泣的艾玛,竭力哄她入睡。保罗的老板是一个肩膀滚圆、身材矮胖的男人,六十岁出头,长着斗牛犬般的肥厚下巴,笑起来动静很大。他那四十来岁的妻子讲话轻声细语,精致的金色卷发衬托着一张表情僵硬的脸庞,时常咧嘴露出一口完美闪烁的洁白牙齿,每次优雅地喝完一小口汤后,都会用单调的声音说上一句:"真是美味。"当那个女人把汤匙举到嘴边时,腕上的钻石手镯就会顺着细细的胳膊滑下,轻轻地碰撞在一起。

他们喝完了开胃汤。保罗的老板对窖中藏酒的正确方式发表长篇大论,她一边附和地点头,一边用叉子戳着自己的沙拉,一口都吃不下。保罗把牛排端进来,介绍了他自己独家秘制的蛋黄酱。当他们开始谈论一些费解的工作话题时,她便默默地玩起了自己发明的押韵游戏,平时多亏这个小游戏,才能熬过日复一日的枯燥家务。她在脑海里想出一小串押韵的词语,从眼下的具体事物到遥远的抽象概念:"汤匙——牙齿——故事——末日。餐刀——

佳肴——争吵——世道。叉子——塞子——呆子——滑稽……哎,等等,最后一个不押韵。金尼以前经常看的电视节目上有一首短歌,是怎么唱的来着?其中有一个与众不同[1]……好吧,那就这样:大鸟[2]——钟表——喧闹——无聊——"

保罗的老板转向她,问了句什么。

"不好意思,您说什么?"她竭力不去看他那闪烁着油光的下巴。

"达卡,"他声如洪钟地说,"给我们讲讲达卡吧。你在老家有达卡吗?"

他发错了音,将"达恰"说成了"达卡"。当然,她没有纠正他。只是,当她张口欲答时,却突然发现面前的客人、这个房间,甚至连保罗都发生了变化:一切都幻化成平面的、二维的,显得光滑而虚幻,就像一场过眼即逝、朦朦胧胧的电影。我肯定是病了,她又一次心想。也可能是太紧张了。或者……不,不要胡思乱想,神明不会如此残酷的……

她眨了眨眼,回过神来,这才察觉到尴尬的沉默正在她周围扩散,就像不小心打翻的液体在蔓延。他们三个齐刷刷地看着她,脸上凝固着呆滞的微笑。

保罗替她解了围。

"是啊,他们通常都有一栋达卡,"他回答道,她的心头掠过了

---

1 这是美国儿童电视节目《芝麻街》中用到的一首歌曲,歌词原句为:"其中有一个与众不同,其中有一个格格不入,在我唱完这首歌之前,你能猜出究竟是哪一个吗?"
2 大鸟:《芝麻街》里的一个角色,是一只亮黄色的金丝雀。

一抹尖锐的震惊,他明明知道那个词该怎么念,却刻意重复了老板的错误发音,"那是真正的木屋,建在森林之中。没有自来水,厕所都在院子里。"

"真是古雅,"老板夫人说,语气中却隐隐地透着厌恶,"就像生活在托尔斯泰的小说里一样。"她站起身来,手镯滑动,叮当作响。

保罗开始收拾桌子,准备上甜品。

"如果在冬天里用户外厕所,你们不会被冻伤吗?"老板目瞪口呆地问,即便在说完这番话以后,他的嘴还是大张着。她在苦闷中勉强挤出了一个微笑。他的牙齿不像他妻子的牙齿那样洁白整齐,而是参差不齐的黄色尖牙,有点像豺狼,"西伯利亚的冬天不是很冷吗?"

"他们不在冬天去那儿。"保罗赶紧回答,第四次弯腰给老板斟酒,经过片刻迟疑,也给自己杯中倒上了酒,"当然啦,在夏天里,你们必须得防御蚊子和黄蜂,对吧?"

他把空酒杯拿进了厨房。

人们说晚餐的话题因人而异,她想,难道我只配谈这些了吗?微笑在面上保持不变,恐惧却在心中渐渐滋长。

"哎哟,"老板说,"如果我是一只蚊子的话,肯定会咬你的!"他发出了震耳欲聋的笑声,紧接着伸手钳住了她的膝盖。她如遭雷击,低头盯着他那完美无瑕的挺括袖口,那船锚形状的金色袖扣。可是,转瞬之间,意味深长的用力紧握已经迅速变成了若无其事的轻轻一拍,老板夫人回来了,喋喋不休地谈论着一艘可爱的小轮船,乘船的客人都可以获赠肥皂。保罗拿着一瓶新酒和一个大浅盘，上面盛着"卡萨诺瓦的欢愉"，宣布正是这道甜品让妻子爱上了他。夜晚继续迈着一瘸一拐、亦真亦幻的步子前行。

喝完咖啡以后，保罗主动提议带客人参观一下这栋房子。"不过我得提醒二位，装潢还在进行中，"他说，"除了餐厅，其他房间都没有配好家具。您也能看出来，我们是从最重要的房间开始着手的。"

"你们就应该让房子一直这样，"老板夫人说着，从椅子上站起身来，"我经常说，人们拥有的东西太多了，其实全是累赘。马克，我是不是这么说的？我总是对你说，一个人应当能够在自家的房子里畅通无阻地跳着华尔兹，绝不应该由于愚蠢的古玩摆设而束手束脚，对不对？"

她的语气明显表示，这全是反话。

"亲爱的，你来吗？"保罗在门口停下脚步，微微地晃动着身体。

"你们去吧，"她说，"我想先收拾一下。"

可是，等到他们都离开以后，她依然坐在椅子上一动不动。他们的声音在门厅里回响，保罗的老板开怀大笑——"床呢？你们总该有张床吧！"——还有几句她听不清楚的话，引得两个男人在上楼梯的整个过程里都笑声不断。此刻，他们的声音变得模糊起来，两个沉重的脚步声在头顶轰鸣，第三个脚步声就像是一把精致的小锤子在对准她的太阳穴敲击着纤细的钉子，这才令她意识到自己的整个脑袋都在一突一突地抽痛，而且这样的状态已经持续了一段时间。然后，她再也听不见他们的动静了。但奇怪的是，一阵幽灵的交谈紧随其后，飘入耳中，仿佛近在咫尺，绝非躲在墙后，只是听起来显得颇为遥远,好像是隔着一层厚纱。几个声音穿插在一起,优雅而热情地讨论着珍贵、永恒的事物,不过她只能偶尔捕捉到一些零碎的片段——爬满藤蔓的神庙遗迹隐藏在丛林之中,成千上万的迁徙候鸟飞过西海之上的昏暗天空,一群野马狂奔在大风吹拂的草原上。她久久地聆听着,心中盈满狂喜。也许,在某个无限靠近却又无限远离的平行空间里,有另一栋房子与他们的房子紧紧相依,在那栋房子里住着可爱的人们,做着可爱的事情,在餐桌旁进行着可爱的对话。虽然两个地方之间没有通道相连,但是身在此处,却能偶尔窥见彼岸的灿烂世界,听到那里的回音,在缘分降临的奇妙时刻,感受到圆满与幸福。她可以就此写一首诗……她强迫自己继续思考这首诗的内容,然而,其实自始至终她都明白,在这些布满指纹的水晶、污渍斑斑的陶瓷和镀层厚重的银器之间,在这顿奢侈、费力、空虚的佳肴残骸面前,她只是在挣扎着抵御阵阵翻涌的恶心,用天马行空的幻想来转移注意力,不愿面对内心深处早已承认的事实。

不久,保罗他们回来了,又过了一会儿,客人要走了。老板说:"完美烹制的牛排不过三成[1]而已。"接着便为自己这句语义双关的俏皮话而捧腹大笑。(可怜的姑娘,他友善地想,她在保罗办公桌上的那张婚纱照里看起来要比现在漂亮多了。她显得如此局促不安,而且仿佛时时刻刻都在走神。我本想逗她开心,可惜并不走运。有的人就是这样,难以对话。也可能是因为语言障碍吧。如果

---

[1] 西餐中的牛排按照成熟程度多分为三成熟、四成熟、五成熟、七成熟和全熟。这里既可以指完美烹制的牛排实属罕见,也可以指完美烹制的牛排应是三成熟。

她听保罗说话的态度也跟听我们说话的态度一样，那他绝不可能过得幸福。唉，真是可怜。）"听着，如果有任何需要帮忙的地方，千万不要客气，随时开口就行。"他真诚地说。在道别时，老板夫人紧紧地握住了她的手，说："令尊的事情，请节哀顺变。"她的声音不再单调乏味，而是充满了感情，眼睛里也闪烁着泪光，"你要坚强起来，亲爱的。"

　　看来，他们跟我设想的并不一样，她略带惊讶地思忖着，却依然心不在焉、忧虑重重，等到大门关上以后，更是将他们彻底抛在脑后，忘得一干二净。她跟着保罗回到餐厅，开始收拾咖啡杯。保罗用醉醺醺的声音含糊地讲着今晚的成功、酒窖的安排和马克的湖畔别墅，她默默地想：只要我什么都不说，一切就不会成真。我不必说。我不会说。我可以装作若无其事。有可能根本就没事。只不过是圣诞节那一次而已，能有多大的概率？况且，以前我也遇到过生理期推迟，也曾有过恶心呕吐，这些都说明不了什么。我可以直接去找医生，不必告诉保罗，不会告诉保罗，就算真的有什么，如果我只跟医生谈，那就不要紧，因为当他们说"最初三个月""预产期"和"人工流产"时，只是一些词语罢了，没有任何意义，只要除了医生以外没人知道就行。当然，我也会知道，但是没关系，就算真的有了，也才五六周而已，况且很可能根本就没有。无论如何，这一切很快就会过去的，我也会完全忘掉，根本没什么大不了的——只要别去想那些粉红豌豆似的小脚趾、握力惊人的小手指、脖子后面的可爱皱纹、温暖的奶香、甜美的睡颜、没有牙齿的第一个微笑——

　　她把一摞摇摇晃晃的咖啡杯放在了桌子上。

"保罗？"她说，"保罗，我好像怀孕了。"

在冰冷而巨大的恐惧之中，已经燃起了一簇喜悦的火焰，小心翼翼地散发着灼热的光芒。

新房子

23 主卧浴室

死亡与黄金水龙头

"你们家的浴室里有柱子。"水管工说。

他的声音表面上显得很平淡,仿佛只是在描述事实而已,但她觉得自己能听出来其中隐含着敌意,于是便温和地,甚至略带歉意地主动说:"我们才刚刚搬进来。"她还想补充一句:我小时候住的整套公寓都能塞进这间浴室。但是,他一脸冷漠地看着她,她便没再说别的话,只是用微笑来掩饰自己的不安,在梳妆凳上坐定,等待他的结论。她浅浅地吸气、呼气,竭力压抑着阵阵袭来的恶心。

"所以,没有堵塞,"水管工摊开工具,"只有气味。"

"只有气味,"她表示肯定,然后赶紧解释道,"水管肯定有问题。我是说,我明白,以我现在的状态,不管什么气味都会显得更强烈,但是你也能闻到,对不对?"

他没有回答,没有抬头看她,没有问她的预产期,也没有问她怀的是男孩儿还是女孩儿。刚才,当她开门让他进来时,就已经感到有点失望,他是一个五十多岁的男人,皮肉松弛、表情不善,硬邦邦的棕色胡子藏不住下垂的嘴角。如今看来，她的第一印象是正确的。两周前，她跟同一家公司的另一名水管工打过交道（当时，艾玛的浴室漏水，厨房的水龙头滴水），那是一位亲切、健谈的年轻人，问了她做母亲的感受和他们是否给孩子取好了名字。可是，面前的这个男人在干活时却一言不发，只是沉默地敲敲这里、瞅瞅那里。光是看一看他那僵硬的后背，她就明白，他十分厌恶她待在浴室里，非常希望她能赶紧离开。

她鼓起勇气，又做了一次尝试。

"对了，"她欢快地说，"你有孩子吗？"

他晃动胡子咕哝了一声，究竟是"有"还是"没有"，她实在无法分辨。这时，他开始收拾工具。（肖恩·奥莱利只有一个女儿，在十一岁时溺水而亡。如今，她总是在夜里来见他。父女俩并肩走在空无一人的街道上，谈论着普普通通的话题：天气啦，拐角处新开的五金店啦，家里养的那只老猫啦，等等。她的胶底运动鞋浸满了水，走起路来嘎吱作响，她的声音依然稚嫩，从未变老。次日清晨，他的睡衣总是染满泥泞、污浊不堪，他的心脏在胸腔里疲倦地缓慢跳动。他觉得，每次的午夜相见都会减少自己的寿命，即便不是缩短数月，至少也是缩短数日，但是他并不在乎。他满怀希望，痛苦地思忖着，不知她今晚会不会来。然后，他极不情愿地把注意力转向面前这个讲话有点外国口音、眼神透着焦虑不安的阔太太。）

"你们家的水龙头很漂亮。"伴随着骨骼关节发出的咔嚓声，他站起身来，拂了拂膝盖，语气中又一次翻涌着敌意的暗流。

"什么？"

"你们家的水龙头。镀金的。很漂亮。"

"这些水龙头是镀金的?"她难以置信地重复道,"我不知道。"

他阴沉地看了她一眼,走出浴室。

"但是,这个气味呢?"

"水管没问题。"他说。她摇晃着身体跟在他身后,穿过卧室,走下楼梯,"你们家的墙里有一只死了的动物。不过,我还是得向你收取上门费。"

"死了的动物?你是说……小老鼠?"

他在门厅里转向她:"根据气味来判断,应该是个头更大的。我估计是大老鼠或者松鼠,也可能是浣熊。"

"大老鼠?可是……我现在应该怎么办?要打电话找灭鼠员吗?"

"我可不知道你们这些人遇到这种情况会怎么办,"他耸了耸肩,不等她帮忙,就自行动手打开了前门,"不过,我会电话找捕兽员[1]。没必要灭任何东西,那畜生已经死了。"

"你们这些人",她受伤地想,他说"你们这些人"是什么意思?怎么能单凭外表就妄下结论?我不属于"这些人",不属于任何人,我的真实世界在远方……她想要追出去,纠正那个面色阴沉的男人,但是她忍住了冲动,默默地在他身后锁好门,挺着大肚子走上楼梯,在浴室门口停住脚步,望向里面。第一次见到这栋房子时,奇妙的事物有许多,但最令她惊喜的便是这个带有天鹅形状水龙头的涡流浴缸,它深深地沉在两根大柱子之间,顶上挂着两盏闪闪发光的枝形吊灯。如今,在那华美的灰色大理石后面藏着一具

---

[1] 捕兽员:指动物捕捉协会或动物捕捉公司的工作人员,主要负责活捉并转移出现在人类居住地的野生动物或有害动物,也可帮助处理动物的尸体。

爬满蛆虫、腐烂恶臭的老鼠尸体——这幅画面实在阴森可怕，她突然感到整栋房子都沉重地压在了自己的身上，她开始怀疑照顾这栋房子的责任远远超出了自己的能力范围。顷刻之间，只觉得天旋地转、头晕眼花。她颓然跌坐在花纹精美的地板上，用额头抵住冰冷的浴缸，泪水夺眶而出。在哭泣的时候，她忽然记起了昨晚的梦，有着史诗般宏大的场面和简洁鲜明的色彩。梦中，她参加了一场中世纪的战争，头顶蓝天，脚踏碧草，跟众位年轻的勇士并肩作战，他们怀着雄狮的精神和不灭的斗魂，一往无前。想到这场梦，她哭得更厉害了。在泪水与困惑之间挣扎了片刻以后，她突然对自己感到很生气，心想，这根本不是什么大事，只是荷尔蒙在作祟，快别哭了。

至少，她没有懦弱顺从地向那个讨厌的水管工支付小费。

她给保罗打电话，但是他在开会。

"考德威尔夫人，您还好吗？"他的秘书问道，声音中透着担忧，"需不需要我去叫他？"

"不，不，我很好，"她说，"能让他过会儿给我回个电话吗？"——然而，正在这时，艾玛从午睡中醒来，金尼吵着要吃零食，她的自由半小时便宣告结束了。

周三，捕兽员来了。他是一个开朗的黑人青年，穿着整洁熨帖的卡其色制服，胸前的口袋上绣着姓名，由一连串字母 d 和字母 b 组合在一起，很难正确发音。他立即着手处理此事，效率极高。首先研究屋顶的角度，甚至到屋外爬上梯子查看天窗周围的情况。接着返回浴室，一边指一边说："那只动物就是从这里进来的。"他的语气很自信，汗水闪亮的黝黑脸庞上露出了洁白耀眼的牙齿，从他嘴里吐出的每一个字都像是一块实心木砖，包含着某种难以辨别地区的异域口音，"我必须得打破墙壁才能把它拽出来。很抱歉，我不能帮您修好墙壁。不过，您的丈夫应该会修，对吧？很简单的，在这儿补上板墙，然后粉刷一遍就行。"

她在心里暗暗记下，等捕兽员走了以后，就得赶紧给修墙工打电话。

"您应该离开了。"那个年轻人友善地说，"对于怀孕的女士而言，这个气味实在是难闻。对了，是男孩儿还是女孩儿，您知道吗？"

他微笑地看着她的肚子。一阵感激的暖流立刻涌上心头，她险些落下泪来。

"其实，是两个男孩儿，"她说，"同卵双胞胎。"

一如既往，当她说出这句话时（她并不经常说这句话，主要是对来房子里干活的工人讲一讲，而且只有在对方好奇发问的前提下才会开口），就会重新体会到那种五味杂陈的感受，有恐惧，有怀疑，有骄傲，也有惊讶，就跟最初听到医生的诊断时一样。当时，医生仔细地盯着黑色的小屏幕，上面有许多像蛛网一样的白色线条在变化、弯曲。"啊，在这儿，健康有力的心跳。"接着又微微皱眉，吓得她心头一颤，经过了难熬的一两秒钟以后，又满面笑容地说："还有这儿，惊喜，真是惊喜，还有一个心跳。"刚开始，她没有理解，还傻乎乎地问："这个宝宝有两个心跳？"——话音未落，她就明白了医生的意思。坐在回家的出租车上，她哭了一路。那天晚上，她把医生的诊断告诉了保罗，虽然已经不再落泪，但是依然惊慌失措，她想让他安慰自己。然而，他却高声欢呼着抱起了她，仿佛想带着她团团转圈，紧接着又反应过来，赶紧将她轻柔地放下，好像她是瓷娃娃一样，"如果其中一个是男孩儿，"他开心地大喊，"咱们就给他取名叫理查德。爸爸肯定会激动坏了！"

"双胞胎，"那个捕兽员说着，低下了头，似乎在微微鞠躬。他看起来最多也就二十二岁或者二十三岁，"您受到了神明的眷顾，考德威尔夫人。双胞胎是特别的、神圣的。诗人会为双胞胎吟唱。在非洲，我也是双胞胎中的一个。我的父亲曾是我们部落的首领，如今我的双胞胎哥哥也成了首领。有朝一日，我要找到一位诗人，对他讲述自己的一生，而那位诗人将会把我和我的父亲、我的哥哥一起写进诗歌里。"

又是一个痴人说梦的王室后裔，她轻蔑地心想。令自己大为惊讶的是，她居然脱口而出："我就是一名诗人。"说罢，她立刻尴尬地涨红了脸，赶紧补充道："可是我还没出版过作品。"

"出版？诗人是不需要出版作品的，考德威尔夫人。做一名'斋利'[1]，不是把诗歌写进书里，而是将这天赐之礼带给同胞，徜徉在他们中间，为他们的生命吟唱，让他们的根基滋润，教他们认识自己。您知道在我们的语言中，'斋利'这个词是什么意思吗？血液。没错，这就是它的含义。诗人是民族的真正血液。"他沉默了一会儿，轮廓分明的脸庞像雕塑般一动不动，仿佛陷入了遥远的回忆。（他看到了夜晚的林间空地，听到了敲鼓的响亮声音，他的父亲正在一圈舞者中旋转，他们的眼睛在饰有兽角和羽毛的面具下闪闪发光。历代传承的智慧深埋在他的灵魂里，就像祖先的古老血液

---

[1] 斋利：西非地区的一类吟游诗人，兼具历史学家、说书人、诗人和音乐家的多重身份，又称"格里奥"。

在体内缓慢流淌，成了永远属于他的一部分。虽然不说，但是他心里明白，世界之奇妙，绝非这里的多数人所能想象的。）然后，他用明亮的眼睛望着她，又一次露出了微笑，"不过，现在我要凿开墙壁了，您还是到一个没有死亡的地方去吧，待在这里没有好处。"

她想继续跟他说话，但是，在取出那只动物（结果证明，是一只松鼠，不是什么大老鼠，令她大大地松了一口气）的过程中显然不可能进行交谈，而且她猛然意识到艾玛已经在婴儿床里哭闹了许久。她这心无旁骛的本事真是变得越来越惊人了。她穿过走廊，急急忙忙地朝着号啕大哭的女儿赶去，心中暗自思忖，再过一两天，修墙工就要来了，不知他会是什么样的人。想到这里，不禁产生了一丝期待。

当捕兽员离开时，她给了他一笔丰厚的小费。

新房子

24　酒窖

阿蒙提拉多的酒桶[1]

当她前去应门时，心脏就像脱水的鱼儿一样狂跳不止。

"请进，请进。"她说。

他迈进门槛，手里捧着一束不知名的鲜花。

"还好不是剑兰，"她紧张地笑了笑，"你一点都没变。"

亚当扬起嘴角，眼中却毫无笑意，他环顾着门厅。

"这里很漂亮。"他平静地说。

她看到他身上穿着寒酸破旧的外套，脚上蹬着劣质廉价的鞋子。

"哦，你想参观一下吗？一会儿我让德洛丽丝把花放进水里，"她说着，莫名地涨红了脸，将那束鲜花放在大理石桌面上，不等他回答，就立刻快步走到前面，"来吧，这边请。保罗喜欢带客人参观房子，"她侧着头越过肩膀说话，不想陷入沉默，也不想停下脚

---

[1] 此标题与美国作家爱伦·坡于1846年发表的一部短篇小说同名，"阿蒙提拉多"是一种西班牙的白葡萄酒。

步,"可是他还有一个小时才下班。起居室正在重新装潢,一定要当心——哦,抱歉!"

他差点儿踩上了装修工人留给她检查的喷漆颜料板。当她领着他走进舞厅时,电话响了,是她的室内设计师费莉希蒂打来的,要跟她讨论垫子内部的填充物,在漫长而难熬的一分钟里,她挣扎着想要结束这番无聊的谈话,却失败了,而他则透过舞厅里的每一面镜子,用淡然的目光审视着她、评判着她。在厨房里,金尼正帮着艾玛摆弄拼图,"南瓜"和"胡椒"呼哧呼哧地闹作一团。"小狗总是活力四射!"她笑着说,又一次看到了亚当的廉价鞋子,突然意识到,在尴尬遮掩的内心深处,她几乎在享受这种热闹的炫耀,炫耀充实而富裕的生活,炫耀自己从无到有建立起来的一切。在楼上的育儿室里,亚当礼貌地称赞了悬挂在婴儿床上方的艾玛的涂鸦,她忽然记起自己也曾想过要跟他生儿育女。这个念头令她感到心烦意乱,在安抚双胞胎的时候一反常态,表现得非常不耐烦,西蒙斯夫人在旁边看着,微微地挑起了眉毛。在卧室里,她又想起了其他的事情。德洛丽丝正在用鸡毛掸子打扫雕刻精致的床柱,为了避免在巨大的睡床旁徘徊,她将他拽进了浴室。

"这里很漂亮,"他再次用礼貌而平静的语气说,"兰花与天鹅。"

他们四目相对,沉默了片刻。

"你能相信吗?"她夸张地大声说,不顾一切地想要驱散寂静,想要说点什么,什么都行,"这些水龙头是真金的,你说傻不傻!"

德洛丽丝轻轻地走进来,手里拿着喷雾器,不以为意地低垂着目光,喃喃地嘀咕:"不好意思,夫人,借过一下。"——或许是想监视我们,她在突如其来的痛苦中思忖着。(德洛丽丝没有发现雇主和客人之间的交谈产生了紧张的停顿。其实,她根本就没有注意他们,只顾着沉浸在自己的思绪中。她想起了故乡的古老钟楼上钟鸣悠远,想起了十五岁的自己笑靥如花,想起了敲钟人的儿子夜复一夜地带她沿着蜿蜒的台阶爬上钟楼,钟声回荡在石墙之间,他们两个手拉着手,越爬越高,经过大钟,经过屋顶,爬上通往天空的无尽云梯,徜徉在星海之中。有一回,趁着敲钟人的儿子没留神,她偷了一颗小星星放进口袋里。九个月后,当她的儿子出生时,她就把这颗星星送给了他。她已经有二十年没见过自己的儿子了,但是她相信自己永远都会认得他,因为一旦碰过星星,就会留下一生的印记。)

"不如我带你去看看酒窖,怎么样?"她欢快地提议。

"有劳了。"他矜持地回答。

在通往地下室的楼梯上,她停下脚步,转过身去,抬头看着他。

"不过,你真是一点都没变。"她再次说,满心希望这一回他也会礼尚往来地报以美言。然而,跟先前一样,他沉默不语,只是站在高一级的台阶上静静地俯视着她。其实,她并没有完全说实话。自从他们上次见面以来,已经过去了十年(十年——真的有这么久了吗?),在此期间,他住过巴黎、维也纳、布拉格、罗马,去过亚洲和南美洲,创作了几首广受好评的曲子和一部曾在波士顿的音乐厅里演奏过的交响乐,据说茱莉亚学院[1]还打算请他去教书。他看起来依然年轻,但是高耸的颧骨变得更加鲜明,为深邃的五官

---

1 茱莉亚学院:位于美国纽约,是一所创建于1905年的艺术学院,也是世界上最为著名的专业音乐院校之一。

蒙上了一层坚毅而严厉的阴影。原本张扬不羁的金色卷发已经顺从地屈服,在岁月的淘洗中褪去光泽。他的脸上始终带着自信的沉稳,虽然昔日的神情还会轻轻掠过,熟悉得令人心痛,却只是浮于表面,并未触及笃定的内心。他知道自己已经在人生中取得了一定的成就,并且注定要实现更多。

她想知道他在她的身上发现了什么变化,他是如何看待现在的她。她已经三十三岁,是四个孩子的母亲,不再像从前一样苗条了。他还会觉得她漂亮吗?她还漂亮吗?她感到心中微微一痛,转回身来,不再看他一眼,径直走下台阶。

"到了。"她推开门,打开光线微弱的顶灯。他们走进一间昏暗的屋子,木头与泥土的气息扑面而来,显得干燥、清凉。她小心翼翼地关上了门——保罗总是提醒她要关门,要维持酒窖里的适宜温度。"这里室温恒定,一直都是五十六度[1]。"她说。他们沿着墙边走,蜂巢式酒架上还空着三分之一,但是酒瓶的数量始终以稳定的速度在增长。"保罗近来对葡萄酒很感兴趣,甚至还在一座本地酒庄上了葡萄酒品鉴课。红葡萄酒在这边,白葡萄酒在那边,你看——"

两人停下脚步,并肩站在一起,虽然挨得很近,却并未互相触碰。他们望向一排排酒架,数不清的酒瓶闪烁着幽暗的微光。

"所以,"他说,"你打算邀请我来这里品尝上好的阿蒙提拉多,趁我喝得酩酊大醉、不省人事之时,就把我锁在墙上,任我活活饿

---

[1] 五十六度:这里指的是五十六华氏度,约为十三摄氏度。

死,以此来惩罚我的一切罪过,对吗?"[1]

自从跨进大门以后,这是他的声音第一次失去了沉闷的平静,泛起生动的波澜。

"恐怕,那都是我的罪过。"她笑了起来,清脆的笑声就像破碎的玻璃在周围纷纷坠落。

他转身面对着她。

突然,她不笑了。

"你在想什么?"他问,遗忘许久的温柔乍然重现,她的心脏狂跳起来,带动了咽喉、手腕、太阳穴的脉搏,最后她感到全身都充满了不安的巨响,扑通、扑通。她在地窖的寒气中打了个哆嗦,裹紧了身上的开襟羊毛衫。

我在想:一旦爱上,如何能忘?

我在想:吻我。

"我在想自己二十岁时写的一首诗,"她说,"就是咱们第一次见面那天,我烧毁的其中一首。后来,我给你翻译过,只是译成英文以后就不怎么样了。"

他静静地等待着。她沉默了片刻,不确定是否要这么做。然后,直视着他的眼睛,她开始背诵,有点磕磕绊绊。内心深处的隐秘意图变成一缕灼热,悄悄地爬上了她的脖子。"那是一个寒冷的秋夜——不,'寒冷'不对,好像是'漆黑',没错,应该是'漆

---

[1] 此处借用了爱伦·坡的《阿蒙提拉多的酒桶》中的情节。故事讲述了一个名叫蒙特雷索的人向一个名叫福图纳托的人寻仇,蒙特雷索声称自己有上好的阿蒙提拉多白葡萄酒,请福图纳托前去品尝。二人来到地窖,蒙特雷索灌醉了福图纳托,将他骗入密室,锁在墙上,然后封闭出口,让他在里面活活饿死。

黑'——

> 那是一个漆黑的秋夜，
> 壁炉呈现蜂巢的金色，
> 蜂蜜般的余烬在闪烁，
> 一只猫咪在炉边酣卧……"

洞穴般的酒窖捕捉到她的朗诵，于是便轻轻地随声附和，仿佛为平面的音韵又增添了一个维度，让诗句的意义变得丰满而深刻。

> 我又变成自己的祖母，
> 织着一条永恒的围脖，
> 一排已然泛黄的照片，
> 贴在了我人生的相册。
> 当我为孙女织着围巾，
> 轰然闪现庄严的时刻——

她的声音戛然而止。她看着酒架，看着脚下的瓷砖地板，看着摆弄羊毛衫纽扣的双手——看着任何地方，但就是不看他。尚未结束的诗歌就像一个遭到破坏的秘密，横亘在他们中间，尚未出口的言语堵在喉咙里，卡在唇齿中。她感到那些诗句就在舌尖徘徊，无形无声，却无法将它们释放到冰冷、寂静的酒窖里。

"我……我想不起来了。"她开口说，突然变得惊慌失措，不知该如何是好——可是，他已经在吻她了。

她觉得大脑一片空白,仿佛停顿了一秒,然后便颤抖着睫毛闭上眼睛,回应了这个吻。缱绻缠绵间,遗忘的一切都纷纷涌上心头——他们的青春、他们的爱情、他们的未来。酒窖中泥土与木头的气味变成了外面世界的气味,变成了蘑菇与鲜花的芬芳,变成了四季的更迭,变成了在耀眼湍急的星河中无忧无虑翻滚的宇宙——因为,当你紧紧地闭上双眼,熊熊的火焰照亮灵魂,你就可以自由自在地追逐心中最美的向往,到达充满奇迹的地方,在那里,没有墙壁、没有恒温控制器、没有整齐排列的昂贵葡萄酒……

"跟我走吧。"他在她的颈侧轻声说。

"我怎么能?"她与他稍稍分开了一点,只是为了能看见他的脸。

在一下缓慢而沉重的心跳之间,她觉得自己是真的将这句话当作一个问题提了出来——想让他告诉自己,希望他告诉自己。

他放开她,别过脸去,后退了一步。

"我明白。"他说。

不,不,你不明白!她差点儿喊出声来,惊慌得快要疯了。再吻我一次,你听到了吗?我要你再吻我一次——然而,她只是一动不动地站着,他也一样。他的面庞又恢复了沉静,甚至显得有些冷酷。结束了,那一刻突然结束了。她知道,他并不是真心要带她走,不完全是,抑或根本不是。她也知道,在那困惑、放肆、错误的瞬间里,她赌上了自己整整十年的存在意义,险些丧失了过往的人生,此刻只觉得虚弱无力、愧疚不堪。

你只是想报复我在多年前伤透了你的心吗?你想让我觉得我的

婚姻、我的孩子、我的人生全都一文不值，自从离开你以后，我的生命里没有一丝真实，只要你呼唤，我就会立即抛弃一切，是吗？好，我告诉你，我不会！你永远都无法给予我这样的生活，对于现在拥有的东西、所处的地方，我非常满意，你听到了吗？至于那个吻——那个吻什么都不是，毫无意义，只是片刻的心神不定而已，你听到了吗——我不在乎你看起来有多么英俊，多么难以置信地英俊——

头顶上方传来了奔跑的脚步声，"南瓜"或"胡椒"在兴奋的狂吠中呛到了，酒瓶微微晃动，不安地叮当作响，有人——金尼——重重地跑下楼梯，高声喊着："妈妈，妈妈！"

保罗到家了。

"不妨为晚餐选一瓶葡萄酒吧，"她说着，重新调整了羊毛衫，转身面向酒瓶，"主菜是韦拉克鲁斯[1]鲷鱼。"

"白葡萄酒或红葡萄酒都可以，"他说，"白葡萄酒在那边，对吗？"

酒窖的门打开了，保罗大步流星地走进来，宽阔的肩膀撑起定制的灰色西装，高高的脑袋几乎要碰到天花板了，脸上早已做好准备，随时都可以露出轻松自如的微笑。她迎上去，给了他一个夸张的热吻。"不给我们介绍一下吗？"保罗笑着摆脱了她的纠缠。可是，他们已经认出了彼此，大学二年级时，两人曾上过同一门人类学课程。三人都笑盈盈地站着，表现得宽容大度、彬彬有礼、成熟稳重，实际上却不过是假心假意、装模作样。

---

[1] 韦拉克鲁斯：墨西哥最古老的城市，也是墨西哥东岸的最大港口。

"我们正打算为晚餐的主菜挑一瓶酒，"她赶紧打破了小小的沉默，"霞多丽，行吗？"

"不，那太平常了。不如咱们让客人挑吧。"

两个男人开始谈论酱汁与搭配。结果证明，亚当对葡萄酒的了解绝不亚于保罗，很可能还略胜一等。没过多久，他们就像老熟人一样谈笑风生，比较着黑比诺[1]、白诗南和普伊-富赛的品质优劣。他以前从来不关心昂贵的葡萄酒，她思忖着——回首往昔，他们曾那样年轻、自由、快乐无忧，住着沉闷的地下单间，面积不比这间酒窖大，整日整日地在床上度过，聆听着爵士乐，彼此朗诵诗歌，无论何等劣质酸涩的酒水都能入口——

"阿蒙提拉多怎么样？"她插嘴道。

保罗顺从地笑了，显得有点困惑，而亚当只是露出了一个转瞬即逝的微笑，目光并未离开酒架。

"雷司令也是个不错的选择。"他平静地说。

在接下来的一分钟里，她听着他们俩谈论酿酒的葡萄，感到心脏不停地收缩，就像是一个在胸腔里攥紧的拳头。然后，她悄悄地走了，离开酒窖时，不忘在身后关上门，永远维持那冰凉、恒定的五十六度。

1　黑比诺：与后文中的白诗南、普伊-富赛、雷司令均为葡萄酒名。

新房子

25 育儿室

丛林主题

半夜，里奇[1]哭闹得十分厉害，她只好把他的双胞胎弟弟转移到艾玛的房间里，自己坐在婴儿床边的扶手椅上守着里奇，在天亮之前断断续续地迷糊了几个小时。现在，他的高烧似乎退了，可是胖乎乎的小胳膊上却冒出了一大片皮疹。据她判断，有可能是玫瑰疹。这几年来，她见识过许多儿童疾病，度过了无数个不眠之夜，没少往急诊室跑，因此已经在心里记下了各种各样的症状以备应急参考，诸如红眼、耳痛、喉咙发炎等等。不过，面前这种皮疹很奇怪，小小的红色斑疹藏在皮肤之下，像是针刺的血滴一样。她在晨光中仔细地检查他的情况，心想，也许不用担忧，只是荨麻疹或热疹之类的常见病，但还是要去诊所看看。她扫了一眼柜子上方的挂钟，保罗应该已经去上班了——她隐约记起从房子的某个角落传来过他的高喊："再见，亲爱的！"——不过，西蒙斯夫人快来了。

---

[1] 里奇（Rich）：即前文中提到的"理查德（Richard）"，"里奇"是"理查德"的昵称。

她会让西蒙斯夫人带里奇去看病,而西蒙斯夫人肯定会抿起嘴唇,表现得极为不满,仿佛被人占了天大的便宜,最终她会主动提出为西蒙斯夫人的辛劳而支付额外的薪金。

她忍住一声烦恼的叹息,伸手去拿新尿布,里奇咧开没有长牙的小嘴,露出微笑,朝她的手上洒出了一股热乎乎的黄色尿液。正在这时,艾玛推门进来,哭着说自己最喜欢的连衣裙掉了一枚纽扣,就是那条印着粉色棒棒糖的裙子。她又忍住一声叹息,擦干双手,用一套积木来安抚艾玛。她渴望地扫了一眼窗外——阳光照耀着蜿蜒的花园小径,为铺砌的石板路蒙上一层亮黄色——然后便去找自己的针线包了。她刚拿着那条裙子在扶手椅上坐定,里奇就在婴儿床里哭闹起来,弟弟乔治在与此一房之隔的屋子里惊醒,也不甘示弱地放声大哭,艾玛不愿被忽视,把积木重重地扔到地上,快递员在楼下按响了门铃,"南瓜"扯着嗓子狂吠。

"哦,别吵了!"她大喊道,接着深深地吸了一口气,稳住心神,又一次高喊,"别吵了,'南瓜'!"——她不愿当那种冲着哭泣的婴儿和发脾气的小姑娘大喊"别吵了"的母亲,虽然有时候她很想那样做。其实,就算谈不上恼火,这种精疲力竭的日子也令她越来越烦躁不安了。西蒙斯夫人一周三次来帮忙看孩子,德洛丽丝每周三来打扫卫生,她们都很能干,可是要照顾四个孩子、两条狗、尤金的鱼,还有一屋子需要经常除尘、洗涤、翻新、维修的东西,实在压得人透不过气来。这一切就像是永无止境的站岗放哨,在忧郁阴沉的时候,又像是没有假释的监狱服刑。除了偶尔跟保罗出门吃一顿晚餐之外——就连这种机会也变得越来越少,因为要服从保罗那紧张忙碌的工作安排,还要考虑西蒙斯夫人频频发作的偏头痛——她甚至从不离开这栋房子,而且丝毫没有独处的时光。

(她哄好里奇和乔治,给医生打了电话,帮艾玛换上衣服,对刚刚到达的西蒙斯夫人说明了情况。)她想起酒窖里的那个吻,距今已有半年了。虽然当时令她烦恼不安,虽然事后证明无足轻重——亚当回到巴黎,他们再也没有联系过——但是她发现自己常常一遍又一遍地回想起那个吻。明知道人生的这一章已经结束了,她还是会偷偷地想象着有另一个更快乐的女人,在光线昏暗的酒窖里,在目眩神迷的片刻中,给出了迥然相异的答案——"好!"那个女人走出了寒冷、沉闷的忧郁,走进了充实、丰满的生活,去迎接月色闪耀的浪漫、阳光照亮的冒险、勇敢大胆的艺术,是的,还有愧疚与懊悔。想象中的女人与她截然不同,是一个已经抛弃了孩子的"怪异母亲"。这个女人就像幽灵一样阴魂不散,时常在她的脑海中浮现。(西蒙斯夫人从候诊室打来电话,说下一个就轮到他们了。她给艾玛读完一本小书,叠好洗干净的衣服,开始擦拭尿布台。)

不过,当然了,这种缚手缚脚的生活只是暂时的。首先是学开车:必须拥有离开这栋房子的能力。她希望尽快开始上驾驶课,再过一个月,或者两个月,等到尤金适应了新学校,就可以马上开始。(诊所打来电话,佩克医生的男中音从听筒里传来,询问她是否同意进行一次简单的验血,仅仅作为预防措施,他只是想确认一下没有大碍。当然,没问题,她说。挂断电话以后,她给乔治更换了尿布,着手清扫婴儿床底下的玩具碎片。)对,首先是学开车,然后成为图书馆的会员,也许再加入一个阅读俱乐部,甚至还可以到本地的大学里去上上课。眼下家里还需要她,无法立即实现这些计划,但是再过四年,双胞胎就可以念学前班了,而她就会拥有一段美好的空闲时光，从上午十点到下午两点，一周五天（减去节日、暑假、春假、冬假、下雪的日子、生病的日子、看牙医的日子、修水管的日子和带着宠物去看兽医的日子）。到时候，她依然年轻，只有三十八岁，还有整整一生的时间摆在面前，或者说是一生的五分之三，抑或一半多。（她给乔治和艾玛喂了零食，把两条狗放出去，让它们在院子里遛弯。）之后，尤金就会彻底离开这栋房子去上大学，三年后艾玛也会追随他的脚步，最后是双胞胎。所以，再过十七年，都用不了二十年，她就可以自由自在地充分享受自己的人生。在如今这个时代，五十一岁根本就不算什么，到了五十一岁，依然一切皆有可能。她可以旅行，可以认识迷人的朋友，最重要的是，她可以——她可以——

西蒙斯夫人抱着里奇进来了。她刚刚才瘫坐在扶手椅上，此刻又一跃而起，赶紧接过孩子。他的脸上布满泪痕，在胖乎乎的小胳膊弯曲的地方，鼓起了一块印有蓝色气球的创可贴。不过，当她垂首亲吻他时，发现他的额头已经变得清凉，眼睛里也没有了病恹恹的阴影。

"我去把狗牵进来，"西蒙斯夫人站在门口说，"然后给艾玛和乔治做午饭。我觉得，现在里奇应该能睡着了。佩克医生让你有空的时候给他打电话。"

（西蒙斯夫人八岁时离开匈牙利，如今已经过去快一个世纪了——她比外表看上去要年老许多——还依然保持着从前的生活方式。她的小公寓里空空如也，只在地板中央搭了一个帐篷，每到夜晚，她就会独自在帐篷里观察茶叶[1]、凝视水晶球，还会跟月亮对

---

[1] 观察茶叶：跟后文提到的凝视水晶球一样，都是占卜的手段。

话。如今，她早已放弃了浪漫的念想，不指望从塔罗牌上看出英俊的黑衣陌生人了，但是她还有一些小额投资需要运用未卜先知的能力来保驾护航。有时候，她也会意外地瞥见其他的未来，获知别人的命运。可怜的人儿哟，她边想边走进厨房。我们所看重的事物总是如此短暂，转瞬即逝。我真心希望她能挨过最初的艰难痛苦，只要她发挥自己的真正才能，必定会有所成就。也许我可以多待一段时间，帮助她渡过难关。）

她把里奇放在一堆干净的毯子里裹好，遥远的思绪还在勾勒着另一种灿烂耀眼、截然不同的人生——幻想中，五十一岁的自己坐在布拉格街边的小餐馆里，啜饮着苦艾酒[1]，手里握着钢笔，她的同伴坐在对面，容貌非常模糊，正在桌子底下悄悄地挑逗她的脚丫——接着拨通了医生的号码。医生接得很快。太快了。他连声安慰她，还没有定论，只是初步判断而已，具体情况还要再过一个小时才能知道。听着听着，那座街边的小餐馆变得黯淡起来，化作一缕虚无缥缈的念头，现实渐渐逼近，显得庞大而坚固，张牙舞爪地威胁着、咆哮着，仿佛要用沉重的身躯将她碾碎。

"但是，你不用惊慌。"医生在挂电话前说。

她抓着听筒站在原地，按下了保罗的号码，"我觉得你最好回家一趟。"她说。

"中午还有一场客户会议，不能等医生打来电话以后再说吗？还是……你觉得结果有可能很严重？"

"不。也许吧。我也不知道。只是，佩克医生的口气

---

[1] 苦艾酒：一种有茴香味的高度数蒸馏酒，通常为绿色，被称作"绿色仙女"，是众多文学艺术作品的主题。

有些——"

"我马上回来。"他说。

不到一小时,他就赶回家来,肯定在路上闯了几个红灯。她正坐在地上,紧紧地抓着听筒,指节泛白,脸庞贴在婴儿床的栏杆上,目不转睛地凝视着睡梦中的里奇。

"有消息了吗?"他问。

"还没有。"她说。

"很可能没什么,"他说,"他们只是要——"

电话在她的手里铃声大作。

她呆呆地看着听筒。

"快接,快接!"他大喊。

"喂。"她听到自己的声音沙哑刺耳。

"是我,"她说,"请讲。"

"哦,"一分钟后,她说,"是的,我明白。"

"哦,"过了不久,她又说,"那肿瘤科医生什么时候会去?"

"好,"她说,"当然。我们会等你的电话。"

"好,"最后,她说,"谢谢,我明白。"

可是她不明白,一点都不明白。她目光呆滞地重复了一遍医生说的话。

"所以他们不知道,"保罗激烈地说,"他们还不确定。亲爱的,听我说,听我说。这并不意味着——"

她颓然跌坐在地,电话滑落到地毯上。地毯是绿色的,边缘有许多竖着尾巴的猴子、大象和长颈鹿,它们一个跟着另一个,朝顺时针方向前进。育儿室的装潢采用了丛林主题。窗帘上有蓝色的猴子顺着葡萄藤攀爬，床单上印着绿色和橙色的猴子，墙上的挂钟是一张狮子的笑脸，两根得意扬扬的胡须是时针和分针。钟面显示的时间是一点十一分。狮子咧着嘴，较长的胡须向下移动了一格，现在是一点十二分了，狮子的笑容显得很邪恶，它的眼睛眯成两条缝，闪烁着疯狂的光芒。医生说了，十五分钟，应该在十五分钟之内，最多不会超过半小时。

疯狂的狮子依然在微笑，那根胡须又向下移动了一格。

她的脑袋里仿佛有一大群黄蜂在嗡嗡地叫嚣。可是我不明白，她木然地想。这不会是真的。这不可能是真的。不可能——她抬起干涩、鲜红的双眼，环顾育儿室，看向两张一模一样的婴儿床。其中一张空着，被阳光劈成了明暗两半，她能听到乔治的咯咯笑声从楼下传来，就像豌豆撒在地上，蹦蹦跳跳。另一张婴儿床上，里奇正在熟睡，粉红色的嘴唇微微张开，小小的上衣随着平缓的呼吸起伏。跟往常一样，他仰面平躺，四肢摊开，就像一个坠入宁静梦乡的白雪天使——或者床上天使——或者即将飞走的真正天使。

不，不会的。为什么是他，为什么是我，为什么？这一切都不对。这一切没有任何意义——仿佛拆开了一个包裹在美丽印花彩纸中的礼物，结果却发现里面装满了腐烂的恐惧，难以名状的庞然大物从现实的阴暗面中冒出来，吞噬了一切——育儿室里的玩具动物瞪着毫无生气的纽扣眼睛，摇晃着长长的蓝色毛绒，突然对彼此发动进攻，在灼热而黑暗的丛林中疯狂撕咬，将对手开膛破肚，内脏和粪便的恶臭在空气中蔓延，剧烈的脉搏在生死间挣扎，而她的孩子，她的亲生骨肉，在这阴森可怖的丛林里迷失了方向，担惊受怕地徘徊着，那么甜美、那么纯真、那么无助——

混乱的思绪在她的体内尖叫，发出了激烈的无声咆哮。这不是真的，如果是真的，那人生就彻底结束了，一切都化作虚无，只剩下无穷无尽的岁月，还有无边无际的空白。她忽然想起"哈姆雷特"在遥远的过去里经常重复的一句话，就像一小块冰冷的鹅卵石掉进了混乱的脑海里：艺术是人类摆脱不幸的避难所[1]。这是某位古人说的，好像是塞内卡[2]或米南德吧，反正是一个斯多葛派[3]的哲学家或圣贤明智的剧作家，裹着整洁熨帖的长袍，宣称对人类的一切都了如指掌。她感到自己在渐渐窒息。摆脱不幸的避难所——多么可笑啊，多么可笑……不，如果这是真的，我会永远沉默，因为任何言语、任何诗歌都无法表达这种痛苦——谁还能惦记诗歌，这是里奇，我的里奇，我亲爱的里奇，充满了生命的朝气，拥有无限的未来，为什么，为什么？然而，可怕的答案已经在心头颤动，缓慢地呈现出冰冷的全貌。是我干的。是我干的。这是对我的惩罚——惩罚我总是贪得无厌、不知满足，惩罚我总是梦想着自由的人生、艺术家的人生、没有孩子们的人生。这是神明的残酷报复，是神明又一次满足了我最邪恶的愿望，回应了我最黑暗的祈祷。你想让你的孩子离开，那就如你所愿，他们会一个接一个地消失，这下你就可以去追求那该死的自由、该死的艺术……

这时，她回过神来，发现自己正在啜泣，保罗坐在身旁的地板上，紧握她的双肩，不停地重复："亲爱的，别这样，亲爱的，我

---

[1] 古希腊剧作家米南德（Menander，公元前342—公元前290）的名言。
[2] 塞内卡（Seneca）：指卢修斯·塞内卡（Lucius Seneca，公元前4—公元65），古罗马斯多葛派哲学家、剧作家。
[3] 斯多葛派：公元3世纪前盛行于古罗马和古希腊的一个哲学流派，认为要恬淡寡欲才能得到幸福。

们还不确定——"她这才猛然想起了他,她的高大、可靠、体贴的巨人丈夫,他总是知道该怎么办,他对她的爱永远不变。内心深处的某种坚守终于放弃了,她的灵魂飘到了唇齿之间,背负着沉重的感激、热爱与恐惧。神明啊,我的神明,我发誓,只要能改变这件事,只要能带走这份痛苦,我就会快乐,会幸福,再也不想要任何东西,再也不要求任何东西,只要这个人生,只要这个小小的人生,因为它并不渺小,我现在明白了,它足够了,它正是我想要的一切,这个家庭是我想要的一切,我只想要我的丈夫、我的孩子、我的家,我发誓,我会证明给你看,我发誓,让一切恢复原样,你就会看到我的改变,求你,求求你,只要给我一个机会,我甚至可以——甚至可以……

他们坐在地板上,紧紧相拥,狮子的胡须在墙上悄悄地向前推移,电话死气沉沉地躺在二人之间,他们的宝宝和橙色的猴子一起睡在婴儿床上,其他孩子在紧闭的门外大叫大笑,太阳的明亮光斑就像肥胖的黄色鼻涕虫,蜿蜒地跨过地毯上的长颈鹿。正常的生活越飘越远,飘过空间的束缚,飘过岁月的界限,日复一日,年复一年,最终烟消云散。

此刻,狮子的胡须指向了一点二十九分。

电话响了。

他们看着它。

"保罗,"她喃喃地说,"我不行。保罗,你来吧。"

他接起电话,面无表情,声音僵硬。

"喂?是,佩克医生。是的。对。"

她握住他空闲的那只手,用力地捏着他的手指,看到他的脸庞突然如释重负地松弛下来。她感到浑身无力，把脸埋在他的肩上，放声大哭，泪水里饱含着前所未有的快乐。他们暂时得救了，通往无尽黑暗的大门关上了，至少这一次是关上了——但是，她绝不会允许有下一次。他复述了医生的话，他们一起开怀大笑、高声欢呼，不停地亲吻着睡眼蒙眬、迷迷糊糊的里奇，等到他们终于缓过劲儿来以后，她往他的怀里靠了靠，轻声说："咱们再生一个孩子吧。"

他脸上的表情突然变得难以捉摸。

"咱们已经有一个非常美好的家庭了。"过了许久，他如是说道，接着俯下身来亲吻了她。不过，从他的眼神中，她能看出来，他早晚会改变心意的，而她一定会让他改变心意。

新房子

26 客房

唯一一首写于三十五岁的诗

"当然,这些都是重要的决定,"室内设计师边说边合上了手提袋,那是一个用某种爬行动物外皮制成的方形小包,"虽然咱们的选择大多数并不便宜,可是您一定要记住,只要处理得当,这些东西能用一辈子呢。"在门口,她停下脚步,"还有,考德威尔夫人,您应该考虑把前面那棵树砍掉,它让房间变得太昏暗了。"

"好,"考德威尔夫人说,"谢谢你过来,费莉希蒂。"

她孤身一人,心不在焉地抚摸着隆起的腹部,仔细端详那两扇光秃秃的窗户。费莉希蒂说得对,我应该叫人来砍树,她下定决心。刹那间,一种迷惑的感觉、一抹遥远的回忆,抑或一缕朦胧的念头,从她身上轻轻拂过,转瞬即逝。这时,在平行空间的同一个地点,站着一个跟她十分相像的女人,但是肚子里却没有长着粉色手指的小宝宝。那个女人透过书房的窗户向外远眺,正在思考接下来要写的新诗。它将会是一首长诗,背景完全设定在一棵古老的大树上,比面前这棵树还要大,就像童年时达恰旁那片森林里的高大橡树一样。在高不可攀的树顶住着一群优雅、傲慢、危险的精灵，他们手拿芬芳的花瓣酒杯，啜饮香甜的花粉露水，构思着拜占庭[1]式的阴谋诡计；不知名的蜜蜂、松鼠和鸟儿在浓密的树冠里努力地生活，穿梭于巢穴之间，储存蜂蜜、收集橡子、抚养后代，用每日的辛勤劳作编织着四季的永恒交替和岁月的平稳流逝；在地下隧道与树根之间的潮湿、黑暗的缝隙里，有一群小矮人组成了秘密帮派，痴迷地朝着某种无人知晓的神秘目标前进，一只孤独的鼹鼠抄写员受前几代鼹鼠所托，要继续完成"大树的神圣历史"，勤勤恳恳地记录每一场灼热难耐的干旱、每一道险些击中的闪电、每一回皮毛衰败的死亡、每一次羽翼初展的新生，把世界写得活灵活现，而鼹鼠自己却双目已盲、默默无闻，年复一年，周而复始。不过，这棵树的树叶才是最神奇的，因为那些树叶——那些树叶……在另一栋装潢随意的小房子里，那个女人从窗前转身去拿自己的钢笔，而考德威尔夫人又一次看向自己在日程表上草草写下的笔记，标题是"把书房改装成客房"：

窗帘杆：有凹槽的还是光滑的？

古董灰还是经典金？

百褶型还是波浪型？

顶端：平头还是圆头？

吊环：雕刻树叶的还是普通的？

---

[1] 拜占庭：指拜占庭帝国，又称东罗马帝国，是一个存在于330年至1453年间的帝制国家，核心地区位于欧洲东南部的巴尔干半岛。在西方文化中，"拜占庭"一词常用来表示阴谋、暗杀或政局动荡。

杆子应该多粗？

支架什么形状？

流苏价格多少？

尤金的校车尖叫着停在他们家门外。考德威尔夫人把笔记本放在一旁，下楼去迎接他。她心想，不用急着做决定。因为无论如何选择，这些窗户装饰都要用一辈子。

新房子

27 主卧衣帽间

考德威尔夫人的秘密生活

宽敞的衣帽间里铺着象牙白和奶油黄相间的条纹织锦,其中一头摆着一张缎面沙发,顶上是满满一墙精心陈列的鞋子,另一头也摆着一张沙发,旁边是一面落地穿衣镜。左边,考德威尔先生的西装、衬衣整齐地悬挂着,组成了一支灰色与蓝色的队伍;右边,黯淡的硬塑料衣袋里藏着考德威尔夫人的晚礼服,每一件都明艳亮丽、光彩照人。

她最近新买的是一件深红色天鹅绒长裙,还有一双配套的高跟鞋,精致的十字绑带上装饰着闪闪发光的小水晶。考德威尔夫人艰难地扣上了左边的搭扣,在镜子前面试探着转了一圈。她选择这条裙子是为了在蒙特卡洛[1]的赌场里享受一个赌博之夜:在铺着绿绒布的桌子和身穿燕尾服的男人之间,深红色的天鹅绒会凸显出与众

---

[1] 蒙特卡洛:位于地中海沿岸,是摩纳哥公国的一座城市,该国也被称作"赌博之国"。

不同的戏剧性。"摇匀的，不要搅匀的。"[1]她用沙哑的声音对镜中的映象说，同时微微眯起眼睛，假装自己是一个危险的女人，有可能是敌方潜伏的特务。又转了几圈以后，她脱掉高跟鞋，断断续续地褪下长裙，费了好一番工夫才挣脱了束缚，涨得满脸通红。她把裙子放进塑料的茧壳里，在拉上衣袋的拉链之前，轻轻地抚摸了一遍华美的面料。然后，她举起酒杯，抿了一口伏特加奎宁[2]，侧耳倾听，捕捉着婴儿的哭喊声和蹒跚的脚步声。

谢天谢地，一片寂静。

她收回心神，重新审视起面前这长长的一排衣袋，挑选着自己的下一次外出、下一次冒险。可以去加勒比海滩的棕榈树下畅饮鸡尾酒（手绘鲜花图案的薄丝连衣裙和菠萝形状的昂贵手提包）；或者去希腊小岛上驾驶快艇出海（点缀着珠子的蓝绿色束腰裙和金黄色的绑带凉鞋）；抑或在巴黎的饭店度过一个浪漫之夜，轻柔的爵士乐混合着龙虾浓汤的香气，她穿着深V衣领的紧身小黑裙，显得美丽动人。

自从塞西莉娅出生以后，考德威尔夫人就发现自己迷上了深夜购物，就像患上了频频发作的强迫症，在保罗睡着以后，总是不由自主地点击"完成购买"的按钮。她只买特殊场合的裙装、细高跟的皮鞋、晚宴手袋，全是一些华而不实的奢侈品，对她来说根本就没什么用（而且甚至不合身：她故意让所有衣服的尺码都小两号，为以后瘦下来做准备）。她喜欢在每次购买之前先想象出一个特殊

---

[1] 伊恩·弗莱明（Ian Fleming，1908—1964）笔下的英国特务詹姆斯·邦德的口头禅，表示他希望酒保在调配马天尼鸡尾酒时要摇匀，而不要搅匀。
[2] 伏特加奎宁：一种含酒精的饮料，是用一定比例的伏特加和奎宁水调配而成的。

的场合——假如自己过着需要华丽服饰的生活，那么眼前这件东西会在什么地方、什么时间派上用场呢？然后，她就可以独自在衣帽间里无拘无束地幻想外出的情景，手里端着一杯好酒，在镜子前面摆姿势。只可惜，这种美好的时光非常短暂，总是要等到五个孩子都睡着了以后，还得赶在保罗下班回家之前，中间又时常有一个或两个或三个孩子醒来，哭闹着要吃奶，或者嚷嚷着说口渴，抑或被噩梦吓到了，再不然就是要尿尿。

有时，她会这样想：也许，等我到了九十岁，脑子变得迷迷糊糊，在阁楼上发现满满一箱的绫罗绸缎和金玉珠宝，我会用黯淡的眼睛盯着那些布满虫蛀的长裙和落满灰尘的皮鞋，最终把多年前在衣帽间里的幻想都当作真实的记忆。毕竟，记忆和幻想之间有什么差别呢？二者都是一系列模糊的图像，在言语的描述间变得更加朦胧，只有在充满怀念与渴望的沉思中才会重现，不是吗？到头来，谁又能说一个源自幻想、栩栩如生的幸福瞬间不会比一场源自记忆、影影绰绰的苍白狂欢更加丰满、更为动人呢？

她刚刚把身体硬塞进一条孔雀蓝的塔夫绸伞裙里（她不得不让拉链半敞着），正在寻找合适的上衣，这时，电话突然尖叫起来。她手忙脚乱地在一堆横七竖八的鞋盒中翻找。一声、两声——终于，她气喘吁吁地抓住了听筒，含糊不清地应道："喂？"

电话那头是一个女人，讲话带着口音，听起来并不熟悉。

"你打错了。"她简短地说，正要挂电话，忽然反应过来，那个声音里有着奥尔加的欢快与活泼。

"你不方便接电话吗？"奥尔加问。

考德威尔夫人的心头突然涌上了一阵强烈的敌意。奥尔加拥有全世界的所有时间，为什么非得打扰我这一点属于自己的时间呢？不过，所幸房子里依然静悄悄的，孩子们还在乖乖地睡觉。她稳住情绪，拂开一摞轻薄透明的纱巾，在旁边的沙发上坐定，手里攥着半杯酒，花了几分钟来审视自己的生活。保罗很好，孩子们也身体健康，艾玛的阅读水平远远超越了同龄人，尤金喜欢科学，双胞胎当真发明了属于他们自己的独特语言[1]，西莉娅[2]还没养成在晚上睡觉的习惯。奥尔加省略了客套的问候，径直展开喋喋不休的闲聊。她的上一段恋情刚刚结束，不过已经遇见了新的男人，她正在计划辞掉工作去旅行一段时间，到埃及、阿根廷……考德威尔夫人根本没仔细听，还在警惕地捕捉着孩子们醒来的动静，当奥尔加故作随意地说了一句"哦，对了，我差点儿忘了"并终于讲出真正要说的消息时，考德威尔夫人只听到了句子的结尾。

"你说什么提前了三年？"她问。

"我的小说呀，"奥尔加回答，"还记得吗？我总是说等自己到了四十岁，就要写一本小说。结果，这本小说明年春天就能出版啦！"

"真的吗？那太好了，祝贺你……哦，糟糕，孩子哭了，我得赶紧去……下次再聊！"

她将伏特加奎宁一饮而尽，眉头紧锁地盯着自己在镜子里的半裸映象，下一刻，保罗迈着大步走了进来，脱掉西装外套。她没听见他回家了。

"唉，真是糟糕的一天！"他弯腰吻了一下她的脸颊，"他们又

---

[1] 据说，许多双胞胎都会发明一些只有他们自己才能听懂的语言来进行沟通。
[2] 西莉娅（Celia）：即前文提到的塞西莉娅（Cecilia），"西莉娅"是"塞西莉娅"的昵称。

解雇了两个人，现在马克担心——"

"保罗，"她说，"你还记得吗？当初咱们本来要去泰国或希腊或中国度蜜月，但我的护照还没到，而且你的工作也很忙，所以最后就只是去了一家位置偏僻的小旅馆。那时候，你说咱们以后会补上真正的蜜月旅行。可是却从未实现。"

"后来你不是怀孕了嘛。"他一边说一边检查领带上是否有污渍。

"我知道。"她扫了一眼镜中的自己，偷偷地把裙子的拉链向上拽了拽，"你……你有没有再想起过那个地方？"

"哪个地方？"

"那家旅馆。咱们住了三天，甚至从未离开过房间，记得吗？咱们还让服务员把饭菜都端进来呢……嗯，不对，第一天晚上，咱们确实开车去了镇上的唯一一间酒吧，结果打破了店里智力问答机[1]的所有最高纪录，吓得咱们之后都不敢在那里露面了。哦，那真是一段美好的时光——保罗，你还记得吗？旅馆的床太软、太窄，而且总是让地板发出嘎吱嘎吱的声音，但是咱们毫不在乎。"她轻轻一笑，晃了晃空杯，看着冰块移动、静止。他正在忙着从一大堆西装里挑选衣服。她叹了一口气，"还有那条铁路，你还记得那条铁路吗？"

"什么铁路？"

"当时在一街之隔的地方有铁路，你肯定还记得吧。我从来没告诉过你，每天晚上，等你睡着以后，我总会清醒地躺上好几个小时，听着货运列车行驶的声音。那动静很吵，就像有许多庞大的金

---

1 智力问答机：一种益智类的游戏机，存储着各个方面的知识性问题，玩家通过回答问题来获取分数。

属箱子坠落在地,一遍,一遍,又一遍。当然了,你向来是雷打不动,一觉到天明。可是,每当有列车哐啷哐啷地经过,我都很想叫醒你。我想象着咱们俩摸黑穿好衣服,偷偷溜到外面,一起跳上其中的一节车厢,所有行李都不带,甚至不计较终点是哪里,因为在外面的世界里,任何地方都是新鲜奇妙的,任何地方都是激动人心的。然而,我从未叫醒你——我不想让你觉得我很失望,但也许我的确感到有些失望。如果真的那样做了,谁知道咱们如今会在哪儿呢……保罗,你有没有在听我说话?"

"抱歉,亲爱的,我很想陪你回忆往事,但是工作上的麻烦实在令我心烦意乱……"他已经挑好了衣服,正在把衬衫和外套从衣架上拽下来,"况且,相信我,旅行没有人们想象得那么好。"

"等等——你这是在收拾行李吗?"

"亲爱的,刚才跟你说过了,明天我得去得州出差,周五回来……要不要再给你调一杯酒?我准备下楼给自己弄一杯。马上就去,再过一分钟——或者三分钟——"

"好。"她停顿了一下,回答道。

当她站起身来时,塔夫绸滑落在地,僵硬地堆在脚边,害得她跟跄了一下。

他抬起头来,仿佛这才看见她那土褐色的哺乳文胸和没拉上拉链的裙子,于是微笑着说:"趁我出差的时候,或许你应该给自己买几件漂亮的新衣服。比如……量身定制的。"

她的脸庞抽搐了一下,张口欲答,却又闭上了嘴。

"一杯伏特加奎宁,马上就来。"话音未落,他已经走了。正在这时,西莉娅突然放声大哭,跟往常一样,事先毫无征兆:前一秒还在熟睡，后一秒就用撕心裂肺的尖叫划破空气。眨眼之间，考德威尔夫人就扭动身体从伞裙的圈套里跳出来，将它扔到衣架上，迅速套好睡袍，飞奔着跑出衣帽间。在门口，她听到了金属碰撞的细微声响，回头一看，发现那条裙子在地上皱作一团，空荡荡的衣架正在轻轻地摇晃。但是，她没有回去捡起裙子，而是继续向外跑，消失在了走廊的拐角处。

镜子另一边的女人若有所思地目送着考德威尔夫人的背影。她暗忖道，细想之下，有些人的生活实在悲哀。但其实，她对考德威尔夫人并无多少同情。她移动目光，环顾衣帽间的架子，打量着红底高跟鞋的傲慢漆光、羊绒披肩的柔软淡光、蛇皮手袋的干燥亮光。假如有某种祸患降临到那个女人的麻木生活里，彻底消灭所有的安逸舒适，那会怎么样呢？比如一次毁灭性的自然灾害，或者，最好是一场血腥的暴乱。她的丈夫将会首当其冲、中弹而亡，她只能依靠自己来抚养嗷嗷待哺的孩子。美丽、空虚的生活瞬间崩塌，只给她剩下了一些华而不实的小玩意儿，就像突然坠落的昂贵瓷器，空留一地无用的碎片。眼前的新世界里充满了战乱、动荡、饥饿与死亡，她必须用每一件布满褶皱的礼服、每一个镶嵌宝石的提包来换取一块面包、一勺牛奶、一片救命的药。也许可以为此写一首诗，镜子另一边的女人高兴地想。每当脑海里有灵感闪烁，她都会觉得无比快乐。可是，当她又一次环顾衣帽间时，却打消了这个念头，她已经厌倦了这些毫无意义的琐碎物件，厌倦了娇贵蜉蝣的无聊生活——厌倦了考德威尔夫人。她拿起自己的笔记本，摸了摸鼻梁，这个小小的手势是从父亲那里继承的。然后，她便转身离开，去往更广阔的天地寻找灵感、吟诵希望。

新房子

28 健身房

与亡者交谈

"别跟我顶嘴，孩子。"外祖母不以为然地说，她讲话的口气向来如此，跟考德威尔夫人记忆中的一模一样。每当她举起香烟，凑到没有抹匀口红的嘴唇前时，手镯上雕刻的那些表情呆板、面容苍白的女人就会顺着肤色斑驳的胳膊滑落，发出丁零当啷的声响，"我告诉你，你的生活不健康。在这个年纪，应该结交朋友、四处走走、丰富阅历。你要心怀渴望。"

考德威尔夫人一言不发，用沉默拒绝交谈，盼着能以此结束这场冗长乏味的梦境。她不记得是何时睡着的。她记得让孩子们上床睡觉以后，给自己调了马天尼鸡尾酒，喝完第一杯感觉不错，喝完第二杯却感觉很糟。她记得保罗又一次情绪暴躁地下班归来，连声抱怨经济不景气，质问她最近是否花钱太多，还滔滔不绝地发表了一番晦涩难懂的言论，提到什么房屋贷款、财政预算，什么企业开支、保险公司之类的，讲到一半，突然瞟了一眼她的腰身，紧接着又迅速地移开目光。她记得自己咬紧牙关，恼羞成怒地暗下决心，放弃了几乎一滴未动的第三杯马天尼，换好运动服，踉踉跄跄地下楼来到健身房。她甚至记得自己一屁股坐在举重床上，系紧鞋带——可是，之后就出现了一段迷雾缭绕的记忆空白。而此时此刻，她正在跑步机上跑步，跟原本打算的一样，只不过已故的外祖母也坐在跑步机的扶手上，身穿陈旧、黯淡的紫色天鹅绒睡袍，脚蹬脏兮兮的玫瑰色毛毡拖鞋，一边抽烟，一边喋喋不休地高谈人生哲理。

"我告诉你，孩子，"外祖母重新开口说，"最近有一个女人刚来到我们这里，她年纪不大，绝不超过六十岁——"

"来到哪里？"考德威尔夫人忍不住插嘴道，一时忘记了自己决定过不理睬这个恼人的幽灵，"天堂吗？"

"你别管是哪儿，"外祖母不耐烦地说，"反正，这个女人在床上度过了生命中的最后十五年光阴。注意，她没有生病，只是不想起床而已。她雇了一个在家吃住的护工来端饭倒水、清洁身体、处理褥疮。如今，她只能永远被困在自己所处的地方了。你必须付出代价才能上升，也就是献出自己人生中的记忆与故事，就像是一种反复擦洗的过程，又像是一层一层地剥开洋葱，露出藏在里面的内心。还有，别跟我顶嘴，你错了，记忆和幻想之间有着天壤之别。这个女人不是洋葱，而是土豆，里面全都是寡淡无味的粉末，所以她付不出代价，一无所有。"

"哦，也就是说，像炼狱[1]一样吗？"考德威尔夫人气喘吁吁地说，忍不住产生了好奇之心。

---

[1] 炼狱：在罗马天主教的宗教体系中，炼狱是肉体死亡后的中间状态，亡灵要先经过净化，才能进入天堂。

她已经跑完了第一公里，正在进行第二公里的爬坡。

外祖母对她的问题置之不理："还有更悲哀的例子呢，有一个女人在马桶上坐了许多年，不愿起身，结果她的皮肤都长在马桶圈周围了。没错，实在是匪夷所思、骇人听闻，不过我告诉你——"她用燃烧的香烟指着考德威尔夫人的脸颊，眼看就要戳上了——"一不小心，这就会成为你的下场。哎，你就不能停止这种毫无意义的原地踏步，好好听我说话吗？要知道，无论你跑得多快，都无法逃脱自己。"

考德威尔夫人闭紧双唇，暗中提高了跑步机的速度和坡度，盼着外祖母会摔下来。可是，老太太依旧纹丝不动。

"我告诉你，这不健康，"她重复道，"你要学习如何开车，你要离开这栋房子，你要主动与人交往。我说的'人'，可不是指十岁以下的娃娃，也不是指花钱雇来的工人。否则，在不知不觉间，你就会开始自言自语，或者产生幻觉，甚至严重到根本分不清现实与梦境。你还年轻，不该在四面封闭的墙壁中浪费人生。"

听到这里，考德威尔夫人必须开口反驳了。

"我三十八岁了，外婆。马上就三十九岁。已经不年轻了。"说完，她默默地对自己补充了一句：在这个地方，衰老开始得很早。如果有五个孩子，那就更早了。

"丫头，你根本就不明白什么是衰老。况且，谁逼你生了五个孩子？"外祖母嘟嘟囔囔地说，仿佛考德威尔夫人把心里的想法都讲了出来。她没精打采地责备自己不该碰那第三杯马天尼，"而且，你有哪个孩子是单纯因为自己想要所以才生的吗？"老太太继续冷酷无情地逼问，"当然没有。你生第一个孩子是为了安慰生病的父亲,第二个是为了给第一个当玩伴,接下来的两个纯属意外,或者说是由于某种自我毁灭的冲动——这种莫名其妙的现象就交给精神科医师去苦苦研究吧——而最后一个呢,最后一个是出于愧疚。孩子不是什么堵水的橡皮塞,你不能一遇到人生漏洞就拿孩子来填补。照这样下去,你会为了挽救失败的婚姻而再生一个。"

"我的婚姻没失败!"考德威尔夫人愤慨地高喊。

这次,换作外祖母一言不发了,但是她的沉默中透着一股沾沾自喜。

"哦,你懂什么?"考德威尔夫人激动地大声说,"你离过两次婚,只生了我母亲,还不管她,把她丢给了外祖父和他的第二任妻子来抚养长大,而你自己却一走了之,看来是心怀渴望,去丰富阅历了吧!我在这里已经拥有了想要的一切。没错,我确实可以过上一种截然不同的生活,我可以穿梭在巴黎、罗马、维也纳之间,跟那个——那个才华横溢的野心家在一起,但是他不够爱我,而且他太自私了,很可能根本就不想要孩子。所以,我选择安定下来,跟一个好男人组建家庭,他让我觉得安全、完整,无论如何,他都会永远爱我——"

外祖母的小眼睛像乌鸦的眼珠一样闪烁着,她的声音变得十分刺耳,充满了恶意得逞的扬扬自得:"无论如何,他都会永远爱你,是吗?若果真如此,那告诉我,亲爱的,你为什么还要在这台鬼机器上呼哧呼哧地忙活呢?"

突然之间,巨大的悲痛涌上心头。她想到自己会渐渐变老,失去丈夫的爱,变得孤苦伶仃,想到整个人生都会分崩离析、彻底瓦解。难道她真像童话故事里的公主一样,在高塔中度过了最美好的年华吗？这是她自己选择的监狱，固然安逸舒适，却也铁窗幽幽、大门紧锁。如今，高塔的出口不知为何霍然洞开，如果就这样走出去，会不会只能惶惑无助地在可怕的黑森林里游荡？疯狂的野兽潜伏在暗夜的阴影里伺机而动，可她已经不再年轻漂亮，无法指望被路过的骑士拯救。

神明啊，我的神明，我怎么会来到这个荒芜凄凉的地方？我那阳光灿烂的花园去了哪儿？我是否在途中迷失了方向——

"好了，好了，没必要这么忧伤，"外祖母轻轻地拍了拍她那汗涔涔的手，"坏事总是不请自来，好事却是不请不来。还记得我给你讲过的那棵大树吗？你以前不是经常写一些可爱的小诗歌吗？为什么现在不写了呢？要知道，你不应该放弃尝试。提笔写一两行押韵的句子吧——可以从描写自己的渺小生活开始，如果这样做会让你觉得好受一些的话。不过，切记，纵使路途艰辛、脚步沉重，也务必要心怀远大，将目标定得越来越高。"她咯咯地笑了起来，乌鸦般的眼睛在闪闪发光，"哎呀，如果把我当作人生导师，那么你早晚都会成为当代的但丁[1]。对了，我还可以给你讲讲天堂和地狱……"

笑声戛然而止，香烟掉在地上。外祖母扭头看向身后，显得半是不安半是惊恐，仿佛自己做错了什么事，现在有人叫她去受罚了。（最后，她会再次得到宽恕。愚蠢的女人，上帝的声音在她的耳中轰鸣，严厉却又不失慈祥。你为何总要说个不停？你生前给这

---

[1] 但丁（Dante，1265—1321）：中世纪晚期著名的意大利诗人，欧洲文艺复兴时期的开拓人物之一，其代表作《神曲》是一首叙事长诗，讲述了人死后的生活，分为"地狱""炼狱"和"天堂"三部分，该诗被公认为最伟大的意大利语文学作品。

可怜的姑娘讲的童话故事已经够多了。回来吧，加百利[1]在召集众人喝晚茶，我们还准备了你最喜欢的醋栗果酱。）

考德威尔夫人顺着外祖母的视线望去，却什么也没看到。"外婆，你说什么大树？"她收回目光问道，可是外祖母已经消失了。她气喘吁吁地在跑步机上跑完第二公里，莫名地哭了起来，健身房的一面面镜子里挤满了憔悴的中年妇女，她们都有着醉意蒙眬、饱含泪水的眼睛和十分明显的双下巴。烟味儿还残留在空气中。考德威尔夫人用袖子抹去泪水，关掉跑步机，摇摇晃晃地走下来。如果保罗发现我抽烟，肯定会不高兴的，她一边想，一边弯腰捡起了地上的烟蒂。当然，我只在健身房抽烟，而他从不踏足这里，但还是……她正打算把烟蒂塞进口袋，过一会儿再埋进垃圾箱深处，却忽然发现这支烟看起来很陌生，她最喜欢的牌子是一种布满金色斑纹的香烟，而这支烟是铁灰色的，上面还有一圈桃红色的唇印。为什么？哦，为什么？难道她得开始喝第四杯马天尼了吗？她移开目光，把烟蒂扔回地上，一脚踢到跑步机底下。好了，这下就看不见了，一切都好了，没有理由感到不安。

她关掉屋里的灯，欣慰地看到那些双下巴的中年女人都乖乖地消失了。"我不再是二十岁了，那又怎样？"她大声说，跟一个看不见的人争辩着，"我不再苗条了，那又怎样？无论如何，我的丈夫都会爱我。"

她走出房间，"砰"的一声摔上了门。

---

[1] 加百利（Gabriel）：上帝的大天使之一，在圣经的《新约》和《旧约》中均有提及。

新房子

29 洗衣房

洗衣组诗

周五是考德威尔夫人的洗衣日。

有些事情会随着重复出现而变得越来越讨人喜欢,但洗衣日不在其列。

有时候,当她把插竹[1]穿进衬衣衣领、扣上开襟羊毛衫的纽扣、给保罗的西裤熨烫裤线时,会思考某种悖论:一个普通女人——或者至少是一个已婚有子的普通女人,据她所知,在当今这个时代,已婚有子不再是普通女人的标准了;那么,换换说法,一个人类历史多数时期公认的普通女人——花费在洗衣服上的时间几乎一定比花费在谈恋爱上的时间要多,可是有成千上万首诗歌描写爱情,却只有寥寥几首描写洗衣。当然,她已经在精疲力竭中彻底明白,从本质上来讲,洗衣绝非一件富有诗意的事情,而且多数诗人

---

[1] 插竹:一种插在衬衣衣领内部的条状物,表面光滑、质地坚硬,一头圆、一头尖,其作用是撑起衬衣衣领的领尖。

都是男人,他们对洗衣知之甚少。不过,为平凡与枯燥注入美丽和意义,难道不正是诗歌最重要的使命之一吗?

一月里的一天,在洗衣机里匆匆忙忙地塞满丈夫的衬衫以后,她试着构思一首五行打油诗[1],可是几乎刚刚开头就卡住了:好像没有能跟"莫斯科"或"俄罗斯"押韵的词。她变得固执起来,在闷不透风的洗衣房里来回踱步,时常还一屁股撞上熨衣板。过了几分钟,最后一个字终于尘埃落定。

一个来自莫斯科的年轻女人,
在美国的开市客[2]买了洗衣粉。
可她的衣服生满霉菌,
就像憔悴的尴尬年轮,
一个青春不再的莫斯科女人。

显然,这种诗句既称不上美丽,也没什么意义。可是从此以后,每到周五,当她在充满水蒸气的狭小房间里叠衣服、熨衣服时,当她守着一摞摞湿漉漉的内衣裤时,当她看着没有窗户的白墙上用粉蜡涂画的海景图时,就会继续摆弄文字——只是为了打发时间——最后,虽然一字未写,却已经在脑海里创作出许多不同体裁的洗衣诗,足以凑成半册诗集了。

她下定决心,等到完成整册洗衣诗集以后,就把它们都写在

---

[1] 五行打油诗:一种抑抑扬格的英语短诗,用词俚俗浅白,内容诙谐讽刺,共有五行,其中第三行和第四行通常比其他三行稍短一些。
[2] 开市客:美国第一大连锁会员制仓储式量贩店,售卖各种商品。

纸上。

二月，她努力创作史诗和民谣。史诗部分严格遵循荷马式的沉稳韵律，歌颂了世界的黎明——厄俄斯[1]从酒红色的海面上翩翩升起，十指仿若娇嫩的玫瑰花瓣，瑙西卡[2]和她的侍女们在岸边欢笑着展开亚麻床单，床单随风鼓动，就像瑙西卡的纯洁一样雪白清新，奥德修斯[3]看着她，突然萌生了一股奇怪的悔恨之情。床单一尘不染，少女笑靥如花，未出口的话语藏在心间，渐渐发芽，凉爽的空气随着飘拂的白布变得轻灵活泼。曾经他也可以拥有这美好的一切，如今却再也不敢奢望。直到此时，奥德修斯才恍然大悟，充满战争与掠夺的暴力世界就像一匹疯狂的烈马，而浣衣的年轻姑娘只消抓紧精美的文明缰绳便能轻而易举地制服它。民谣部分是一首中世纪的挽歌，哀叹了一位可怜的农妇，蒙古国侵略者放火烧毁了她的村庄，用刀屠杀了她的丈夫，还要逼她在冰冷的河边为敌人擦洗血迹斑斑的铁甲。在这个月的最后一周，她草草地完成了一首童话短诗——永远满怀希望、永远懵懂无知的灰姑娘坐在盛满肥皂泡的洗衣桶前，用婉转的歌声唱出这支欢乐的小调。

三月，她创作了一些香艳的对句[4]——生活在文艺复兴时期维

---

1 厄俄斯（Eos）：古希腊神话中的黎明女神，每天早上都会从海洋边缘升起。在荷马史诗中，厄俄斯被描述为拥有"玫瑰般的手指"。
2 瑙西卡（Nausicaa）：荷马史诗《奥德赛》里的人物，是法埃亚科安岛的国王阿尔喀诺俄斯的女儿。在《奥德赛》的第六卷中，主人公奥德修斯在法埃亚科安岛附近遭遇海难，遇到了带着侍女到岸边洗衣服的瑙西卡。
3 奥德修斯（Odysseus）：荷马史诗《奥德赛》里的主人公及《伊利亚特》中的关键人物，是伊萨卡岛的国王。《奥德赛》描写了在经过长达十年的特洛伊战争以后，奥德修斯返回故乡的十年冒险经历。
4 对句：在英语诗歌中押同一个韵脚的两行诗句。

也纳的一名交际花哼着小曲儿往红绸枕头上喷香水——还有一首较长的悲剧诗，故事发生在巴黎的一间老鼠为患、漆黑狭小的阁楼里，一位母亲对着亡子遗留的污渍斑斑的小小内衣，喃喃地低声祈祷，而革命的浪潮正在席卷外面的街道。沉浸在法国情绪里的同时，她还用一首莫里哀风格的喜剧短诗来自娱自乐，描写了狡猾的侍女和贪婪的仆人在金边衬裙扫过的地方发现了泄露秘密的定情信物，于是便利用主人卧室里的风流韵事来为自己牟取利益。

她以一首简短的三行俳句诗[1]为这个月画上了圆满的句号。

神在白云端
看天使洗涤容颜，
与罪恶绝缘。

四月和五月，她粗略地创作了向各种文学体裁致敬的颂诗：

风俗文学：在一场婚礼过后的第二天早晨，镇上的老太太聚集在广场上检查床单，一边向不贞洁的新娘扔石头，一边齐声高唱。这首严格押韵的诗歌就是她们合唱的内容。

宗教文学（抑或讽刺文学，她也拿不准）：一首思考新教徒价值观的诗歌，描述了一个悔改的浪子衣衫褴褛地回到家中，在厨房里闻见牛奶、面包和亚麻布的味道，跪倒在母亲面前，把脸埋在她那熨烫一新的围裙里，母亲温和地责备他："孩子，整洁仅次于虔诚。"

---

[1] 三行俳句诗：日本诗歌的一种体裁，由三行诗句构成，第一行有五个音节。

最后，自传文学：在他们结婚之初，保罗生平第一次往洗衣机里放衣服。他不仅没有把红色和白色的衣服分开，而且干脆把他扔在走廊上的所有脏衣服都抱起来，一股脑儿地塞进了洗衣机里，结果还在混乱中捎带了她最喜爱的唯一一双黑皮靴（本来是被她整齐地摆在门边的）。那双靴子彻底毁了，她气得火冒三丈，从此以后再也没让他靠近过洗衣机。如今，她已经在洗衣这件事上奉献了数以周计的大把时间（保守估算：一周三小时，一年五十二周，结婚十三年半：大约有八十八天除了洗衣服什么都不干），不禁开始怀疑当初那场皮靴惨剧是否像她在盛怒之下所以为的那样，只是丢三落四造成的，并无其他意图。不过，这首诗却丝毫没有气恼的痕迹，反而显得十分温柔，甚至充满怀念。

她认为这首诗写得不算成功。

六月中旬，距离四十岁生日还有两周，她一边寻找双胞胎配错对的袜子，一边构思着一首童谣：

吃袜子的怪兽穿过房子中央，
像老鼠一样轻手轻脚、躲躲藏藏。
门把手转动，抽屉嘎吱作响，
可是你却看不见它的模样。
它会悄悄爬进洗衣房，
它会——它会——它会……

正当她绞尽脑汁地捕捉跟"洗衣房"押韵的词语时，忽然看到丈夫的衣领上有可疑的污渍，那桃红色的痕迹闪闪发光，看起来像

253

是女人用的口红，闻起来也像——还没来得及转移注意力，她就不假思索地把衬衫举到了鼻子底下。当然，她之前也见过这种明显的痕迹——曾经瞥见过，却从来都不愿仔细检查，而是手忙脚乱地赶紧把衣服塞进洗衣机里，自欺欺人地替那些微弱的香水味和刺眼的斑点开脱——这件毛衣的肩膀上溅了一滴番茄酱，那条西裤的拉链上洒了一点蛋黄酱，他总是爱吃个不停——后来，在一月的那一天，她不经意地盯着衬衫衣领上的桃红色污渍看得太久，发现残酷的真相正在危险地逼近，隐约可见。于是，她便故意分散精力，让自己的大脑忙于创作，先想出了一首五行打油诗，接着是一首挽歌，然后是一首三行俳句诗……

然而，尽管她在过去的几个月里拼命作诗——不论是想要突破平凡到达更深层次的现实还是想要彻底逃避现实——可归根结底，她的多数洗衣诗不都是爱情诗吗？

她颤抖着双手把那件衬衫塞到其他衬衫底部，按下了"强力去污"的按钮。"洗衣房"——"写诗忙"，"洗衣房"——"彷徨"，她喃喃地念叨着，却觉得都不满意，随后突然放弃了创作。她已经明白，自己永远都不会写下这些诗，但是那不重要，一点都不重要。真正重要的事情不知何时已经出现了严重的问题——不过，还是可以挽救的，不是吗？还不算太迟。他们只是需要一个崭新的开始，没错，她相信一切都会好起来的，一切都会回到正轨，只要他们能够拥有某个契机——某个生命——某个美妙的新生命，来提醒他们彼此曾是多么地相爱。

只要他们还能——只要她还能——

新房子

30 主卧室

四十岁时在黑暗中的交谈

此等悲伤同样无以言表,只是沉默更加久长。

新房子

31 闺房

格林童话

"'亲爱的孩子们,'老国王说,'我会让你们经历三次考验,胜利的人就可以继承王位。第一个考验是找来一块布,要柔软到能够从我的金戒指里穿过……'"[1]

今天轮到给女儿们念故事书了。考德威尔夫人先检查了尤金的家庭作业,督促里奇和乔治刷完牙,然后才带着一本格林童话故事集来到闺房。这本书的封面上画着一张蜘蛛网,中央有一个闪闪发光的红苹果。她机械地念着,偶尔还停下来侧耳倾听,捕捉丈夫回家的声音。她向自己承诺,就在今晚。今晚她一定要告诉他。数周以来,每天晚上她都打算告诉他,可是每次又会在最后一刻失去勇气。他总是回来得很晚,看上去心烦意乱或闷闷不乐,一换好衣服就拖着沉重的步子去楼下倒酒,既不会先看一眼熟睡的孩子,也不会问问她这一天过得怎么样。有时候,她觉得自己仿佛嗅到了几缕

---

[1] 本章主人公念的童话故事出自《格林童话》中的《樱桃》,又名《青蛙新娘》。

芬芳的香水味儿。他并没有对她不好——更像是忘记了她的存在。他的目光从她的身上掠过，他的思绪也从她的身上掠过。今晚，她一定要让他停下来，看着她。

今晚，她一定要告诉他。

"于是，国王拥抱了最小的儿子，命人把两个大儿子的粗糙麻布扔进了海里，然后对孩子们说：'第二个考验是牵来一只小狗，要小到能够装进一个胡桃壳里。'"

"哼，这太傻了！"艾玛断言道，"第一个考验也不怎么样，又不是跟巨人搏斗或者寻找魔法石之类的，但至少还可以用那块布做点有用的东西出来。可是，找小狗与治理国家究竟有什么关系呢？"她的毛毯上端被笔直地拽到领口，其余三边都整整齐齐地压在床垫底下，床上没有任何毛绒玩具，床头柜上的书本也完全按照大小顺序摞在一起。考德威尔夫人猜想，在艾玛那十岁的思维里，一切事物都是这样条理清晰、逻辑分明、井然有序的。艾玛总是头脑冷静、客观理智地看待世界、认识世界，而且通常都会成功。考德威尔夫人并不担心艾玛。

"这不傻。"西莉娅在房间的另一边用充满深情的声音说。她的床上几乎没有能躺的地方，到处都挤满了泰迪熊、玩具狗和玩具象，最受欢迎的独耳小兔穿着她以前的婴儿睡衣，"我想，国王只是很爱宠物。就像我爱'南瓜'一样。还有'胡椒'，在它去狗狗的天堂之前，我也很爱它。"她的嘴角耷拉下来，考德威尔夫人赶紧继续往后念。

考德威尔夫人很担心西莉娅。

她是用英语念的，因为两个女儿都不会俄罗斯语。在五个孩子里，尤金是唯一一个能听懂俄罗斯语的，尽管不太熟练，因为她以前经常给他哼唱俄罗斯摇篮曲，讲述自己童年听过的故事。可是，当她对襁褓中的艾玛讲俄罗斯语时，艾玛却哇哇大哭，仿佛感觉到有什么不对劲之处。长大一些以后，蹒跚学步的艾玛更是直截了当地拒绝了这种毫无意义的折磨，只想学习周围每个人都在使用的正常语言，不愿浪费时间接触只有母亲才懂的古怪语言。等到双胞胎出生的时候，考德威尔夫人已经完全切换成英语模式了。

"年长的两位王子带回来许多漂亮的小狗，但是没有一只能装进胡桃壳里……"房间被一辆汽车的车灯照亮，考德威尔夫人停顿了一下，望向窗外。可是，那辆车并未在他们家门前减速，而是径直消失在了昏暗的街道上，"于是，老国王又一次拥抱了最小的儿子，命人把其他小狗都扔进海里淹死，然后——"

"哦，妈妈，书上真是这样说的吗？"西莉娅大喊道，她的嘴角又一次耷拉下来，嘴唇开始颤抖。考德威尔夫人困惑地看着她，然后低头扫了一眼自己刚才念的内容。她总是会柔化格林童话故事里的残酷内容，省略某些细节，把处决改成流放，把死亡变成永久缺席——但那是在她注意力集中的时候。

"不，宝贝，当然不是，我念错了，"她赶紧说，"国王命人把所有小狗都在海边放了。"

"因为小狗喜欢在沙滩上玩。"西莉娅理解地点着头，安心地靠回了枕头上。

艾玛嗤之以鼻。

考德威尔夫人给了大女儿一个警告的眼神，继续往下念。后来，讲到第三个任务是寻找最美丽的姑娘时，她又走神了。书上写到国王命人把姿色平庸的姑娘"都扔进海里淹死",她一时疏忽,未加修改地照着读了。西莉娅从床上坐起身来,眨着眼睛。

"所以,不漂亮的姑娘都要被淹死吗?如果我长大以后不漂亮怎么办?"

"那是很有可能的。要想漂亮,"艾玛好心地说,"你必须得特别瘦,至少身高八英尺[1]才行。"

西莉娅面露惊恐。

"不,不,宝贝,艾玛在开玩笑呢,"考德威尔夫人合上书,关掉台灯,轻柔地推开玩具兔子和玩具熊,坐在了西莉娅的床边,"而且,我保证,所有姑娘都会游泳,最后肯定能平安无事。"

除了老的和胖的,一个声音在她心里不无苦涩地补充道。

走廊上,"南瓜"在不安的睡梦中发出低沉的咕噜声,她侧耳倾听,但一切又恢复了寂静。快九点了。闺房里朦胧而温暖,一盏形似粉色贝壳的小夜灯投下了柔和的光芒,"不如我讲一些自己小时候的故事给你听吧,好吗?比如我和你外祖父采蘑菇的事情,或者我们家达恰阁楼上住的老精灵,或者——"

"我不想听现实生活,"西莉娅说,"我想听关于公主的童话故事,但是结尾必须幸福快乐。"

考德威尔夫人看向艾玛,不过艾玛已经睡着了,很可能在刚关灯的时候就睡着了。(在梦里,艾玛赤着双脚漫步在一座城市里,身上还穿着印满樱桃图案的睡衣。这是一个她经常梦见的地方。街道是笔直的,广场是空旷的,房屋都是用明亮光滑的白色石头堆砌

---

[1] 八英尺:约为2.4米。

而成的。周围没有人，只有一些雕像，披着像床单一样层叠下垂的白布。不过，艾玛在这里很快乐，在她眼中，一切都显得肃穆而美妙。每次来参观，她都会努力把面前闪闪发光的几何结构铭记于心，等她长大以后，就可以建造一座跟这里一模一样的城市。）

"好吧，"考德威尔夫人轻声说着，把双腿放在西莉娅的床上，沿着边缘伸开，"从前，有一位公主。"

"她漂亮吗？"西莉娅一边问一边靠近，紧紧地依偎着考德威尔夫人。

"漂亮。但她并不是那种整日在镜子前梳头发的傻公主。她最美的是声音，最喜欢的是唱歌。有一天，公主决定离开家乡。"

"为什么？她不是住在城堡里吗？她的父母不好吗？"

"她住在一座非常小的城堡里。她的父母，也就是老国王和老王后，都非常善良、高贵。可是，他们的王国太小了，公主想去看看新的地方，学习新的东西。当她跟父母道别时，父亲送给她一份礼物，那是一个外表普通的盒子，里面却装着七首珍贵的歌曲。老国王告诉公主，要爱惜这些歌曲，不能让别人知道。只要歌曲还藏在盒子里，她的声音就会永远美丽动听，如果把歌曲放出来，她将再也无法开口歌唱。于是，公主谢过父亲，带着盒子上路了。她穿越大海，去到一片遥远的土地上，在那里，遇见了一位王子。"

"王子温柔吗？"

"他非常非常温柔。而且，他住在一座可爱的城堡里，这座城堡比公主以前的城堡要大多了。王子爱上了公主，公主喜欢他的温柔，也喜爱他的城堡。于是，他们就结婚了。在婚礼那天，公主感到十分幸福，便打开秘密盒子，对成为自己丈夫的王子唱了第一首歌。第二天早上，宝盒里只剩下六首歌曲了。不久，摇篮里出现了一个熟睡的男宝宝，长得非常可爱，公主很幸福，便打开盒子对自己的小儿子唱了第二首歌。这样一来，盒子里只剩下五首歌曲了，可是又过了一段时间，她的摇篮里出现了一个漂亮的女宝宝。"

"公主也给她的女宝宝唱了一首歌吗？"

"没错。其实，她唱了两首歌，一首给刚出生的女宝宝，一首给先出生的男孩儿，为了表示她同样爱两个孩子。后来，她又有了两个宝宝，盒子里就只剩下三首歌曲了。这样的情况又发生了两次——公主感到很幸福，又唱了两首特别的歌——最后，她有了六个宝贵的孩子，但秘密盒子里只剩下一首歌曲了。"

"六个孩子，真好呀！"西莉娅困倦地说，"你只有五个。公主把最后一首歌也唱了吗？"

"不，她把那首歌留给了自己。"考德威尔夫人说。

"那最后一个宝宝没有让她感到幸福吗？"

"哦，不，不。她只是想给自己留一首歌。"

"那她太自私了。"西莉娅打着哈欠，闭上了眼睛，冲着枕头含糊地咕哝着，"也可能最后一首歌不好听。或者她的父亲忘记把最后一首放进去，只给了她六首歌。或者公主先前打开盒子的时候把那首歌弄丢了。或者——"

考德威尔夫人叹了一口气，"也许吧。"她朝迷迷糊糊的女儿弯下腰，理顺额前纠缠的金色卷发，然后贴着孩子的温暖脸颊，轻声问："你想要一个小妹妹吗？"西莉娅没有回答，也跟艾玛一样睡着了。（西莉娅梦见自己住在一栋房子里，外面看起来很像他们家的房子，但里面截然不同。所有房间都空荡荡的，完全没有家具，墙壁是透明的玻璃。透过墙壁,她能看到许多五颜六色、耀眼迷人的地方一闪而逝,有花园、山峦和游乐场,游乐场里还有漂亮的旋转木马。可是,她找不到通往这些地方的入口,每次走出房门,就会发现自己又来到了一个玻璃墙壁的房间,跟刚刚离开的房间一模一样。地板也是玻璃的,细细凝视,她能看到脚下有树根,还有在泥土里蠕动的昆虫,但是隔着这层透明的厚玻璃,她无法触碰它们。所有房间都没有天花板,不管走到哪里,只要抬头仰望,就能看到翻滚的白云掠过天空,在其中一个房间里,她还看到了一场正在酝酿的暴风雨。有几回,她觉得自己透过玻璃高墙瞥见母亲在相隔几个房间的地方缓缓走过,低垂着眼睛,脸色苍白——但她始终无法靠近母亲。还有一回,一个男人出现在她面前,若有所思地俯视着她。原来,就是为了你这样的小鬼头,你的公主母亲才放弃了自己的歌,他说。不知道你是否值得。然后,他冲她微微一笑,那笑容并不和蔼。她有点儿害怕,同时却又感到很着迷。)

考德威尔夫人悄悄地下了床,坐在刚才念书的椅子上等着。此时此刻,家里的五个孩子和一条狗都睡着了。闺房外,屋子在移动,渐渐沉没到神秘的夜间世界里,充满了奇怪的嘎吱声、呻吟声和低语声——吃袜子的怪兽在洗衣篮里东翻西找,外祖母的坏脾气幽灵在健身房里嘟嘟囔囔,一对身影朦胧的恋人在地下酒窖的瓶子之间拥抱——然而,在粉色与白色的温暖闺房内,洋溢着一种安稳的静谧,虽非全然无声,却是与世隔绝,仿佛她们躲在了某个闪闪发光的玫瑰色贝壳里。贝壳在隆隆作响的海水中温柔地哼唱,形成了一道泛着珍珠白和晚霞红的旋涡,在这里,寒冷、汹涌的滔天巨浪变得渺小、舒缓而遥远。考德威尔夫人看着女儿们熟睡——艾玛静静地平躺着，一动也不动，深褐色的头发清晰地勾勒出脸庞的轮廓，西莉娅翻来翻去，拽过毛毯，掀开毛毯，露出了胳膊上的挠痕和膝盖上的伤疤，忽然又把小兔往怀里搂了搂，嘴里喃喃地说着什么，语气平静而又坚定——"是的，是的，没错，我发誓。"这是考德威尔夫人听到的，抑或她觉得自己听到的。两个独立的小世界，两个美妙的不解之谜，穿过走廊，还有三个——她全心全意地爱着他们当中的每一个，胜过这世上的一切，甚至胜过自己的歌。

又一对车灯用冰冷、平滑的光芒照亮了贝壳内部，不过这辆车确实减速了，院子的大门慢慢敞开，碎石在轮胎底下嘎吱作响。她没有起身去迎接他——她选择了这个房间作为他们谈话的地点，她要留在这玫瑰色的安全世界里。当他拖着沉重的步子上楼时，她低声叫他，接着提高声音又叫了一遍。脚步声在楼梯平台上迟疑了一下，然后朝她靠近。他站在门口，身形高大、衣着光鲜，阴沉的脸庞仿佛属于一个疲倦的陌生人。

"来，"她说，"看看她们。看看她们多么可爱。"

"嗯。"说完，他陷入了沉默，脸庞突然绷紧，露出一种坚决的神情。他向前迈了一步，走进房间。

"坐一会儿吧。"她说，虽然声音很轻柔，内心却在忧虑中煎熬。

隔着一段距离，她都能闻到他的呼吸里有威士忌的酒气。

他依然站着，目光从她的身上移开，看向睡在床上的女儿们。

"时光飞逝，"他说。她希望能与他对视，"真不敢相信塞西莉娅下周就满五岁了，已经不再是小宝宝了……听着，有些事情我一直想告诉你。"

恐慌将她撕扯得支离破碎。她为这次交谈做了精心的准备,对着镜子练习,从充满爱意的话语到暗示铺垫的话语到令人震惊的话语,最后再紧跟上安抚平息的话语——可是现在已经没有时间了。她知道,他要告诉她另外一个女人的存在了,然后他就会离开她,离开她和孩子们,因为孩子们都不再是小宝宝了,因为他们可以——

"等等,我也有话要对你说,"她大喊,"我怀孕了!"

贝壳形状的小夜灯柔和地闪耀着,女儿们在睡梦中平稳地呼吸。

他冷酷地看着她,一言不发。

"我怀孕了,保罗。"她又轻声说了一遍,强迫自己露出微笑。

他的面部表情迅速地变幻着,就像在洗牌一样,最后停在了愤怒上。

"怎么可能?"他说,平稳的语气之下,有怒火在隐隐地燃烧。她的微笑熄灭了。她已经说不出自己脸上是什么表情了,"怎么可能?在过去的几个月里,就算有,也只有一两次。而且我以为你一直都吃药——"

她的恐慌急剧增加。她没料到会出现这种情况。

"我吃了,"她底气不足地争辩道,"但是难免有意外发生。"

他坐在艾玛的床边,双手平放在膝盖上。

"听着,"他说,"现在不是……我们已经有五个孩子了。当初,你只想要两个,我想要三个。双胞胎——双胞胎当然是上天的眷顾,而小西莉娅……你也知道,我本来是反对的,但是你说服了我，毫无疑问，我绝不后悔，可这一次……我们都四十岁了，我的工作也不像从前那样稳定，而且……而且今非昔比。你必须跟医生谈一谈——"

"保罗，"她哭了，"我不能。现在不能。已经太晚了。"

"什么意思？什么叫太晚了？"

"你还记得那天晚上吗——你父亲对你说他需要动手术的那天晚上——"

"你是说……"他刚开口就停住了，忽然站起身来，居高临下地俯视着她。她感到渺小而恐惧，紧紧地贴在椅子上，"那几乎是五个月以前了。"

"五个月零一周。"她低声说。

"你怀孕五个月了，却没有告诉我？"

"别喊，求你别喊，你会把她们吵醒的……我先前不知道。求你别这样，保罗。我自己也不知道。我原本以为自己只是……"（老了。胖了。说呀！心里那个冷酷的声音不断地催促，可她假装没有听到。）"我也是刚刚发现的，保罗。这次会是一个女孩儿。一个健康的女孩儿。你看看她们。看看她们！"

姿态各异的美人鱼漂浮在墙纸上，贝壳形状的小夜灯散发着温暖的光芒，一个人类心脏的纸质模型躺在艾玛的书桌上，西莉娅的独耳蓝色小兔半悬在床边，两个小脑袋躺在枕头上，一个是金发的，一个是棕发的。他就像一个体型庞大的巨人，静静地站在原地，看着面前的一切。他的肩膀渐渐耷拉下来，嘴角低垂，她在他的眼睛里看到了挫败，也许，也许还有一丝从前的温暖与亲切。

"哦，亲爱的。"他说。

虽然他没有走过来拥抱她,而是倒退了一步,重新坐下,低头看着地毯,但她觉得如释重负。她的恐慌减轻了。她知道,现在一切都会好起来的。她叹了一口气,站起身来,走向他,用手轻轻地抚摸他的发丝,想让他抬起头来看看自己。最后,他终于抬起了头。

"就用你祖母的名字给她取名吧,"她说,"你父亲肯定会高兴的。咱们现在应该尽可能地让他心情愉快,对不对?"她低下头,露出了一个胆怯而宽慰的微笑,拉起他那只无力反抗的大手,放在了自己的肚子上。

"玛格丽特。"她说。

新房子

32 厨房

感恩节过后

  餐厅里依然充满了节日的喧闹,刀叉叮当作响,玻璃杯轻声碰撞,孩子们欢笑着舔掉盘子里的最后一块核桃派,不过晚餐早就结束了,饭桌也被清理了一半,说话声已经开始涌进起居室,从那里又扩散至房子的每个角落。考德威尔夫人听到母亲难以置信地说:"但是,咱们居然如此迅速地吃掉了那么大的一只鸟!"婆婆端庄地笑了,回答道:"每次都是这样——当然啦,咱们有这么多人呢。"即便隔着一个房间,考德威尔夫人还是觉得自己从那礼貌克制的声音里听出了一丝轻微的忧伤。

  今年,他们少了一个人:保罗的父亲在春天去世了。

  考德威尔夫人静静地站在空无一人的厨房里,侧耳倾听其他房间传来的声响,同时用目光打量着一摞摞脏兮兮的餐盘、黏在碗底的红薯块和蔓越莓酱,还有泛着灰色的火鸡残骸。整顿大餐都是她亲手做的。自从他们不再沉溺于频繁的外卖餐饮以来(保罗的新工作也不如以前的薪水高),她已经在自己身上发现了毋庸置疑的烹饪天赋。这顿晚餐很成功,她一边想一边卷起袖子,打开热水,擦洗第一个盘子。这是她婆婆心爱的婚礼瓷器,在迪克·考德威尔去世以后,保罗的母亲就把这套瓷器送给了他们,清洁的时候不能用洗碗机,必须用手,但考德威尔夫人并不介意。她喜欢温水在指间流淌的感觉,喜欢看着完美无瑕的厨房从混乱之中渐渐浮现出来,明亮的餐碟一个接一个、闪烁的杯子一个接一个、干净的炒锅一个接一个,喜欢聆听吃饱喝足的家人在周围欢声笑语,而她孤身一人,可以自由自在地——倒不是思考,因为她太充实、太疲倦了,不愿思考——那么,就是自由自在地享受安宁。

当然,她的独处时光并不长久。"南瓜"和新来的小狗"抱抱"一起啪嗒啪嗒地溜进厨房,猛烈地摇晃着尾巴,嘴里发出兴奋的呜呜声,她把几个油腻的托盘放在地板上,它们贪婪地嗅来嗅去。西莉娅咯咯笑着冲进厨房,玛姬[1]紧随其后。两岁半的玛姬总是喜欢没头没脑地跟着哥哥姐姐到处跑,此时被母亲的双腿吸引了注意力,于是突然转向一旁,紧紧抓住考德威尔夫人的裙子,仰头撒娇。听着那绵软的呢喃声,考德威尔夫人的心都融化了。她把焦糖苹果分给两个女儿,她们确实已经吃了很多甜食,但这才是感恩节呀,不是吗?一切都丰富充盈,人人都慷慨大方。她们坐在厨房的桌子旁边,抱着苹果又舔又咬,发出响亮的啧啧声,正在这时,尤金走进来询问母亲有没有看到自己的《时间简史》。她确实看到了:吃早饭的时候,他把那本书放在了烤箱顶上。尤金总是沉浸于思考的世界中,时常在屋里神情恍惚、心不在焉地游荡,所经之处

---

[1] 玛姬(Maggie):即前文提到的玛格丽特(Margaret),"玛姬"是"玛格丽特"的昵称。

必定会落下一串东西——主要是书本和铅笔，但是在冬天里也会有手套和帽子，夏天有装在罐子里的石头和昆虫，还有袜子、家庭作业，最近又新添了写着电话号码的小纸片。"哦，谢谢。"说完，他拿起那本书，坐在身边的高脚凳上继续阅读，对清洗餐具的嘈杂噪声听而不闻，对摆在面前的焦糖苹果也视而不见。不过，刚刚跑进来的里奇和乔治却没有忽略美味的焦糖苹果，他们俩原本正在争论某个游戏的得分（"我有！"——"你没有！"——"我绝对有！"——"你绝对没有！"），一瞧见有好吃的，立马便扑了上去。里奇想在玛姬的苹果上咬一口，可是她朝哥哥凶狠地亮出了沾满焦糖的牙齿，就像小野兽一样，考德威尔夫人赶紧走过来，拿了新的焦糖苹果分给双胞胎。她注意到，他们俩都把崭新的白衬衫弄上了星星点点的蔓越莓酱，她习惯性地出言责备，不过大家都知道她并没有真的发火。接下来，艾玛步履平稳地走进厨房，经过长达两小时的晚餐之后，这是唯一一个丝毫没弄脏衣服的孩子。她拒绝了焦糖苹果，反而主动提出要帮忙洗碗。于是，考德威尔夫人便将擦干水晶器皿的精细任务交给她来完成。考德威尔夫人的母亲也拿起了一条毛巾，但是考德威尔夫人不许她忙活，连声催促她到桌边坐下喝咖啡。不久，她又倒了一杯咖啡给大艾玛[1]（她早就不再把保罗的母亲想成考德威尔夫人了）。

保罗是最后一个走进厨房的。

"原来大家都在这儿呢。"他说，"剩下的餐具我来洗吧。"

"没事，我快洗完了，"考德威尔夫人说，"来，帮我递一下切

---

[1] 大艾玛：指考德威尔夫人的婆婆，由于她跟考德威尔夫人的女儿艾玛同名，因此称之为"大艾玛"。

肉刀。"

他站在她身后,打量着拥挤的厨房。

"我觉得咱们需要一栋更大的房子。"他说。

她从水槽前猛然转身,发现他在微笑,于是她自己也笑了,以此确保他们俩都明白这只是个玩笑而已。因为,她不会搬到任何地方去。

她喜欢这栋房子,喜欢这种生活,一切都恰到好处。

满足感悄悄地涌上心头。自从玛姬出生以后,她越来越觉得,自己终于和谐地融入了眼前的生活。也许这栋房子太大了,她需要让每一个孩子用热闹和灯光填满空荡荡的房间,如此一来,她就不再觉得自己是一粒细沙,总是透过冰冷的沙漏坠入一处不属于自己的地方,掉进一个不属于自己的人生。有时候,她会略带严肃地从使命的角度来思考这个问题:也许上帝或星辰或本性已经注定了每个人都要成就一定数量的功业,要么是孩子,要么是科学发明,要么是艺术作品,抑或其他的美好。当然,使命跟命运不同,人们能够自由选择,既可以实现使命,也可以忽略使命。但是,如果内心的空洞无法被填满,那么人们一定会感到焦躁不安、手足无措,不知该如何自处。也许,根据某种神秘的计算,她注定要拥有六个孩子,如今完成了使命,她终于可以深吸一口气,享受劳动的果实,拥抱自己辛苦获得的人生角色,做一名能干的女家长,分发食物、温暖与爱意,在一栋美丽的房子里撑起一个幸福的大家庭。

或者,也许是她太过忙碌,无暇陷入不知满足的泥潭,而且又太过明智,不愿追逐无法实现的奢望。

至于保罗,现在总是下班很早,周末都待在家里,她再也不用闻他的衣服或者担心她自己的身材了。同时,她好不容易学会了开车,却不再梦想着找一条公路,让狂风吹拂头发,驾驶敞篷汽车消失在夕阳中了,而只是用自己的小型面包车来接送孩子们打棒球或者学芭蕾。

"房子的事情,我只是在开玩笑。"保罗说,她看到他的嘴唇抿了起来,每当他想起最近家中的经济困难时,都会露出这样的表情。他压低声音,"跟你母亲说了吗?"

"还没有,"她轻声回答,"等我找到与她独处的机会就马上说。"

那天晚上,当其他人都回到楼上的房间里休息时,她让母亲和自己一起喝杯茶。她用了童年最熟悉的瓷质茶杯,那是母亲上一次带来的礼物。当时,母亲从行李箱里掏出六个奇形怪状的小包裹,打开一层层厚重的羊毛袜,脸上露出得意的微笑,就像一位魔术师将要展示某种惊人的奇迹。可是,考德威尔夫人看着那排像小鸡一样孵出来的茶杯,却完全认不出了。它们跟留在她记忆中的模样截然不同。在狭小、昏暗的莫斯科厨房里,她曾享受过无数次下午茶时光,那时,这些茶杯金光闪闪,印着天堂乐园里的鲜花与小鸟,傲然挺立在脏兮兮的锅碗瓢盆与铝合金的刀叉餐具之间,看上去奇妙而宝贵,需要小心呵护,需要赞赏珍藏。如今,它们不过是六只艳丽花哨的茶杯,其中还有一只缺了口,在明亮宽敞的厨房里变得黯然失色,周围镶嵌着玻璃的橱柜里闪耀着许多瓷器,样样都比这些茶杯精美许多。不过,她还是热情洋溢地感谢了母亲。后来,每到她们两个一起喝茶时,她都会故意用上这套图案粗糙的茶杯。

她知道,老人都是很念旧的。

"妈妈,你考虑过我们的提议了吗?"她问道,吹了吹杯中的热茶,"在莫斯科没有人照顾你,而且你这个年纪……当然,七十四岁并不算老,可是我不放心。"

"我知道,你说得有道理,"母亲微笑着说,"但是我已经离不开那里了——那是我全部的人生。对了,我有没有告诉过你,街对面的那个建筑工地终于完工了。花了整整半个世纪的时间。现在是一片巨大的室内停车场,有许多银色的奔驰出出进进。不过,有时候我会想:本来要建的是什么呢?我是说最开始的时候。肯定是别的东西,对不对?还记得吗,你父亲以前总是开玩笑——"

考德威尔夫人耐心地等待着母亲结束唠叨。

"嗯,但是我们的提议呢?"她又问了一遍。

"我不喜欢让我们的公寓空着,变成没人管的废墟,你父亲的书本和烟斗会落满灰尘的——"

"哦,"考德威尔夫人说,"公寓当然是要卖掉的。"

母亲惊愕地看着她。

"可是,你瞧,它绝不能被卖掉,"她的语速很慢很慢,仿佛在对外国人讲话一样,"因为那是我们的家。将来,你的孩子——这是我能留给他们的全部了,我知道那套公寓又小又破,不像这栋——"

考德威尔夫人温柔地把自己的手放在了母亲的手上。

"妈妈,"她说,"那段人生已经结束了,就像——就像一个人的童年或青春一样,你会永远铭记它,但是你不能、也不该再回头了。而且,我的孩子甚至都不懂俄罗斯语。"

"我不明白,你是什么意思?"母亲喃喃地说,用惊恐的眼睛盯着考德威尔夫人,仿佛自己听错了整场谈话,"你想让我把我们的公寓卖掉?"

"我觉得那样最好。"考德威尔夫人轻柔地回答道。

(她的母亲想:她不记得了吗?她不知道吗?任何地方都只是一个地方而已,四面墙、一道门、一扇窗——是累积的生活,是沉重的回忆,让一个地方变得富有魔力,让它变成属于你的地方。在那里,四面墙壁中的空气跟别处的空气不同,你的过去不会消逝,你在一生中所感受到的爱意都会闪闪发光,你永远不会变老,也永远永远不会遗忘。可是,她离开了,她忘记了。我不该把自己的茶杯给她。没有过去的人是不可能拥有未来的。她才四十三岁,但是她忘记了自己的童年,现在,她看起来真的很老。)

她看起来真的很老,考德威尔夫人想着,垂下眼眸,胸口发紧。沉默在她们之间蔓延。

"太苦了。"母亲突然不满地说,把一块方糖放进茶杯里,头也不抬地搅拌着。考德威尔夫人等她说话,但是她没再说别的,只是沉默地喝着茶,脸颊歪向一侧。喝完最后一口,她站起身来,端着空杯走向水槽,仔细地刮下湿漉漉的茶叶,扔进垃圾桶。

"妈妈,就那样放着吧,"考德威尔夫人高声说,"我会收拾的。"

可是母亲依然站在垃圾桶旁,盯着里面。

"你又把吃剩下的火鸡扔了?"她问,"你答应过不这样做的。"

"那基本都是骨头了,"考德威尔夫人耸了耸肩,"明天不会有人吃的。"

"我会。"母亲说,她的声音变得很奇怪,仿佛带着哭腔,"为什么,为什么你总是要把一切都扔了?这样不对。这是浪费的习惯。这——这是罪恶。"

"可是，妈妈——"考德威尔夫人深感震惊。

老太太没再看女儿一眼，头也不回地离开了厨房。

新房子

33 儿子的房间

时光之轮

　　随着年纪渐长，考德威尔夫人发现了一件有趣的事情：在房子的不同角落里，时间的流逝也截然不同。在不常出入的房间里，生活很稀薄，就像一潭风平浪静的死水，几乎不曾发生变化。这样的房间就像一面魔幻的镜子，如果你凝望着它，它就会还给你一个从前的映象。所以，站在舞厅的门口，有时她会瞥见一个年轻姑娘，几乎还是少女的模样，坐在多年前就已经化为灰烬的炉火旁，迟疑地抬起手，抚摸着脖子上的金色短项链，惊叹它的光彩夺目，害怕迎接凡尘俗世的幸福。还有的房间就像画框，里面镶嵌着一个闪耀的瞬间，或是欲望，或是痛苦，或是恐惧。那些瞬间停留在过去，而房间却在岁月的河流中激荡，被一层又一层较为黯淡的后来的生活所遮盖，再也无法清晰地显示过往的记忆。如今，酒窖的昏暗在明亮的日光灯中消散，双胞胎的卧室里早已没有了猴子和长颈鹿，婴儿床被换成节省空间的上下铺，双胞胎也摇身一变，成了身材颀长的少年。可是在这些地方，时间曾经在轨道上滞留，短暂地失去过方向，到了今天，每当她去酒窖里为晚餐选一瓶雷司令，或者碰巧瞧见挂在里奇书桌上方的钟表，还会被某种情感所触动。诚然，那只是过去的情感留下的回声，却永远不会消失。

她更喜欢其他房间，在那里，生活并未凿出永久的疤痕，不同层次的时间都能和谐相处：回忆互相重叠，今昔平稳交替，没有失去的，也没有结束的——曾经有过美好的生活，现在依然生活美好。在闺房里，她仿佛看到消失的美人鱼墙纸在绿色的涂料下隐约闪烁，西莉娅让过去的毛绒玩具和后来的书本一起分享书架，艾玛将复杂的建筑图纸挂在了小时候的简笔画上方，画中的小人都住在正方形或长方形的房子里。她觉得长子的房间也是这样——温暖与纯真的记忆跨越十五年的光阴同时涌现，从搂着玩具刺猬睡觉的小男孩儿到怀着羞涩的自豪在桌子上陈列国际象棋奖杯的十八岁少年，过往的点点滴滴全都历历在目，她能感受到这里曾有过一个幸福、完整的童年，而那是由她亲手塑造、精心呵护的。大学二年级时，尤金带着与自己交往三个月的罗马尼亚女友阿德里亚娜回家过圣诞节，她让阿德里亚娜住在了客房，但绝不是出于守旧的礼节思想，只是不愿改变那些美好的回忆。

在他们逗留的最后一天晚上，考德威尔夫人去了儿子的房间。在进屋之前，她先敲了敲门，但也只是顺手一敲而已：她刚从厨房过来，尤金正在那里找零食，她以为房间里肯定空无一人。她找不到自己的眼镜，怀疑是先前落在了他的床头柜上，当时她偷偷地翻看了放在那里的一本书。在他回家的这段时间里，只要一发现他沉浸在那本书里，她就会温和地批评他的阅读品位，现在她只希望能在他发现之前赶紧把自己的眼镜拿回来，隐藏自己对那本小说的好奇之心。对于一个年近五十岁的人来说，要保守秘密，哪怕是极其微小的秘密，都很不容易，如果再加上逐渐衰退的视力和与日俱增的健忘，那就更难了。

那副泄露秘密的眼镜果然在儿子的床头柜上，压着奥尔加的最新作品，架在敞开的书页之间。然而，她并没有注意到那副眼镜，因为阿德里亚娜正躺在尤金那条褪了色的羽绒被上，垫着星球大战的图案，摆出诱人的姿势，全身赤裸，只在白花花的大腿中间穿了一条黑色的三角蕾丝裤。一瞥之下，她只来得及看到这些，她的手指僵在了门把手上，阿德里亚娜的魅惑微笑僵在了唇边，紧接着，那个姑娘开始手忙脚乱地寻找自己的衣服，嘴里大喊着："考德威尔夫人！"

"非常抱歉！"考德威尔夫人也大喊着，赶紧退到走廊里，一把拽上了房门。她站在外面，凝视着门把手。二十多年前，她以为考德威尔夫人——身穿花呢套装、戴着珍珠项链、发型一丝不苟的原版考德威尔夫人——撞见她赤身裸体的模样时，肯定会感到震惊与厌恶；可是，如今她自己却完全没有那样的感觉。一方面，她有些悲伤，玩具刺猬曾经住在这个画着太阳系星辰的房间中，如今岁月流逝，墙皮剥落，小刺猬也无家可归了。但另一方面，她又觉得很宽慰，心不在焉、只爱读书的儿子已经长大了，从某种程度上来说，变成了一个自立的成年男人。接着，她又忍不住感到一丝嫉妒，仿佛儿子对自己的依恋转移给别人了，同时还有一抹转瞬即逝的苦涩——因为四十六岁的她知道，自己再也无法点燃任何男人的欲望了，穿着紧身内衣慵懒挑逗的日子早就结束了，可她还没来得及好好珍惜……

而且，这每一种感受都十分庸俗，她站在走廊里想，目光依然盯着门把手。年轻的时候，我们都相信自己是独一无二的，相信自己的故事是与众不同的，可是我们就像卡在时光之轮里的仓鼠，为了活命只能不停地奔跑。我们演的都是同一部戏剧，剧中的角色也始终未变，只是演员在交换位置而已：前一分钟你还是天真无邪、美丽动人的贵族小姐，后一分钟就变成了引人发笑、滑稽不堪的家庭主妇，再也不是众星捧月的主角。艾玛·考德威尔肯定深知此理，就像如今的考德威尔夫人一样，也许再过二三十年，房间里那个可爱的姑娘又会成为下一个考德威尔夫人，站在房间外回想当年，恍然大悟。

然而，成熟也带来了许多弥足珍贵的安慰，考德威尔夫人觉得，即便可以选择，恐怕她也不愿重新回到二十岁。人到中年的好处之一就是懂得接受自己的平凡，并且从中发现慰藉，正如认清庸俗的本质，还能一笑置之。她又等了一分钟，来回地拧着脖子上的珍珠项链。屋里一片寂静，但是她能感觉到那个女孩儿就站在房门的另一边，竖起耳朵捕捉离去的脚步声。可怜的姑娘，她肯定觉得很屈辱，考德威尔夫人心想，不过假以时日，她也能学会轻松地应对生活。

她轻轻地叹了一口气，转身走向门厅，故意跺着脚，发出响亮的声音，同时在心里思索是否要把这桩意外告诉尤金。但是，她觉得那个姑娘应该不会把这件事情讲出去，就像将近四分之一个世纪以前，她自己对那场小灾难守口如瓶一样。无论如何，等她回到卧室时,已经决定要舒舒服服地泡个澡,点上香薰蜡烛,喝一杯红酒,让这件事就此平息。

家庭生活里难免有许多小小的尴尬,有些事情还是忘了更好。

新房子

34　起居室

古董镜子

　　那架施坦威钢琴一直令她焦虑不安——她曾在多个不眠之夜里辗转反侧，担忧房间的角落里放不下它——不过，当搬家工人放下钢琴，走到一旁时，她如释重负地松了一口气。

　　"基本完成了，女士，"一个工人殷勤地笑着，露出参差不齐的前排牙齿，"您真的不需要帮忙打开这些箱子吗？我们可以在五分钟内搞定，再替您把垃圾都带走。"

　　"不，不，"她说，"放在这里就行，我自己来。"

　　她满怀期待，想亲手把所有珍宝从内置衬垫的箱子里发掘出来，就像从蚕茧中捧出美丽的蝴蝶。她又扫了一眼手表，急切地盼着工人们赶紧离开，再过两小时，第一班校车就要回来了。她看到电工刚刚安装完最后一个壁灯台。等到保罗回家的时候，一切都会准备就绪。

　　"好吧，"那个笑容满面的工人说，"如果您对我们的服务满意，请在这一行签字……好了，谢谢您，女士，感谢您的好评。"

终于只剩下自己一人了，她撕开纸箱的封条，快速清点了一遍——银器在这里，瓷器在那里，灯罩跟灯管分开装运，都齐全了。她开始忙活，摆弄珍贵的物品，一件一件地仔细检查，几缕近似愉悦的柔情拂过心头。不知不觉间，思绪渐渐飘远，想到了流逝的时间。就好像一列从站台出发的火车，经过最初一段悠闲的路途之后，便开始加速。如今，时间过得越来越快，窗外的风景也变得越来越模糊，最后融为一团朦朦胧胧的残影，只能用概括的词语来描述：城市、田野、森林——学校、家庭、目不暇接的假期与生日、平稳运转的日常家务、行至半途的中年时期——最后，人生就这样飞逝而过，沦为千篇一律的平淡旅程，虽然快乐，却不值得纪念，也无法被铭记，只有寥寥无几的特殊事件能将它照亮。（"照亮"这个词用得实在不对，考德威尔夫人一边自责，一边扔掉了最后一个空纸箱。因为在这个年纪，所谓的特殊事件是可以预知的，也是极为悲哀的，几乎全都由离别构成：年轻的一代动身迈向生活，年老的一代朝着反方向，去往未知的领域，而中间的一代要为二者送别，在岁月的激流中挣扎着留在原地。）还记得当初跟保罗的母亲一起欢度感恩节，分享美味佳肴，一幕幕幸福的情景历历在目，恍如隔日。可是转眼之间，五年过去了，大艾玛与世长辞，考德威尔家那些华美的古董家具也刚刚在她自己家的起居室里安顿下来。

这是她对保罗的悲痛所做出的让步。考德威尔家位于新英格兰的房子被出售了，屋内的大部分物品也被拍卖了，但是在保罗的童年记忆中，父母的起居室是一个特别的地方，他希望能将这里完整地保留下来，包括每一张桌子上的每一个烛台、每一把椅子上的每一个坐垫、每一个柜子上的每一张照片。于是,一切都被小心翼翼地拆卸下来,装在纸箱里,用一辆巨大的卡车运送给他们。几周前,为了迎接这些物品的最终到来,考德威尔夫人把自己精心布置的起居室清理一空。她伤心地看到自己的灯具和照片四下分散,淹没在房子的各个角落里,就连最心爱的绿沙发最终也被拉走了。不过,考虑到保罗的感受,她自然没有提出任何异议,只是每次不小心瞥见起居室时,心中都会感到十分沮丧,仿佛美丽的家园被人掏空了心脏,显得丑陋不堪。

但是,此时此刻,当她站在起居室里,环顾着端庄大气的新布局时,不得不承认,整体效果令人非常满意。深色的桃花心木古董家具为房间增添了贵族气息。她惊讶地发现,自己很喜爱陈旧褪色的奥布松[1]地毯、缀满流苏的法国帷幔、塞西莉娅·考德威尔收藏在顶天立柜里的精美麦森[2]瓷器,还有镶嵌在十八世纪镜框中的威尼斯挂镜,这面硕大的明镜令她感到有些目眩神迷。她在镜子跟前停下脚步,看着自己的映象,新做的发型一丝不苟,刚染的发色金光闪闪,她微微一笑,却惊恐地看到有一个高大、朦胧的身影从背后渐渐浮现。在心跳狂乱的一瞬间,镜中仿佛勾勒出一个橄榄色肌肤的吉卜赛女人,穿着火红的长裙翩翩旋转,但是当她猛然回首时,那鲜艳的幻象却变成了阴沉的西蒙斯夫人,一身暗淡的寡妇衣裳,站在门槛之内,胳膊上挎着老式的黑色提包。

"我没听见你进来!"考德威尔夫人惊叹道,用笑声来掩饰自

---

[1] 奥布松:法国中部城市,以制造花毯而闻名。
[2] 麦森:德国东部小镇,以出产瓷器而闻名,麦森瓷器是欧洲最早的硬质瓷,始于 1708 年。

己的慌张。她忘了今天是周四，还以为房子里只有自己一个人，"动作真轻，就像猫一样。你这是要走了吗？"

女管家不理睬考德威尔夫人的问题，只是细细地打量着房间。"变样了，"最后，她说，长鼻薄唇的朴素脸颊上毫无表情，"家具更漂亮了，数量也更多了。"

"其实这是为了纪念保罗的父母。"考德威尔夫人说。

她的内心始终没有平复下来。

西蒙斯夫人紧紧地抓着提包，走向悬挂在对面墙壁上的一幅画，触摸了一下镀金画框的顶部，凝视着变黑的手指。

"又是一大堆需要除尘的小玩意儿。"她说。

考德威尔夫人从女管家的话音里听出了不以为然。周一到周四，十点到两点，的确是西蒙斯夫人在打扫灰尘。考德威尔夫人不觉感到了一丝轻微的愧疚，但很快就相对轻松地卸下了心理负担：毕竟，西蒙斯夫人的薪水十分丰厚。

"我想，肯定能处理好的。"她有点冷淡地说。

西蒙斯夫人没有看她，径自在房间里四处游走，戳一戳这里，捅一捅那里。"你有没有想过，为什么有钱人很难升入天国[1]？"她突然问道，考德威尔夫人盯着她，"因为有钱人的时间太少了。要知道，你是放弃了时间才换来现在拥有的一切。被你迎进生命里的每一样新东西都会反过来蚕食生命。地毯需要清洁，椅子需要布置，银器需要打磨，陶瓷需要擦拭——就算你不用亲手做这些，也得对雇来的仆人、工人进行管理和约束。"

---

[1] 这句话出自圣经的《马可福音》，原文为：耶稣环顾了一周，对门徒说："有钱人要入天国，是多么难啊！"

"我觉得，我一直待你不薄。"考德威尔夫人生硬地说。在她面前，西蒙斯夫人从未对家务以外的事情发表任何意见，偶尔开口，也只有寥寥数语而已，绝不多言。因此，她渐渐感到颇为震惊。

西蒙斯夫人仿佛没有听见她讲话，"所以，你拥有的东西越多，"她继续说，平常听不出来的口音穿梭在话语中，令某些字词显得更加刺耳、更为陌生，"你的时间就流逝得越快。可能你也曾纳闷过，为何时间会越走越快，这便是原因所在。最后，你就没有时间去思考那些遥远而坚实的事物了。比如上帝，比如死亡，比如诗歌。"考德威尔夫人目光锐利地看着她，但是老太太似乎在忙着端详壁灯台，"不过，对你来说，这一切肯定是值得的，否则情况就会截然不同了。"

她在房间里走完了一圈，停在镜子面前。

"你——你这话是什么意思，西蒙斯夫人？"考德威尔夫人勉强说道。

"行了，我不是什么西蒙斯夫人，你也不是考德威尔夫人，"女管家变得恼怒起来，"而且，你非常清楚我的意思。"

有那么一刻，在价值连城的镜子中，在银光闪闪的水面上，她们的视线相遇了。虽然老太太的语气很暴躁，但是她的黑眸里毫无反感，只有深不见底的哀伤和无边无际的失望。考德威尔夫人看到了老太太的眼中所见——一个身材臃肿、服饰华丽的四十八岁的金发女人，耳朵上坠着圆润的大珍珠，精心涂抹的嘴唇仿佛在无声地表达愤慨，嚅动着，咀嚼着……

考德威尔夫人撇开目光，两只眼睛就像两条滑溜溜的鱼儿，一旦摆脱钩子，就立刻跳回涟漪深处。

老太太耸了耸肩，转过脸，开始在畸形的黑提包里翻找："年复一年，我一直在看着你。每一天，我都盼望你会改变。我始终都在等待，等待你有朝一日恍然醒悟，大声说：就现在。就今天。可是你没有，过去没有，将来也不会有。我肯定是看错了你的未来，这种情况也是在所难免——"

考德威尔夫人站直了身体。即便如此，她还是比老太太要矮上整整一个头。"你别忘了自己的身份。"她说。

"不，忘了自己的人，恐怕是你。"西蒙斯夫人头也不抬地说，依然在提包里东翻西找，"告诉孩子们，我爱他们。尤其是西莉娅。她是个明媚的小精灵，我会想念她的。我会想念他们所有人。唉，究竟放在哪儿了——"

"西蒙斯夫人，你这是要辞职吗？"

"是的，没错，考德威尔夫人……啊，找到了。那么，我就把它们给你留在这儿了。"

考德威尔夫人一个箭步冲上去，想截住那串钥匙，免得它们会划坏十七世纪的木桌，但是刚伸出手就停住了，咬着嘴唇又退回原地。老太太直直地望过来，面容严肃，一双黑眸显得年轻而睿智。考德威尔夫人感到心中一阵灼热。

"我会把一个月的离职补偿金寄给你。"她说。

"再见。"名字不叫西蒙斯夫人的西蒙斯夫人说。

考德威尔夫人听到前门打开、关上，但是并没有动身去送一送女管家。她从头到脚都在颤抖。曾经有一个瞬间，当她们的目光在镜中相遇时，她觉得自己看见了——也感受到了——自己，那一瞬间，她在绝对而冷酷的清晰中看见了自己，这才发现原来根本就不了解自己，真正的自己令她退缩不前，避之唯恐不及。

她转向镜子。

她对艺术和美的渴望已经在不知不觉间变成了对奥布松地毯和威尼斯挂镜的渴望吗？又或者一直都是如此吗？她的一年级老师终究说对了——她小时候对童话宫殿的向往只不过是资本主义的堕落而已吗？正因如此，她才选择用自己的故乡、语言和年迈的父母来交换这片有着衣帽间和镀金水龙头的土地吗？正因如此，她才离开了自己已经离开的男人，嫁给了自己已经嫁给的男人吗？正因如此，在她的婚姻走到那步田地以后，她才没有对丈夫放手，而是用另一个孩子将他紧紧地捆在了身边吗？

她惊骇地看着镜中的金发女人。

那天夜里，当保罗下班回家时，房子里充满了冬季的黑暗，萧条沉闷、寂然无声。

"有人吗？"他高声喊。

"我在这里。"她说。

他循着声音来到没有开灯的起居室，在门口停下脚步，向昏暗中张望，看见她坐在朦胧的沙发上，背后是模糊的墙壁，一切都笼罩在阴影之中。

"你在黑暗中做什么？"他一边脱外套，一边问道。

"在等你。已经都收拾好了。去吧，打开灯——你会觉得好受一些。"

他打开开关，看着房间，惊讶地吸了一口气。

"跟家里一模一样。"他说，但是并没有显得好受一些，"钢琴正好能放得下。还有立柜。还有镜子——哦，不！这道裂痕是原先就有的,还是搬家工人碰坏的?"

"原先就有。"说着,她站起身来,仔细摆正放在墙边桌子上的一排照片,泛黄的画面中都是孩子的脸庞,"但是不用担心,我已经打电话给修补匠了。他们有一块同时代的玻璃可以替换,下周一派人来量尺寸。"

她把那些照片推来推去,往左一点,往右一点。突然,她看到了一个表情严肃、双目圆睁、五官俊俏的男孩儿,熟悉的眼角眉梢渐渐幻化成身边这个痛苦的男人。她凝视了许久,小心翼翼地把缠着绷带的手藏在看不见的地方。

新房子

35 家庭酒吧

朋友之间的交谈与陌生人之间的交谈

下楼时,她赤着脚,轻柔地踩在铺满地毯的地板上,他没有听见她走近。他弯腰驼背,坐在吧台旁,双手搂着半杯马天尼,在宽大、静止的掌心里,玻璃酒杯显得脆弱而渺小,就像孩童的玩具茶杯一样。她停下脚步,觉得很尴尬,仿佛不小心窥见了不该看的情景,又像是闯进了不属于自己的房子。她等待他发现自己,但他依然一动不动,于是她清了清嗓子。

"哦,嘿,"他站起身来,"你在那儿站了多久?"

从那含糊的声音和散漫的举止中,她能看出,他面前的马天尼并不是第一杯。她暗暗思忖,是否应该编一个无关紧要的理由来解释为何会踏入他的领地——比如提一个问题,确认一项跟孩子有关的活动——然后赶快返回楼上,撤退到自己的营房里。但是,他已经走到吧台后面,拿起了调酒器。

"来一杯吗?"

她不想喝酒——这些日子以来,她几乎滴酒未沾。

"好。"她说着，系紧睡袍的腰带，坐上了他旁边的皮革高脚凳。她看着他游刃有余地完成所有动作，那是经过成百上千次的重复才练成的驾轻就熟——看着他的大手灵巧地操纵冰块和水晶杯，看着他的后脑勺，他的头发依然浓密，没有一丝灰白，看着他的面容在吧台后面的镜子里时隐时现，被酒瓶的映象切割成五彩斑斓的碎片。到这个月底，他就满五十岁了。看头发，显得比五十岁更年轻，看面容，却比五十岁更苍老。

"那么，"他把一杯马天尼推到她面前，"有什么事吗？"

她想说：今晚我很孤独。如今，家里变得不一样了——只剩下四个孩子，两个男孩儿已经十七岁了，常常出门，西莉娅总是埋头于书本，而我们的小女儿——我们的小女儿才九岁，却非常独立，有时候仿佛根本不需要我。当然，我的生活依然很充实，有许多事情要操心，一如既往——可是，每天晚上，都会有一种无法填补的空虚在面前不断蔓延。除非等到我入睡以后，你甚至绝不会上楼来。我只是想看看你，跟你说说话，像从前一样。

"我只是——我想喝一杯。"她说。

"那你就来对地方了。"他淡淡地回答，脸上毫无笑意。

他们在沉默中坐了一会儿，肩并肩地喝着酒。她知道，已经接近午夜了，不过家庭酒吧里没有钟表。吧台上方的灯光被调得很暗，摆满酒瓶的木架镶嵌着镜子，木架后面的墙壁也安装了镜子。抬眼垂眸间，她总能捕捉到他们俩的身影，有的角度迷人，有的角度丑陋，现实映在镜中，镜子映在眼里，变成映象的映象——侧脸、双下巴、斜斜一瞥、绿酒瓶、蓝酒瓶、头骨形状的酒瓶、举杯的手指、婚戒的黯淡光芒。忽然，一种奇怪的感受涌上心头，并且渐渐滋长，她觉得自己正坐在一个真正的酒吧里，身旁是一个真正的陌生人。当酒杯见底时，这种感受不再是悲哀的情绪，反而变成了一种有趣的可能性。她用眼角悄悄地打量着他，好奇地想，如果现在与他初遇，是否还会觉得他有吸引力——然后，他转向她，那种陌生感立即烟消云散，她又看到了多年前给自己带来安全感的那个温厚的高大男孩儿。

"哦，对了，我一直想问你，"她的语气很自然，仿佛是在继续一场已有的交谈。他起身去调酒，"咱们第一次见面的时候——呃，严格来讲不是第一次见面，而是第一次讲话——"

"就是在图书馆里，你让我觉得自己是大傻瓜的那一次。"

"这个嘛……你当时穿着一件'感恩的亡者'的衬衫，还记得吗？后来，这件事让我觉得很困惑，因为你从来都不像是那种——我的意思是——"

"你的意思是，即便在十八岁的时候，我也是个古板无趣的人，不会听音乐，也不会抽大麻。年纪轻轻就摆出一副管理顾问的模样，毫无新意。"

"我不是这个意思——我只是——"

"不，你是对的。那件衬衫是一个姑娘送给我的礼物，我们约会了几个月，分手之后，我就把它扔了。"

他把新调好的酒放在吧台上，坐了回来。

她盯着面前的伏特加，一枚橄榄在杯中上下浮动。

"保罗，"她说，"我们到底是怎么了？"

他沉默得太久，她以为他不会回答了。

"你知道我以前喜欢你什么吗？"这时，他说，"说起来，我喜欢你的一切，不过你知道我最喜欢什么、我为何会爱上你吗？因为你跟我认识的所有人都截然不同。起初，我以为那是你的异国风情，但并非如此，并非仅仅如此，还有其他原因。你会突然安静下来，显得很遥远，脸上渐渐浮现出奇妙的神情，就好像看到了某种特别的景象，即便你正在做的只是一些琐碎的小事，比如——比如写购物清单。那时，你看起来很美，仿佛发现了人生的珍贵秘密。我也想知道你发现了什么，但是我担心会像童话故事里讲的那样，愚蠢的王子偷窥拥有魔法的公主，结果公主变作天鹅飞走了。所以，我从来没有问过你——我想等你来告诉我。不，这样说也不对——我并不认为有什么需要说的，并不是具体的事物。我只是有一种感觉，觉得你是与众不同的，是上天选中的，如果我娶了你，我的人生就会变得——我不知道该用什么词来形容。可能是……深刻。梦幻。特别。"

"你曾经对我说过，人人都是特别的。"

"是吗？我不记得了。那不是大人安慰小孩儿的谎言吗？当孩子们第一次怀疑自己也只是跟所有人一样时，父母们总是说，人人都是特别的。不过，谁知道呢。也许这话是真的，也许每个人的确都是特别的——也许只有极少数人能利用这种特别来做些什么。也许吧，我不知道。毕竟，要衡量自己没有的东西并不容易。"

"这么说，你没有，"她轻柔地说，"你没能拥有一个特别的人生。"

"对，"他说，"我没有。不过，这是一个很好的人生。就孩子而言，我们比大多数家庭更富有，就事业而言，我比大多数人更幸运，我们住在一栋美丽的房子里，而你——你甚至会为我熨烫睡衣。只是……我一直都觉得，如果你能把自己的青蛙皮肤或者天鹅翅膀或者——或者你独处时的任何模样——托付给你的傻王子,那么人生可能不止如此。因为我们的生活常常显得——不知该怎么说——显得不真实。就好像这里的你不是完整的你,不是实实在在的你。"

她快喝完第二杯酒了。酒瓶在镶嵌着镜子的木架上闪烁、晃动。头晕目眩,天旋地转。她想哭泣,想乞求他的原谅,或者把他拉过来,亲吻他,深深地亲吻他,直接免去生硬而苍白的言语。可是,她听到自己问:"小时候,你的梦想是做什么?"

"哦,很简单。我想做一名厨师。"

"著名大厨保罗·考德威尔!"她高声说。

"不,我没想过要出名。那时候,我没有任何远大的志向,只是喜欢做饭给人们吃。我想开一家与众不同的餐厅,店里没有菜单。今天只做白色的食物,明天只做三个字的菜肴——比如什锦饭、南瓜派,后天只做甜点,每天都不一样,依心情而定。来到我的店里,你完全猜不出迎接自己的是什么,只知道会是美味与惊喜。我想让人们快乐。"

"但是你都不在家里做饭了,"她说,"不像以前那样。"

他耸了耸肩:"你似乎一个人就应付得很好,用不着我……那你呢?"

"我?"她反问,但心跳已经加快了。

"你的梦想是做什么?"

有些话,她已经多年未说了,即便是对自己,也不再提起。开口前,她先喝完了杯中的酒。他耐心地等待着。

"你知道吗?我的母亲曾经告诉我,我们家族里的女人都喜欢保守秘密。我想她说得对。我的母亲就有秘密——我还记得年幼时曾见过一些奇怪的小事。我觉得，她有过另外一个男人。可能有，也可能没有。父亲去世以后，我问过一次，但是她装作没听见。我的外祖母也有秘密，在那之前，是我的外曾祖母——跟一位大公有关，抑或跟一个吉卜赛人有关，如今我已经记不清了……总之，我也想要一个秘密。我想拥有某种深刻的东西，完全属于自己，其他任何人都无法触及，那是藏在内心的一道光明，或是一团黑暗，究竟是哪一个，我也无法判断。但是，我想，我可能是选错了秘密吧。想要隐瞒自己是什么，而非隐瞒自己做什么，这是很危险的。因为，如果你经年累月地戴着面具，最终就会变成自己一直以来假装的形象——你会发现面具底下根本就没有脸。"她知道自己已经醉了，但是倾诉的感觉真的很好，话语从口中轻松地流淌而出，就像是一场幻想多次的演讲，"随着时间流逝，你甚至会忘记自己曾经有过一个秘密。就好像你把某样东西藏起来，为了提防入室抢劫的强盗或居心不良的仆人——比如说，你把钻石项链放在一件旧大衣的口袋里，或者塞进一只从来都不穿的鞋子里——然后，你彻底忘记自己把它放在了何处，你会找上一阵，但是又想，不要紧，反正它就在这栋房子里，早晚都能找到。然而，你不断地把这次搜寻向后推迟，最后干脆忘记了自己曾经拥有过这样东西，因为，说实话，你多久才会遇上一个需要佩戴钻石项链的场合呢？于是，连续数月，你都不会想起它来，直到一两年以后，在深更半夜里，你突然从一个时常出现的噩梦中惊醒，在这个梦里，你被自己的房子慢慢吞噬。你笔直地坐在床上，满头大汗，高声尖叫：天哪，它到底去哪儿了？"

"我没大听懂,"他说,"你这是在告诉我,你把我在结婚二十周年纪念日上送给你的项链弄丢了吗?"

"哦,"她说,"哦,那条项链。不,不,它总有一天会出现的。要不了多久。抱歉,我有点儿醉了。总之,"她举起空杯,倒向嘴里,舔了一下双唇,"我想做一名诗人。"

她静静地坐着,一动不动,在颤抖、微醺、恐惧的心跳中等待着、等待着——可是,没有惊雷闪电,他也没有从高脚凳上诧异地跌落,或者嘲笑她的失败,天花板没有裂开,天堂之光也没有倾泻,阿波罗没有骑着白色的骏马、弹奏着七弦琴下凡,来惩罚她浪费了自己的天赋。

"是吗?"他又变成了那个年轻、友善、好奇的少年,那个在图书馆里面带微笑、渴望与她交谈的大男孩儿,"真的吗?你怎么从来都没有告诉过我呢?你真的写诗吗?"

她想放声大笑,畅快淋漓地大笑,原来这件事竟是如此简单,"对!"她高声说,接着又清醒地补充了一句,"很久以前。"

他转动高脚凳,面朝她。他们的膝盖碰在了一起。

"给我朗诵几首吧。"

"不行,"她抗议道,咯咯地笑了,"我记不住啦,都过去几十年了……等等,我记得这一首——"她移开目光,匆匆地朗诵道:

戴着小巧的黄金耳坠,
沐浴在午夜以后,
洗去发丝间的烟雾。

她停住了,他微笑地等待着。

见她不再开口,他轻轻地催促她:"继续呀。"

"完了。"

"完了?"

"完了。这本该是一首三行俳句诗,是我用英语写的第一首诗。呃,可能不是第一首,只是……第一批当中的一首。"她心想,不知自己有没有脸红,"当时,我十九岁。有趣的是,我根本就不知道什么是真正的俳句诗,所以音节全乱套了,当阿波罗念到这首诗的时候,他笑坏了——"

"谁?"

"什么谁?"

"你刚才说当阿波罗念到这首诗的时候——"

"是吗?天哪,我喝得太多了,要赶上你的酒量可不容易……我想说的是'哈姆雷特'。你还记得吧。就是约翰,那个——"

"嗯,"他说,"我记得。"脸色却阴沉下来,看起来又恢复了真实的年龄——一个五十岁的男人,目光迟钝、声音强硬,享受过辉煌的成功,也承受过生活的重担。他将没喝完的酒推向一旁,"对不起,没想到一切会变成这样。但是,天知道,我曾经那么爱你。"他沉默了片刻,看着她,"你爱过我吗?"

突然之间,她的思绪变成了一窝骚动的黄蜂,不怀好意地横冲直撞,亮出锋利的毒刺。她想坦白地讲述年轻时破碎的爱情,以及在那之后几个月的孤独黑暗中诞生的信仰——如果要忠于艺术,她绝不能再一次全身心地投入儿女私情。她想告诉他,在他的母亲去世后不久,她从一个严酷而丑陋的新视角看清了自己,不禁充满悔恨，责备自己一手造成了他们之间所有的不如意。她想问他衬衫上的香水是怎么回事。她想再要一杯酒。

她回过神来，才发现沉默正在他们之间疯狂地蔓延。

"当然，"她不顾一切地说，心头涌上一阵近似绝望的情绪。正在这时，那群黄蜂安静下来，她明白，这番话是无可辩驳的事实，"我当然爱过你。我依然爱你。这就好像——你不会挑选自己的父母或孩子，对吗？经过了二十三年的婚姻生活，你也不会挑选自己的伴侣。"

"这么深情！"他说，脸上露出了微笑。当他把自己的手放在她的手上时，她想：原来这件事也很简单，而且并不算太晚，一切都为时不晚——他们又坐了一分钟，没有喝酒，只是静静地互相陪伴。最后，她吻了一下他的脸颊，动作飞快，甚至略带羞涩，"我要回楼上了。你也快点来吧，在我睡着之前。"

在吧台上方昏暗的镜子里，在玻璃杯和醒酒器的细碎映象中，一对身影朦胧的中年夫妇正在进行着属于他们的一场交谈。他们谈到了里奇的叛逆青春期——他们怀疑他沾染毒品，还在学校里惹麻烦。他倾向于严厉管教，而她却在想，是否应该组织一次家庭旅行。他们从未这样做过。当然，这些年来，家中并不宽裕，这栋房子吞没了一切，不过他们现在能够尝试一下，不是吗？诚然，他得到的遗产不如他设想的多，但是挥霍一次还是值得的，一趟家庭旅行会让他们更加亲密。他对这个想法不以为然，说她很快就会把他父母的财产花光，而且现在已经所剩无几了。趁着谈话朝不愉快的方向发展之前，她赶紧转移话题，提到艾玛最近不爱说话，不像往常一样及时回复她的电话，这令她有些担忧。她非得这么咄咄逼人吗？他说——女儿在上大学，有权摆脱束缚，享受自由。于是，他们又说起了尤金的女朋友，两个孩子的交往显然是严肃认真的。她觉得阿德里亚娜很可爱，他却怀疑那个姑娘没法让儿子幸福。他说，阿德里亚娜也许只是个东欧来的淘金女郎，想傍上大款，留在美国。谈话又陷入了短暂的沉默，然后她提到母亲的健康状况很差，希望他们能说服母亲离开俄罗斯，搬来跟他们同住。他没有回答。她连一杯酒都没有喝完，他却一杯接一杯地越喝越多。他的眼睛里渐渐充满血丝。过了一会儿，他开口说话，目光直直地盯着前方，越过吧台，越过酒瓶，盯着镜子里，望向镜子外。在她听来，他已经语无伦次了，许多话都不知所云。不过，他似乎在暗示她的生活太轻松了，他希望他也能整天待在家里，从一个房间逛到另一个房间，跟小宝宝玩捉迷藏，监督仆人做家务。他说，她根本无法想象供养一个妻子和六个孩子的压力，她把一切看得理所当然，把他也看得理所当然，她从来不询问他的工作，她甚至都未必知道他干的是什么，她似乎觉得他非常乏味无聊，可她真应该好好地瞧瞧她自己。她一言不发，固执地保持沉默，就像一个溺水的女人紧紧地抓住浮木不放手，直到她再也无法忍受，直到她发现自己大喊着说他——说他应该少喝点酒。

他转过脸来，细细地打量着她，通红的眼睛肿胀不堪。

"你什么时候开始不染头发了？"他问，舌头在嘴里迟缓地移动着，"你都暴露年龄了。"

她起身离开，留下他弯腰驼背地坐在吧台前——那个曾经带给她安全感的男人，那个她曾经深爱过的男人。在门口，她停下脚步，回头看他。他背对着她，宽阔的后背仿佛属于一个沧桑衰老的运动员,虽然看不见,但是她知道,那杯马天尼被禁锢在他的双手之间。她发现,他还穿着西装,打着领带。这套衣服明天要起皱了,她心想,我得一大早就把它丢进干洗机里,我还得记着解冻鸡肉,我知道我做得不够,应该更加努力,但是一切终归会好起来的,我们只是需要打开一些心结,解决一些问题。

拖着疲惫的脚步上楼时,她在想,这两场交谈究竟哪一场是真实的——或者都是真实的,抑或都是虚幻的?她无法决断。不过,当然了,她有自己的猜测。

新房子

36 车库

杂物分类

1. 在不久的将来会用到的东西（前提是不会忘记它们的存在）：备用电池、额外灯泡、延长电线、一副皱巴巴的园艺手套、一根多余的浇水软管、一盒蜡烛、一摞塑料杯。这些东西常常被当作后备军，用来对抗制造混乱的黑暗势力——如果房子里有什么东西损坏了或用完了或弄丢了，便可以随时派替补上阵。可是，随着时间流逝，电池和电线都落满灰尘、黯然失色，成了车库铁架上和角落里的寄生虫，最终不仅无法阻止混乱的产生，而且还会帮助动乱分子大举入侵。当然，如果它们能及时派上用场，就不会出现那种局面了。

2. 在短期内没什么用，但在明年或之后的某个时刻也许有用的东西：三罐半"巴黎之雨"[1]的涂料（万一他们要把重新粉刷过的客房再用以前的颜色粉刷一遍）、电源转换器（万一他们终于决定要

---

[1] 巴黎之雨：美国涂料公司本杰明摩尔生产的一种涂料，该公司用地名给不同颜色的涂料起了不同的名字，如"巴黎之雨""西班牙橄榄""干旱巴西"等。

去海外旅行）、便携式加热器（万一火炉出现故障）、风扇（万一空调罢工）、一本介绍威尼斯饭店的指南手册（见上文）、一个巨大的鱼缸、一张瑜伽垫子、一个滑雪面罩、一双登山靴、一套高尔夫球杆，等等，等等。

3. 已经损坏但有朝一日可以修复的东西：一台老吸尘器、四五台旧电脑、两辆破自行车、满满一盒相机和手机、一架显微镜、一个手电筒、一个碰掉了把手后分成两部分保存的十九世纪瓷质茶杯。

4. 本身成谜的东西：跟未知的螺栓配套的螺母、打不开任何房门的钥匙，还有一卷没有贴标签的家庭录像带，每次试图播放都会卡住。丢弃它们就相当于承认再也不期待生活中有意想不到的际遇，尽管那样也许是一件好事。

5. 在适当的时候将要被丢弃，但暂时还要保留的东西：一台婴儿监视器、一件幼儿围嘴、一个儿童自行车头盔、一副儿童护目镜、一架儿童望远镜，还有一只长得像熊的玩具刺猬，鼻子周围的绒毛都变成了脏兮兮的棕色，那曾经是一个小男孩儿的挚爱，如今他已经长大成人，在去年三月结婚了；一个泰姬陵形状的盐瓶；一个空空如也的塑料盒，以前装着磁性诗歌的字词块。仔细想想，最后一样东西还是毫不迟疑地扔掉为好。杂乱也是有限度的。

6. 童年故居（虽然去年才出售，但早在几十年前就已经形同虚设）仅剩的东西，被母亲带来，尚未整理：一个装满纸张的鞋盒，还有一个行李袋，里面放着几个烟斗，包裹在灰白相间的厚毛衣中。这些东西暂时放在车库最黑暗的角落里，在一堆清洁用品后面。不必着急，还有充足的时间可以决定把它们放在哪里——再过一阵，等到可以平静端详它们的时候。到了那时，便不会一看见熟悉的字迹就哽咽难过，也不会一闻到烟草的气味就泪流满面，更不会难以抑制地怀念起另一个国度、另一个世纪、另一段人生。

新房子
---

37 阳台

四十

　　阳台上有十六个大花盆，沿着墙根儿依次排开，间距相等，桌上有一个单独的花盆托盘，里面种着烹饪用的香草。这些都是她母亲养的。两年前刚搬进来与他们同住时，母亲宣称这栋房子简直就是一座博物馆，处处都没有绿色植物，于是便着手用辛勤的园艺劳动来改善现状。但是，老太太不愿冒险走下通往院子的陡峭台阶，只能整日待在阳台上修枝剪叶、自言自语。

　　母亲去世将近三周了，她才想起来自己没有给植物浇水，赶紧跑到阳台上去查看。果然，大部分都已经变成棕色了，尤其是阳台西侧角落里的那几株，仿佛已经被午后的阳光晒蔫了。看上去，最右边的那一株是唯一还算健康的，甚至从繁茂的枝叶间冒出了一个光滑艳丽的红芽——会是一朵花吗？不过，左边的第三株好像枯萎了，变得乌黑而易碎，还有几株也好不到哪儿去，都在生死边缘竭力挣扎。她呆呆地盯着它们看了半天，然后拽过软管，把每个花盆都浇满了水。她完全不知道这些植物是什么，更不知道它们需要多少水分。

几小时后,当她回来检查时,黄昏已经降临。花盆里的水丝毫未变,在粉色的夕阳中闪闪发光。那些植物看起来比先前还要糟糕,显得死气沉沉,似乎已经病入膏肓、无药可救了。她颓然跌坐在旁边的椅子上,开始放声大哭。

"好了,好了。"母亲的声音传来。她抬起眼眸,看到母亲正弯腰打量着阳台最远端的几个花盆,朦胧的身影在余晖中若隐若现。

她止住眼泪,迎着暮光眯起眼睛。

"妈妈?"奇怪的是,她并不惊讶,"真的是你吗?"

她的母亲戴着绿色的园艺手套,并未抬头,而是忙着用橡胶手指在摇摇欲坠的植物上戳来戳去。

"四十天。"她淡淡地说。

"什么?"

"你忘记自己民族的传统了吗?亡灵会在从前待过的地方徘徊四十天,跟心中所爱的一切道别,最后再继续前行。至少说是这么说的,但我估计,如果亡灵没有更好的地方可去,也许就会永远逗留,或者等到了却遗憾再走。不过,我不会那样。我向来都讨厌道别。不多不少四十天,然后我就离开。"

她模模糊糊地记起在外祖母去世四十天后,家中曾举办过一场压抑的聚会,当时她只有十岁。"对,我知道。"她喃喃地说着,抬起手遮住眼睛,明亮的光芒渐渐席卷天空。她的母亲正挥舞着一把硕大的剪刀,默默地剪去枯枝。在闪烁的霞光中,很难看清母亲的表情,但老太太似乎很安宁,暗自露出一抹微笑,也许甚至很快乐——比这些年都要快乐。

妈妈来跟她的植物道别，而不是跟我道别，她想。毕竟，我只是碰巧在这里而已。不过，这好像也是情理之中的事情——她活着的时候，跟花盆在一起的时间难道不比跟女儿在一起的时间更多吗？或者——也许是我的错，我没有更多地关心她。有一两回，她想要追忆往事，我却没有时间坐下来听她说话——当时是要照看烤箱里的食物，还是要熨烫保罗的衬衫，抑或检查玛姬的作业呢？哦，天哪！她只能跟花朵说话，肯定非常孤独……想着想着，眼眶又湿润了，她突然害怕母亲会消失无踪，或者更糟，疾声厉色地出言训斥，所以她赶紧开口，把第一个浮现在脑海里的无关紧要的念头问了出来："那……为什么是四十？为什么是四十天？"

"永远都是四十。"母亲回答道，依然面带微笑，从容地修剪枝叶，"四十是上帝考验人类精神的数字。它是人类忍耐的极限，一旦超出这个数字，你就应当懂得某些真理。哦，你应该明白我是什么意思吧——诺亚在大雨中度过了四十个昼夜[1]，摩西在荒漠里跋涉了四十个年头[2]，耶稣经历了四十天的禁食与试探[3]。四十很漫长，足以带来一场艰难的考验，但同时又很奇妙，是跟人类最为契合的数字。在圣经里，四十年成就一代人。在现实里，四十周孕育一个生命。"

---

1 根据圣经《旧约》中的《创世记》记载，上帝选中了诺亚一家，令他们在七天之内造一只方舟，并带着成双成对的各类飞禽走兽搭上方舟。七日一到，上帝便降下大雨，毁灭陆地上的一切生灵，大雨持续了整整四十天。

2 根据圣经《旧约》中的《出埃及记》及《民数记》记载，摩西受上帝之命，率领被奴役的希伯来人逃离古埃及，历经四十年长途跋涉，在即将到达目的地时去世。

3 根据圣经《新约》中的《马太福音》记载，耶稣被圣灵带到旷野里，接受魔鬼的试探，共连续禁食四十天，在此期间被试探了三回。

"哦，"她说，"我明白了。"

她们沉默了一会儿。她的母亲一直弯着腰，慢条斯理地摆弄花草，双手动来动去，几缕银发滑落到脸上，因此她始终无法看清母亲的面容，更不可能与之对视。在傍晚的寂静中，园艺剪刀不停地发出刺耳的轻微异响，令人感到很不舒服，像是霍霍磨牙的动静，又像是利爪刮擦的声音。零碎的枝叶纷纷掉落在地板上。

"你把我的小花园搞得一团糟。"终于，母亲开口了，但一点都不和蔼，她后退了一步，审视着面前的植物，"在你这个年纪，应该学着从细节中认识世界。让事物生长也是一种不朽。可是，对于把言语放在第一位的人来说，这恰恰就是问题所在——你不了解任何实际的东西、有用的东西。你父亲也是如此，天天把哲学和真理挂在嘴边，但我相信他连仙人掌和秋海棠都分不清。要知道，当你透过言语的纱网向外张望时，世界会变得模糊而遥远。就像以前，人们会用一张半透明的纸遮在那些老旧书籍的插画上，美其名曰是为了保护，可结果只会令那幅画变得朦朦胧胧，害得你无法分辨出它的本来面貌。"

她的母亲就是这样——似乎从来都不能理解创造无形事物的渴望，在她的眼里，只有创造鲜花或盛宴或子女才是应该的。

"言语不会令事物模糊，"她防备地争辩道，"而是令事物清晰。"

"是吗？"母亲平静地说，"我觉得这取决于言语本身。能够澄清事物的言语似乎不是你那种言语。对你来说太渺小了，是不是？比如，这株植物叫什么？"

她看着花盆里那株带刺的畸形植物，几乎盼着它的名字可以自动出现在脑海里，就好像那个名字是它的完美精髓，是它的真实本质，会对仔细研究它的凡人显露出来。在伊甸园里，亚当和夏娃不是仅凭着沉思就猜对了上帝给予所有生灵的名字吗？

"我不知道。"最后，她承认。

"你明白了吧，"她的母亲得意扬扬地说，"并非所有事物都是灵魂、爱情、艺术和快乐。实际上，很多时候，言语越宏大，核心越渺小——它已经在无数次的使用中被磨平了棱角，变得陈旧不堪。也许这就是为什么做一名伟大的诗人比做一名伟大的小说家更难。一部小说里可以充满渺小的言语，却显得新鲜、细致而独特，就像一片长满勿忘我的草原。"

"奥尔加肯定会同意你这番话的。"她喃喃地说，突然变得闷闷不乐。

"谁？"

"奥尔加。你知道的，就是我在俄罗斯最好的朋友。"

"俄罗斯的每个姑娘都叫奥尔加。"母亲耸了耸肩，又把注意力转回到植物上。

她叹了一口气，回想起一年前自己曾因为一场类似的交谈而忧虑不已，那是母亲迅速衰老的第一个迹象，也是后来许多事情纷至沓来的第一个征兆。当时，她在晚餐中顺口提到了奥尔加，而母亲却宣称根本就不认识这个姑娘。"但是你一定记得呀！"她激动地大喊，"她来过咱们家几十次呢！高中毕业以后，我们两个甚至还在达恰待了三四天，是你和爸爸开车带我们去的，记得吗？"母亲尖锐地瞪了她一眼，说："你都这个年纪了，不会还沉溺在幻想中，跟虚构的朋友交往吧？我记得非常清楚。毕业以后，你独自一人待在达恰，是我们开车把你送过去的。那是你的礼物——你告诉我们，说想要体验一下成年人的生活。我是反对的，但你父亲同意了，认为这样对你有好处。那时候，路对面还住着一个你喜欢的男孩儿，所以我自然很担忧，不过最后也没出什么事。我都记得。我还没老。"母亲的坚持令她非常烦恼，她甚至跑到楼上，去尤金的房间里找奥尔加的小说，以前曾在他的书架上见过几本，可当时已经被放到别处去了。在这件事情上，母亲表现得十分固执，始终不肯松口，她只好赶紧放弃了争辩，正如此刻匆匆作罢一样。

剪刀继续发出声响，咔嗒、咔嗒，听上去越来越像老钟表的滴答声。她有许多问题想问母亲——关于上帝、死亡、生命，还有她跟爸爸在一起是否真的幸福过——可是，夕阳渐渐沉落，终于消失在天际，笼罩在一切轮廓周围的光晕也黯然失色，隐入幽暗之中，母亲的身影变得透明了一点，接着又透明了一点。她依然在那里忙活，轻声哼着小曲儿，可是现在只能透过眼角的余光看到她在来回晃动，因为每当转过脸去面朝她时，她都会迅速地飘出视野，就像蜡烛的火焰在随风摇曳一样，若是移开目光，又会出现模糊的影像，瞥见一个瘦弱的老太太戴着绿色的园艺手套。

为了延长母亲的微弱存在，她竭力保持静止不动，面颊始终偏向一旁。

"如果我剪走一点欧芹，你会介意吗？"母亲问道。

母亲的声音变得更加遥远了，隐隐约约，听不真切。

"什么？"

"欧芹。再过几周，等我见到你父亲的时候，我想给他做烤鸡——你应该记得吧，那是他最爱吃的。这株欧芹怕是有些枯萎了，不过还能凑合着用。你介意吗？"

她惊讶地转过脸去，母亲消失了。她站起身来，走向那排植物。阳台上丝毫没有剪下的枝叶，映着漆黑夜幕的水依然躺在花盆里，已经显得浑浊不堪，散发出腐烂的气味——可是，她感到很安慰，甚至满心欢喜，仿佛世界终究是充满意义的，比她设想的要更加美妙。因为也许，只是也许，世界确实跟我们小时候想象的一样，只是后来我们看不见了：如今，世界似乎只是一个平凡、有限的地方，但是在成年人的狭隘视野之外，还活跃着许多事物，而这些事物同样是真实的。也许，宏大的言语确实会模糊普通的事物，但是对于其他事物——神秘莫测的痕迹、虚无缥缈的存在以及难以定义的伟大事物——对于这些事物而言，只有宏大的言语才能表达清楚。也许，那正是诗歌的真正魔力：诗歌能直视那些飘忽不定、转瞬即逝的事物，在其飞出视野之前，先用宏大的言语记录下来，让它们变得清晰可见，即便只是在寥寥几行诗句之中。也许，在数十年的盲目之后，我终于也能看见这些事物了——再一次看见它们。也许，我只是需要完成对自己的考验，完成自己的四十——哦，不是四十年，下个月我就要满五十五岁了，早已超过四十了。而且，我的考验并不会拥有这种史诗般的规模，而是很小，就像我这小小的人生一样，待在四面墙壁中的人生……那么，也许——没错，不是说普通人一生要居住四十个房间吗？某位接近上帝的人——圣徒或先知——不是也曾经说过，灵魂有许多房间吗？那么，也许这就是我命中注定要穿越的荒漠——四十个房间，每一个都是一场对灵魂的检验，是一幕袖珍的耶稣受难剧，是一个渺小却重要的选择，是迈向清醒与人性的一步。等到我走出这片四十个房间的荒漠之时，也许就可以看清真实的世界——

突然之间,她从不知不觉的瞌睡中惊醒,回到了一栋大房子的阳台上,或者说是一座小宅邸的阳台上。后背很痛,无梦的酣眠卸下了全身的力气。她从椅子上摇摇晃晃地站起来,走向摆放香草的桌子,看到所有花盆里的水都丝毫未变。她跟随着某种朦胧的冲动,用未戴珠宝的双手捧起种着欧芹的塑料容器,摸了摸枯萎的草叶,又闻了闻自己的手指,在寂寞的寒意中生出一股莫名的慰藉。

放下欧芹,她揉着眼睛,走进屋里继续打包母亲那些廉价、粗糙的裙子,准备明天早上捐给当地的慈善机构。等她收拾完以后,行李箱连一半都没有装满。又一阵朦胧的冲动袭来,她飞奔到衣帽间里,看也不看地抱起一堆衣架,能拿多少就拿多少,把自己那些闪闪发光的绫罗绸缎也一并塞进行李箱里,直到撑满为止。拉链卡在了什么东西上——一条孔雀蓝的塔夫绸长裙,抑或短裙——但是她用力地拽了两下,将它一拉到底。

终于,行李箱封好了。她静静地站在原地,思索着,然后又找出了一个更大的行李箱,朝自己的衣帽间走去。

新房子

38 藏书室

谎言与空话

当他迈着大步走进房间时,她正靠在最心爱的扶手椅里打瞌睡,大腿上放着一本普希金的诗集和一条织了一半的围巾。她没有听到靠近的脚步声:前一刻她还是独自一人,后一刻他就出现了。早在几十年前,她就忘了他,在那之后的岁月中,又彻底忘了自己曾经有过遗忘。她眯着眼睛,花了好长时间才认出他来。他的年纪依然跟上次见面时一样,还是四十岁左右,上下误差不过千年。在五十七岁的她看来,他显得非常年轻。他穿着平淡无奇的衣服——深灰色的牛仔裤、浅灰色的衬衫、灰不溜秋的运动鞋,模样也不如记忆中那样英俊、危险,反倒显得恬淡而柔和。他用平静似水的目光扫过墙边陈列的高大书架,漫不经心地冲她点了点头,仿佛他们昨天才刚刚分别,然后便坐在对面的扶手椅里,将一条腿甩到另一条腿上,在脑袋后面交叉双臂。

"那么,"他说,"你已经找到所有答案了吗?"

"我想,我已经找到了一些答案。"她温和地说。

"如果我没搞错的话,"他向后靠在椅子上,"上一次咱们见面的时候,你为了自由而选择不回家,满心渴望着要逃离传统的生活。结果如何呢?"

她微微一笑,安稳地沉浸在漫长岁月带来的智慧中,很高兴终于能认清自己的极限,"跟我当初期待的不一样,但是结果依然很好。我相信,无论在哪里,我都会拥有这种人生——待在屋里的人生,你也知道,婚姻、孩子、家庭。是的,在二十岁、三十岁时,我曾一度像是患上了幽闭恐惧症一样,时常会觉得各种各样的东西正在没完没了地吞噬生命——需要照料的物品,需要照顾的人,越来越繁重的事务……我也曾想过:这一切也会发生在别人身上吗——不知不觉间,生活正在一点点地改变,这里一张新桌子,那里一个新生儿,直到有朝一日,一觉醒来,环顾四周,才看到现在的生活里丝毫没有过去的影子——会吗?不过,我融入了这种生活,学会了知足常乐,也学会了珍惜渺小的事物。实际上,年纪越大,我越怀疑,那些被我们误认为渺小的事物其实都是重要的。比如,圣诞节清晨,一个孩子的幸福笑脸。而且,如果真的能宠辱不惊、安然以对,那么是漂泊还是定居,又有什么分别呢?"

"当然,当然,"他说,"不过,请允许我确认一下——免得我把你跟其他人弄混了——你不是想要永恒与不朽吗?"

"我无意冒犯,"她说,"不过,咱们以前的那些交谈——哦,的确会让一个十三岁的小姑娘神魂颠倒,可是到了我这个年纪,就会发现,那种虚无缥缈的哲理实在是……老生常谈。有人曾写道,天堂最有可能存在于人类的记忆之中。若果真如此,那么一位六个孩子的母亲肯定能在天堂里拥有一席之地,在众天使的陪伴下停留至少一代人或两代人的时光。至于两代以后——反正，只要不是荷马或莎士比亚，就无权希冀更多。"

"很有可能。不过，我还以为你的目标会定得高一点，不只是在子孙后代的相册里占据半幅页面而已。"

她思索着，不知是否要告诉他，其实自己不愿再回首年轻时的荒唐事。"你还记得我曾经把自己写的所有诗稿都烧毁了吗？"最后，她叹了一口气，问道，"大约四十年前吧。"

他不置可否地点了点头，在扶手椅上摊开四肢，半闭着眼睛。

"那只是一场夸张的戏剧表演罢了，因为我清清楚楚地记得纸上的每一个字。但我再也没有写下来。我相信那些诗句已经深深地刻在了我的灵魂上，我觉得自己永远都不会忘记。然而，记忆真是个滑稽的东西。我当然忘了——随着时间的推移，我全都忘了，最多只剩下寥寥几句。在渐渐遗忘的同时，我开始相信，那些诗歌都是与众不同、独一无二的。"她停下来，望向他，想得到一点回应，但他似乎睡着了，"后来，在那场小小的火祭之后，我写的所有诗歌都显得不太……不太真诚。当我看着墨迹未干的诗句时，总是替自己找借口：这只是留待日后修改的草稿，或心不在焉的随手涂鸦，或磁铁玩具拼凑的儿歌，或俄语原稿的粗糙翻译。哦，我知道自己有灿烂的才华，毫无疑问——我以前烧毁的诗歌，那些诗歌——那些诗歌都非常美妙……"

她沉默了许久，他睁开眼睛，看向她。

"然后呢？"

她低头盯着放在大腿上的双手，"然后，在我母亲去世以后，我终于抽出时间，到车库里去整理她带来的东西。我在一个鞋盒里发现了两捆诗稿。原来，我的父母一直保留着我大学时期寄给他们的诗——"

"啊，没错。'彼岸'组诗。"

她畏缩了一下："嗯。所以，我就坐在车库的地板上，立即念了一遍。你瞧，在我的记忆中，那些诗句是光芒四射、无与伦比的，绝不仅仅是在纸上堆砌的文字而已。可结果呢，它们不过是关于修女、天使和魔鬼的顺口溜，读来拘谨乏味、歇斯底里、毫无新意。这就是事实：我从来都不怎么样，对吗？我一点都不特别。"她又一次望向他，寻找表态的迹象——一个肯定，或者也许，仅仅是也许，一个反对——然而，他只是彬彬有礼地看着她，挑起一边的眉毛，等待下文。于是，她忽略了从胸口的空洞深处传来的微弱疼痛，继续说道，"起初，这是一个非常痛苦的发现，但最后，又成了一种安慰——我实在不愿浪费真正的才华。既然如此，眼前的人生才是最适合我的——我只是花了一些时间才明白这个道理而已。如今，我已经老了，不再相信自己是世界的中心了，我宁愿做一个幸福的女人，而非一个平庸的诗人。况且，知道这个世界充满了别人创造的美丽，也就足矣。"

她朝放在腿上的那本普希金诗集点了点头。

"你不是说鞋盒里有两捆诗稿吗？"

"对。第二捆诗稿不是我的，但是那些诗歌——那些诗歌都很美。宁静，睿智，而且——非常令人心碎。它们写的是平凡的主题：热恋、失恋、孩子、死亡……那是我母亲的笔迹。"她停顿了一下。她想告诉他，她觉得那些诗歌肯定是自己曾在母亲卧室里见过的那条美人鱼写的，但是他那过分的漠不关心令她欲言又止。他端详着自己的手指甲,仿佛根本就不关心她到底在说什么。她的喉咙突然一阵发紧。

"等等,"她说,"你——你不会认识她吧?"

"不算很熟,早就记不清了。我见过的人实在太多——"

在他那无忧无虑的语气中、口齿伶俐的回答里、闪烁躲避的目光间,有某种难以言喻的情绪令她的心脏狂跳不已。既然他垂下了眼睑,她便可以大大方方地仔细打量他的脸庞了,这还是头一回。她胡乱地想着,如果这张脸上有小胡子的话,会是什么样呢——可是,还未看清,她已经迅速地移开视线,不想知道答案了。

"听着。"他开口道。

他低声下气,仿佛要出言道歉。正在这时,家中的新女仆萝丝走进藏书室,举起鸡毛掸子,在距离门口最近的书架上挥舞了一两下,然后才将目光投向她的扶手椅,赶紧蹑手蹑脚地退了出去。然而,在那短暂的片刻中,他们两人之间的气氛已经发生了变化。

"那么,"他欢快地说,"接下来呢?你打算如何度过剩下的……日子?人生?随便你怎么叫。"

她叹了一口气,"很快,我就要送走玛姬了。"她努力地在闲聊中掩饰自己的失望,"明年春天,她将会高中毕业,现在已经被录取到——"

虽然觉得有点无聊,但他依然尽心尽责地表现出一副兴致勃勃的样子,就像一位好心的叔叔。当他更进一步询问时,她发现自己很高兴能回归脚踏实地的话题,谈论挚爱的丈夫与孩子们。她告诉他,保罗最近在工作上很成功;西莉娅大三了,却毅然决然地辍学,踏上通往亚洲丛林的自我发现之旅,令她担心得快要疯了;乔治凭借某种新奇的技术理念赚了一大笔钱；里奇马上就要从神学院毕业了，他已经成长为一个非常正直的人，像磐石一样沉着稳重；尤金和阿德里亚娜搬到了罗马尼亚，今年会回家来过感恩节；艾玛的婚姻令所有人都大吃一惊，而且，仅仅几个月后，就生下了一个可爱的小姑娘，多么不可思议呀，她现在都当上外祖母了，她甚至开始织——

"是啊，是啊，"他说，"听起来很不错。在渺小的事物中发现幸福。"

他打着哈欠站起身来，从裹着牛仔布的膝盖上拂去看不见的灰尘，缓慢而悠闲地向远处迈了一步。忽然，她意识到，他将要永远地走出她的生命了。她立刻从扶手椅里跳起来，放在腿上的编织物啪的一声掉落在地。

"等等，"她大喊，"等一下！"

他在门口停下脚步，面无表情，仿佛是一尊被岁月侵蚀的雕像。他的双眼暗淡而平静，毫无波澜，就像一对喷漆的大理石弹珠，在数千年的日光暴晒中褪去了光彩。

"告诉我，是你——是你杀了'哈姆雷特'吗？"

"亲爱的，"他懒洋洋地说，"哈姆雷特怎么会死呢？他是不朽的，留下了永存于世的金言。比如，'霍拉修，天地间有许多奇妙之事，远非人类的思维所能想象'[1]，诸如此类，数不胜数。"

"什么？哦，不。我是说约翰。我的第一个恋人。是你杀了他吗？"

他的眼睛突然变得很深邃，涌起了黑暗的波涛。他静静地站

---

[1] 出自莎士比亚剧作《哈姆雷特》第一幕第五场，是哈姆雷特对朋友霍拉修说的一句话。

着，一动也不动，就像一头蓄势待发的猎豹。在这段凝滞的时间里，她的思维疯狂旋转，心脏猛然沉落，感受瞬间清晰，每一滴血液、每一寸肌肤、每一根发丝都在熟悉的恐惧中颤抖、刺痛。

他开口了，声音嘶哑而缓慢。

"你真的以为你是如此重要，乃至在你身上发生的每一件事情，以及在你周围的人身上发生的每一件事情，全都有命中注定的神圣理由吗？古时候，人们有一个非常合适的词来形容这种情况，叫作'夜郎自大'。在神明面前，你未免太傲慢了。神明还有许多事情要做，没工夫掺和无名小卒的生活。"

"是。"她倒吸了一口冷气，瑟缩着后退。

"接下来，你就会以为神明整日都在无聊地数着每个脑袋上的头发，竖起耳朵倾听凡人的哭哭啼啼，随时满足所有自私自利的祈祷和许愿。请让这一丁点儿痛苦消失吧。请让我的孩子好起来吧。请让我的父亲活下去吧。请让我的爱人离开吧。请从我的身上拿走真正的痛苦、真正的喜悦、真正的耻辱、真正的生命吧——没错，请让我的人生变得平稳、浅显，要多简单就多简单，因为我只想踮着脚尖走在事物的表面之上，在洗衣服的时候编一些乏味的小歌谣，我不想了解痛彻心扉的爱情，也不想明白支离破碎的失落——作为回报，我保证我会放弃自己的热情，湮没在千千万万的普通人之中，我会抛弃天赐的每一丝灵感，摒弃成为艺术家的每一个机会，我绝不会打破时间的束缚，我只要安静地生活、安静地死去，求你了，哦，求你了——"

他的语气中充满了嘲讽，还隐藏着盛怒的雷霆。她大惊失色地盯着他，不知该如何是好。他的模样变了，不再是一小时前走进藏书室里的那个五官柔和、面目友善的凡人，而是一位容貌俊美、义愤填膺的天使。她踉跄着倒退，被扶手椅绊了一下，颓然跌坐进去，紧紧地闭上双眼，等待着在他那熊熊燃烧的怒火中化为灰烬。紧接着，一切都安静了下来，差不多有整整一分钟毫无动静——她什么也听不到，耳中只有血液流淌的声音。

她依然闭着眼睛，不过却壮起胆子吸了一口气，微微地动了动身体。

"听着，"他的声音轻如耳语，离得很近，令人毛骨悚然，"天生的伟大诗人少之又少，神赐的才华可谓万中无一，然而，即便拥有此等天赋，如果没有付出，也终究一事无成。在你小的时候，我就讲过这个道理，你却毫不在意。或许，你只是没有那么渴望罢了。你必须拼命争取，获得资格，才能用言语表达真正重要的事物——为此，你要付出岁月、付出汗水、付出眼泪、付出鲜血。其中，既有你自己的，也有别人的。"

她颤抖着退缩，害怕布满倒刺的神箭会撕裂自己的心脏。正在这时，他的声音变得无比怜悯，甚至还带着一丝笑意。

"哦，至于在渺小的事物中发现幸福，亲爱的，那实在不值得夸耀——说到底，那只不过是丧失想象力的凡人仅剩的最后一点慰藉罢了。"

她感到自己的嘴唇被另一个微笑的嘴唇轻轻扫过，那触感寒冷似冰，又热烈似火——往昔的记忆如潮水般涌来，她想起自己躺在床上的夜晚，总是疲惫不堪，经常怀着孩子，有时猜测丈夫的行踪，在黑暗中，她的思绪会飘得很远，会想象某个柔软而轻蔑的嘴唇，想象星星点点的光芒，想象某只手抚摸脖子的触感，这些念头会紧紧缠绕,化作一条绷紧的钢索,架在孤独与衰老的深渊之上,而她会踩着钢索,颤颤巍巍地保持着平衡,直到随时出现的遗忘将她湮没。为什么,哦,为什么,为什么你离开了这么久?她突然痛苦地想,依然不敢看他。虽然她没有问出声来,但是他的回答像一阵轻柔的微风拂过她的脑海:"毫无疑问,你早已发现,也许我并不是存在于现实世界的,而咱们俩的小小交谈究竟是字字珠玑还是陈词滥调,全看你如何创造。倘若我只存在于你的思想中,那么你真正应该问的是,为什么你这么久都没有呼唤我?"

她猛然睁开眼睛:"不,我不相信——你——"

藏书室里空无一人。

恍惚间,她觉得自己仿佛从未好好地活过,甚至从未活过。强烈的悔恨、虚度的岁月、无尽的悲哀,将她彻底吞噬。

"不,等等!"她大喊,"再回答我一个问题——你是不是在说我想错了——其实我本来可以——"

然而,她已经听到女仆的脚步声从隔壁房间传来,明白这段交谈也会跟所有神灵的启示一样很快被遗忘。她的声音戛然而止,就像一个放弃希望的生命顺从地消亡,放满书籍的房间又恢复了庄严的寂静,散发着木头与皮革的气味。那本老旧的普希金诗集依然躺在她的大腿上,敞开的书页翻到了他的诗作《先知》。她的目光扫过纸上的文字,看到文字底下画着横线,那是一名欢欣鼓舞的十五岁少女在另一个地方、另一个时代满怀热情留下的标记。

> 我徘徊在黑暗的荒漠,
> 疲惫难言,精神饥渴。

在一处道路的分岔口，
一位六翼天使飞过。
他的手指轻盈如梦，
他触碰了我的眼窝，
预知未来的双目圆睁，
就像母鹰的目光闪烁。
他触碰了我的双耳，
喧嚣与钟鸣充满耳朵。
我听到天使的飞舞，
我听到天堂的震慑，
听到海兽在水下游动，
听到藤蔓在山谷的干渴。
他紧紧地钳住我的嘴，
拔出了那根罪恶之舌，
拔出了谎言与不实之说。
又用鲜血淋漓的右手，
把一条智慧巨蟒的蛇信
塞进我的口中，动弹不得……

"您醒啦，考德威尔夫人。"萝丝拿着鸡毛掸子走进藏书室，开始卖力地打扫书架。一团团陈年的灰色粉末飘到空中。这里的大多数书卷，已经有好些年甚至几十年都没人碰过了。

她打着喷嚏，眼睛里噙满了泪水。

"抱歉，抱歉，"女仆说，"灰尘太多了。"

新房子

39 家庭影院

死亡的小小预演

  观看那部电影的时候,她不希望家里有任何人。如果看的话——她不确定自己是否会看——她要独自一人。她一直等到保罗又离家出差,萝丝也做完下午的家务。她吃了一顿简单的晚餐——一个苹果、一把蓝莓,这些天里,她从来都不饿——然后便穿过一个个房间,从这里拿起一本乱放的杂志,从那里拿起一只喝完的茶杯。不过,自从最后一个孩子搬走以后,书籍、衣服、手机、钥匙就停止了无尽的四处漂泊,整栋房子也失去了日常的变幻莫测——如今,一切都待在各自的位置,原封不动,连续数周都始终如一。还不到八点,她就发现自己已无事可做,只有空白的时间在面前延伸,就像一片广阔的汪洋,诱惑而致命。即便如此,她还是不确定是否要看那部电影。她故意转移注意力,但是无论做什么——反复地细读一本食谱,寻找下周日要做的晚餐,或是给花草浇水——她总会想起那张密封在塑料盒中的影碟正躺在楼梯口的桌子上,静静地等待着、等待着。

最终，她放弃挣扎，来到地下室，从桌子上一把抄起那盒影碟，顺手撕掉塑料包装膜，朝家庭影院走去。影碟封面展示了一间位于摩天大楼高层的办公室，透过玻璃幕墙，能看到办公桌后面的皮革扶手椅支撑着一个俄罗斯套娃的上半身，大小跟真人一样，原本画着腮红和大眼睛的娃娃脸上糊着一张照片，正是出演主角的那位著名女演员。套娃的下半身斜躺在绒毛地毯上，三四个更小的套娃从里面散落出来——个头第二大的套娃有着一张年轻脱衣舞娘的脸庞，浓妆艳抹、极尽魅惑，而最小的套娃则是一个黑眼睛的严肃女孩儿，看起来五岁左右。宣传语用的是方方正正的红色字体，所有的字母"R"都倒过来写，以表示内容跟俄罗斯有关[1]。一行猩红色的大字承诺："这是一部激动人心的杰作！"在下面，有一行较小的红字印着："本电影的原创剧本由获奖作家——"

她掀开将放映室与地下室其他部分隔开的幕布，绕过一排排固定在地上的椅子。三十二年前，当她第一次见到这栋房子时，椅子扶手上镶嵌的杯托和天鹅绒幕布底下缀着的金色流苏令她惊讶得目瞪口呆。现在，由于无人问津，一切都显得十分老旧、陈腐。保罗和孩子们曾经在这里看过许多电影，吃过必不可少的爆米花，亲手在投影仪的灯光中配合片尾曲表演过木偶戏。如今，时光流逝，孩子们都走了，保罗也很忙碌。回想起来，在这栋房子里住了这么多年，她总共只忍受过几部电影而已。她并不喜欢坐在伸手不见五指的黑暗中，被动地踏上别人的生命旅途——对于她来说，这就像是一种死亡的小小预演。

可是，这一次不同。这一次，不是别人的生命，而是她自己的

---

[1] 俄语中字母"R"是左右颠倒的，即"Я"。

人生。

　　因为，当她终于关掉灯光，坐在一张硬背椅里观看这部电影时，她看到了莫斯科公寓的窗外永远不变的建筑工地，看到了一个胡子拉碴、叼着烟斗的父亲，闷闷不乐地讲着陈词滥调，一个收集瓷质茶杯的母亲，看起来肤浅而冷漠，还有一个住在达恰附近的邻居，女主角一边读着屠格涅夫的作品，一边矜持地思念着他。她难以置信地盯着屏幕，双手紧紧地抓着扶手。演员们塑造着荒唐滑稽的形象，玩弄着夸张可笑的口音，青春期的女主角在圆形屋顶和白桦树下寻欢作乐——然而，毋庸置疑，这正是她的童年、她的青春，至少部分如此。在一幕笨拙不堪、令人尴尬的乡村场景中，女主角思索着即将到来的成人世界，然后，故事的走向突然发生了转变：少女跟那个达恰少年一起乘着月色漫步，在一棵老橡树的阴影下献出初吻，后来在莫斯科的街道上经历了一场痛彻心扉的爱情，她发誓要远离婚姻与孩子，并且远渡重洋，去往美国。追忆往日的叙述到此为止，梦幻般的棕褐色调变成了代表现在的清晰色彩，电影这才正式开始。她发现自己正在看的是一部难懂的悬疑片，快速而复杂的情节涉及美国政客的腐败和俄罗斯黑手党的阴谋，女主角成长为一名有勇有谋的纽约律师，拿着一个装满犯罪证据文件的手提箱做了一些大胆又性感的事情，她有一位身强体壮的男同事，长得很像当年的达恰少年，以此来跟前面那段冗长的背景故事扯上关系——

　　她让电影暂停播放，倒回去，又看了一遍开头。心脏在胸腔里膨胀，塞得满满的，每一下跳动都划过肋骨，十分痛苦。当女主角推开达恰的大门，跑过泥土小路，奔赴与邻居少年的第一次约会时，她大声尖叫，把遥控器重重地扔到墙上。伴随着一声塑料破碎的干燥声响，遥控器摔裂了，屏幕瞬间黯淡下来。

她一动不动地坐在黑暗中，满头大汗，脑海里充满了剧毒的仇恨。

贱人，你这个贱人！你怎么能这样对我？你以为，只要打着艺术的旗号，就可以这样肆意妄为地偷窃、掠夺、背叛吗？但你根本就不是艺术家，只是个迂腐乏味的三流写手而已，你的动力不是崇高的追求，只是逃离空虚生活的迫切欲望罢了。因为你的生活就是空虚的，而你也是孤独的，你没有丈夫、没有孩子、没有一个像样的家——你一无所有，你什么都不是，什么都不是，你听到了吗……

愤怒箍住她的胸膛，越来越紧，越来越紧。最后，里面似乎有某种东西再也支撑不住，轰然崩塌，软绵绵地垂落下来。强烈的惊恐扑面而来，她用湿冷的手指按住额头，艰难地吸了一口气，接着又浅浅地呼了一口气。突然，房间里的黑暗令她感到窒息、令她觉得害怕，她想打开灯，却觉得天旋地转、浑身乏力。她不愿跌跌撞撞地穿过漆黑的空间，摔倒在不起眼的角落里。于是，她用力地靠着椅背，闭上双眼来对抗黑暗，在这一瞬间全神贯注地感受着心脏的融化、跳跃、翻滚，仿佛它已经拥有了独立的意志，再也不听自己的使唤。她想，也许，我真的应该站起来去找电话，叫一辆救护车什么的。这个念头就像一把可怕的匕首，在她的胸膛里闪烁着痛苦的光芒，又像一股奇妙的力量，把电话听筒稳稳地放到了她的手上。然而，她并没有拨打急救电话，而是按下了奥尔加的号码。即便她曾经知道，也早已忘记了那串数字，可是手指却不由自主地在

323

按钮上飞舞，魔法般地拼凑出正确的组合——尽管号码可能变了，尽管奥尔加可能不在家，尽管奥尔加可能从未存在过，但电话才响第一声就接通了。

你为什么要这样对我？考德威尔夫人跳过假惺惺的客套话，直接开口发问，已经没有时间闲聊了。因为你的父亲酗酒，你的母亲打人，你的童年是在低矮的屋檐和昏暗的房间里度过的，是吗？你觉得你的生活太贫乏了，所以你就有权从我这里偷窃吗？这么多年了，一直如此！如今，我亲眼所见，全都知道了！你在自己的书里写到芭蕾舞演员、珍贵的传家宝和布谷鸟自鸣钟，就连名字、脸庞都是偷去的，你利用了我的朋友、利用了我的家庭、利用了我，把我变成纸上的一个符号、屏幕上的一个影子——为什么，为什么？你在多年前抢走了我心爱的少年，难道还不够吗？如今你一定要夺走我的过去吗？奥尔加的声音带着歉意，却十分坚定，充满自信，开始滔滔不绝地谈论艺术，不，是"艺术"——每当奥尔加说这个词的时候，都会庄严地加以强调——和记忆的幻觉本质，还有自传的净化力量，还有通过借用和改编来揭露真理的艺术也可以被称作"现实"，何况，无论从考德威尔夫人那里借用了什么，都已经变得永恒，在岁月的沙滩上留下了不可磨灭的足迹——

可是，她已经厌倦了这场幻想中的交谈，不愿再听了。她放下并不存在的电话听筒，短暂地闭上双眼——房间里的黑暗静静地笼罩着她，头晕目眩的疼痛依然清晰，她闭着眼睛，在喧嚣嘈杂的脑海里挣扎：不过，这不要紧，这不重要，我不该再浪费时间耿耿于怀了，因为没有人能把我的过去抢走，它只属于我一个人，就在这里，永远都在这里。如果我远离这种越来越狭窄、越来越尖锐的痛苦，任由它变成一枚细细的大头针，整个宇宙都在针尖上飞速旋转——如果我走进这道闪闪发光的迷雾中，扑进张开怀抱的温暖里，我将会再一次感受到温水顺着后背流淌而下，听到外祖母的声音，闻到肥皂的甜美芳香，看到那棵长在世界中心的古老大树，察觉到无穷无尽的未来在面前展开，那是任何人、任何人都无法抢走的……

我迷惑地凝视着考德威尔夫人，她低垂着脑袋，弯腰驼背地坐在椅子里。我不知道自己是如何站起来的，也不记得在何时打开了灯，但我能清清楚楚地看到周围的事物，就连最微小的细节也尽收眼底——米黄色的地毯上有苏打汽水留下的点点污渍，天鹅绒幕布的流苏被顽皮的孩童系成了复杂的绳结，考德威尔夫人的头发杂乱地贴着湿漉漉的前额。一切都十分敞亮、清晰、鲜明，同时又稍显偏离，仿佛每样东西都往旁边移动了一寸，闪烁着双层轮廓——就好像在眨眼落泪的前一秒，眼眶里盈满泪水时所看到的景象。

有一瞬间，我的世界摇摇欲坠，无形的庞然大物蠢蠢欲动，争先恐后地要闯进光明之中。紧接着，那一刻过去了。我的心里充斥着奇妙的感受，突然迎来了意料之外的解放。我自由了！我终于摆脱了这个现在不是我、从前也不是我的女人，摆脱了她那胆怯的灵魂带来的自满、物欲和悲观的压迫。崭新的自由开启了广阔的天地和无尽的喜悦，令我感到目眩神迷。这时，我又一次看向考德威尔夫人。她依然蜷缩在椅子里，滑落的头发遮住了脸庞。我想，她肯定还在为那部无关紧要的电影生闷气，坚持认为自己的过去只属于自己，说不定正打算让丈夫的律师起诉那个背信弃义的朋友……

我犹豫着，不知是否该跟她谈一谈，可是，一想到要在那具沉重而束缚的躯体里多待片刻，我的心头就涌上一阵尖锐、强烈的恐慌。

我毅然决然地转移视线，不再看那个女人一眼，径直离开了房间。

当我跨过门槛时，才发现自己不记得打开过华丽的幕布，却已经身在幕布之外了，不禁又感到有些惊慌失措。不过，我很快就驱散了恐惧：诚然，我不太清楚刚才发生在自己身上的事情和正在发生的事情，但我很确定，以后会有大把的时间来理清一切。至于现在，我只要知道自己是自由的，就足够了。我欣喜若狂地想，我有好多好多计划。我要离开这栋房子，出去旅行；我要大胆地穿过陌生的马路，勇敢地转过未知的街角；我要探望老朋友，跟陌生人交谈；我要捕捉每一个快乐的瞬间、每一点奇妙的发现，我要写下自己注定要写的每一首诗。

这一刻，犹如新生。

新房子

40 门厅

启程

于是，我下定决心要离开。我告诉保罗，我打算到俄罗斯去，在乡下住几个月，重温童年时光，他并未提出丝毫异议。实际上，他看起来正为了某件事而黯然神伤，似乎根本就没有听到我说话。他的漠不关心让我有点沮丧，不过我提醒自己多想一想即将到来的旅行，便恢复了快乐。我不会马上就去俄罗斯，我要把故乡留到最后。眼下，我会跟随宗教游行的队伍穿过西班牙小镇的古老街道，我会坐在非洲棚屋的泥地上聆听狮群的夜半咆哮，我会在亚洲的水上市场品尝不知名的水果。我会走遍全世界的山峦、溪谷和森林，无所不见、无所不闻，贪婪地吮吸每一丝生命之光。也许我会回来，也许不会。

我已经想好了要带什么去旅行，东西很少，只有一件厚毛衣、一双结实的步行鞋、毫无印章痕迹的空白护照、几支笔、一个笔记本、破旧的安年斯基诗集，还有西莉娅的蓝色独耳小兔。我还没有打包行李——实际上，所有物品都径直穿过我的手指，无法触碰，多少令人有些惶惑不安，但我决定不在这种小麻烦上纠结。反正，我也无法立即离开。当了三十五年的母亲，有些习惯不能轻易抛弃，而且临走之前，仍有几件事情需要处理：我的第二个外孙将在二月出生，尤金要回家过复活节，等到七月，又有一次家庭团聚——

孩子们不来探望的时候，我就在房子里闲逛。最后，总会走到门厅，坐在那里思索行李清单，梦想着远走高飞，速速逃离。快了，几乎随时都可以。门厅是一处宏伟开阔的空间，大理石台阶弯成壮丽的弧形，地上摆满了狮爪[1]支撑的古雅桌椅。三分之一个世纪以前，室内设计师告诉我，门厅应该充当一栋房子的完美引言，有些人（快递员、园丁、耶和华见证人[2]、微服私访的上帝）永远只能站在门口，越过屋主的肩膀望眼欲穿，对于他们而言，门厅半遮半掩、欲说还休地暗示了房子里的美妙奇观，只有少数的幸运儿才得以登堂入室。还记得，第一次见到这栋房子时，我刚进门就产生了敬畏之情，仿佛面前是一个无边无际的地方，充满了多姿多彩的可能性，能够无穷无尽地向里延展，就像童话故事中讲到的魔法房子，里面比外面更大。

如今，我明白了，事实恰好相反。张牙舞爪、立满柱子的巨型外观只是虚假的表象，这栋房子的内部其实很小很小。

我坐在门厅里，在脑海中修改行李清单（我不需要那件毛衣），双眼盯着闪闪发光的大理石地板，上面倒映着明亮光滑、高大优美

---

1 狮爪：指桌腿或椅腿底部有狮爪形状的装饰，这类家具多见于文艺复兴时期。
2 耶和华见证人：指同名基督教派系的成员，跟主流的基督教徒信仰不同，反对三位一体的思想。他们常常挨家挨户地说教讲道，分发宣传册。

的橡木双门。但是，我从未推开那两扇门，因为我担心自己会经不住诱惑，还没完成身为女家长的最后责任就不顾一切地冲出去。有时候，心头确实会涌起一阵沮丧，仿佛我是一个上满发条的玩具，只能先完成一系列预置的机械动作，才能按照自己的心意去行动。在更加阴郁的时刻里，恐慌会紧紧地攫住我的喉咙——如果仅仅是因为太迟了才不能走，那该怎么办？这么多年了，如果我已经生出粗壮的树根，无法动弹了，又该怎么办？不过，这些念头只是软弱的迹象，于是我逼着自己深呼吸，让头脑忙碌起来，继续从清单上删减不必要的物品（我决定也不要那双步行鞋了），同时思索自己的过去，思索此生做过的决定，思索走过的路和没走的路。我想象自己只生了五个孩子，或者两个，或者一个都没有；我想象自己离开了保罗，或者从未嫁给他；我想象自己跟亚当去了巴黎；我想象自己没有留在美国，或者没有离开俄罗斯；我想象自己穿过那条乡间小路，亲吻了那个少年；我想象自己没有放弃诗歌。我记得有一个小姑娘，她住在遥远的国度，那里有漫长而寒冷的冬季，还有灿烂的盛夏繁星；她有一位人鱼母亲、一位智者父亲和一位神明导师；她热爱生活，与文字嬉戏，透过小房间的小窗户，凝望整个世界。渐渐地，回忆化作泪水，溢满心间，我赶紧转移注意力，看向周围来来往往的人。

即便在保罗出差的时候，在子孙儿女不来探望的时候，这栋房子也从未完全空下来。如果我静静地坐着，让思维自由飘荡，直到它突破物质的束缚，我便会看到在世界的表面下跳跃、滑行、舞动的丰富景象，感觉到有许多幽灵般的女人在屋里穿梭。她们用略有差异的容貌演绎着我的衰老面庞，为了形形色色的事务在房间里走来走去，各自拥有不同程度的存在感与持久度——有的只是回声、余像、微弱的身影，有的却十分清晰明朗，仿佛有血有肉、伸手可触。当然，我知道她们并非真的存在，因为她们只是庞大的宇宙分支，展现了无穷的可能性和无数的结果——她们代表了我的不同命运，穿越平行空间，与我擦肩而过，在视野中若隐若现。就这样，我坐在门厅里考虑行李清单（我觉得可以不用护照），梦想着一旦离开就要创作的诗歌，而面前是一场永无止境的戏剧，每一幕的主角都是我自己。

我最常见到的女人是一个衣着华丽、乏味无趣的幽灵，在精美头巾包裹的脑袋里没有丝毫新颖的想法，整日都忙着收拾房间、翻看杂志。她的访客十分平凡，全是电工、地毯清洁工和负责遛狗的仆人。每天晚上，当丈夫的汽车停在车道上时，她都会跑到门厅的镜子前，往黯淡的嘴唇上涂抹口红，等到他的钥匙在锁眼里发出响动，便歪着脑袋露出温顺的微笑。保罗待她不错，只是稍微有点冷漠。

一个更为令人不安的存在是一位只有五个孩子的考德威尔夫人，她的丈夫在二十年前就为了女秘书而抛弃她，并留给她这栋房子的所有权。她不知羞耻地把一头长发染成金色，还尝试了整形手术。每到周五晚上门铃响起的时候，她便踩着细高跟鞋，"咔嗒咔嗒"地横穿大理石地面，而我就会看见一个六十五岁的肉色气球缓缓飘来，显得臃肿不堪，上面画着我的容貌，但五官都经过了人工的拉扯与填充。她在门口迎接年轻的男友，扑上去给了他一个响亮而持久的热吻。我赶紧移开视线。这个男人肯定不是好人，他只是看中了她的金钱而已。她不仅谈恋爱，而且也开始写爱情诗了。我觉得她很丢人。

除此以外，还有一些身影——一位抿唇、节食、强硬的考德威尔夫人，在市中心的办公室里上班，不知做的是什么工作；一位多愁善感的考德威尔夫人，忙着翻译母亲的诗作，每当有孩子来探望时都会激动得泪流满面。我最喜欢的考德威尔夫人是一个胖乎乎的女人，充满活力，虽然六十七岁了，却显得很年轻，留着一头乱糟糟的短发，跟孩子们关系亲密，她的房子里总有小孩子在跑来跑去（艾玛离婚了，带着两个女儿住在这里，同时正在准备建筑师资格证的考试，尤金和阿德里亚娜经常带着孩子回来）。她似乎非常幸福，爱着每一个人，正如每个人都爱她一样，她的门厅里很热闹，有小鞋子、午饭盒、不配对的手套、掉落的花瓣和活泼的宠物狗，地板上常常留下泥泞的脚印和潮湿的落叶。我努力回想她的开怀大笑与和蔼面容，来抵御另一个女人带来的绝望。那个女人十分肥胖、邋遢、一头白发，脸色阴沉。她独自生活，拖着沉重的步伐穿过这栋房子。她身穿脏兮兮的粉色睡袍，趿拉着灰不溜秋的粉色拖鞋，一边叹气，一边压低声音喃喃地吟诵诗歌，总是令我心生怜悯。我不知道她的故事，但是从那双荒凉而空洞的眼睛里，我能看出死亡——一个孩子的死亡——每次，我都会赶紧转过脸去，莫名地感到恐惧与羞愧。

也许还有一位将要搬走的考德威尔夫人——不过，奇怪的是，她和保罗都没有组织这次搬家，只有孩子们在忙活，他们的年纪都大了许多，三三两两地回到这栋房子里，看起来情绪低落。我注意到，玛姬和西莉娅一直在哭泣，艾玛嘴唇发白地拿起电话打给尤金,告诉他葬礼的安排,询问他从布加勒斯特[1]搭乘的航班何时会落地。我无意中听见里奇在安慰乔治,当时他们俩正站在门口清点纸箱。在过去的几周中,门厅里放满了纸箱——几箱瓷器、几箱银器、包裹在衬垫纸壳里的油画、深埋在塑料泡沫中的珍贵餐具。房屋承建商和不动产经纪人来来往往,两名电工从餐厅里抬出捆扎结实的枝形吊灯,就像抬着一头缚在竿子上的死猪一样。在搬家那天,工人们进进出出,两扇大门曾一度开了好几个小时。我始终坐在门厅里,思索着行李清单(我准备不带笔记本和笔了),透过长方形的门框向外张望,十一月的灰色天空悬在搬家工人的头顶,随风摇摆的橡树挥舞着光秃秃的枝杈。当最后一个箱子离开时,我终于摆脱了所有无用的东西,感到如释重负,但也有一点失落。我瞥见"房屋待售"的标牌立在外面的草坪上,紧接着,大门关闭,整栋房子骤然陷入空荡与黑暗之中,一阵冬日的冷风将一片橡树枯叶从门缝底下吹进来,带着它在肮脏的地板上翻滚,向左,向右,再向左。不知那片树叶上会不会写着我的名字,想到这里,我微微一笑,却并没有起身去查看。天花板上的枝形吊灯不再发光,因为电源已经被切断了。我能感觉到,漫漫长夜正在向这栋房子袭来。

熟悉的恐慌笼罩了我。

我疯狂地想,我怎么知道自己是不是其他幽灵中的一个呢?如果是,我怎么知道自己是哪一个?我怎么知道自己是不是一个故事的小小脚注呢?也许整个故事都跟我无关,有另一个更加勇敢的女人用我的名字过着截然不同、充满奇迹的生活,她根本就没来过这

---

[1] 布加勒斯特:罗马尼亚首都。

栋房子，根本就没靠近过这一切。我怎么知道自己是不是一个鬼魂？也许我早就已经在四面墙壁中死去，却无法离开，只能被困在这里，以此来惩罚我对人生的浪费——无论活着还是死了，我都同样失败。如果这真的是某种炼狱，那我怎么知道自己何时能洗清罪恶、得到宽恕，何时能放下过去、继续前行呢？

但是，我很快就将这些阴暗的念头抛到一边。反正我要走了，等到圣诞节一结束，我就立刻动身。在此期间，我继续精简自己的清单——我决定什么都不带，只带西莉娅的独耳小兔和安年斯基的诗集。没过多久，安年斯基的诗集也显得多余了。因为我发现，虽然自己写的东西一句都想不起来，安年斯基的诗歌却字字铭刻于心。我坐在门厅里，看着紧闭的大门，连续数个小时、数日、数月，一直背诵他的妙语。

有时候，你能否想象，
当暮色在屋子里徜徉，
另一个时空就在身旁，
人生将呈现不同景象？

这种消磨时光的方式并不差，有些方式则要糟糕得多。比如，今天早上，我听到救护车的警报在外面尖叫。然后大门洞开，两个白衣男子抬着担架冲进来，朝房子深处飞奔而去。我坐在昏暗的门厅里，等待他们折返。过了一会儿，他们慢慢地走回门厅，在担架上那具躯壳的重压之下弯着腰。我扫了一眼，看到一缕软绵绵的白发，一只晃晃悠悠的粉色拖鞋，还有悬在空中的一角脏兮兮的粉色睡袍。我没有仔细看，我并不想知道她究竟怎么了。我只是给这个可怜的灵魂轻声念了几句祈祷，并且为自己的幸免于难而满怀感激。当我听到救护车开走时，便对自己说：若非上帝仁慈，被送走的就是我了。

突然之间，我发现那些白衣男子没有关门。我看着四月的壮丽蓝天，抑或六月——照进屋里的光芒是如此清澈、辉煌，就像一封明亮的邀请函。终于，我意识到，自己不需要带西莉娅的小兔。我站起身来，走向溢满阳光的长方形门框，两手空空如也，心里却满满当当，欢欣鼓舞地想象着将要在世界上见到的所有秘密、一切奇迹。

第五部分

未来

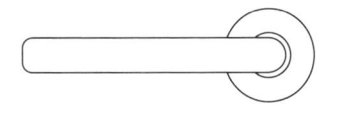

全书终

致　谢

　　一如既往，我要深深地感谢我的经纪人瓦伦·弗雷泽和我的出版人兼编辑玛丽安·伍德——如果没有他们的友谊、判断以及对我作品的信任，那么这一切都不会实现。感谢企鹅出版集团里帮助本书出版的每一个人，尤其是伊凡·赫尔德，感谢他的支持；亚历克西斯·萨特勒，感谢他在内容细节上费心；还有我的文字编辑，辛勤的安娜·贾丁，她免去了我的许多困窘与尴尬，就像一位认真负责的教授，逐字逐句仔细校对，绝非敷衍了事。我还想感谢亚历山大·霍尔曼的艺术设计，感谢我的首批读者和多年老友，奥尔加·勒娃尼欧克和奥尔加·奥利克尔，她们拥有非常独到的深刻见解，是我心目中的最佳读者。

　　最后，我要特别感谢自己的家人——我的母亲娜塔莉亚·卡特塞娃，她永远都坚定地支持我，还有我的孩子们，亚历克斯和塔莎，他们对于书籍的创造充满了令人欣喜的好奇心。十一岁的亚历克斯帮忙设计插图，六岁的塔莎制作了一个标牌——"请勿打扰，我需要时间"——挂在了我的办公室门上，当我忙着描述考德威尔夫人烹饪的美味佳肴时，他们俩却只能吃外卖。感谢你们让我在多数时候能够写作，令我时时刻刻都感到幸福。

现实总是不够浪漫
——《四十个房间》译后记

译完《四十个房间》的最后一个字，觉得怅然若失，仿佛陪着考德威尔夫人走完了一生，从四岁到死亡。起初，我想把这篇"译后记"的标题定为"梦幻与现实"，但又觉得"梦幻"固然可以瑰丽多姿，却也并不能完全描摹本书字里行间所洋溢着的美妙、灵动而又伤感、无奈的情怀。后来，我记起考德威尔夫人年少时曾在达恰里说过的一句话："现实总是不够浪漫。"也许，浪漫与现实的相互映照能够更好地诠释考德威尔夫人的故事。

这部作品的结构很简单，也很特别，根据四十个房间分为四十个章节，按照时间顺序讲述了一个女人的一生。为什么是四十个房间呢？考德威尔夫人的丈夫说，一个普通的美国人一生会搬家十一次或十二次，大约要先后居住四十个房间。考德威尔夫人的母亲则说，四十是一个具有深刻含义的数字，"诺亚在大雨中度过了四十个昼夜，摩西在荒漠里跋涉了四十个年头，耶稣经历了四十天的禁食与试探。四十很漫长，足以带来一场艰难的考验，但同时又很奇妙，是跟人类最为契合的数字。在圣经里，四十年成就一代人。在现实里，四十周孕育一个生命"。而考德威尔夫人自己说，灵魂有许多房间，这四十个房间是她命中注定要穿越的沙漠，"四十个房间,每一个都是一场对灵魂的检验,是一幕袖珍的耶稣受难剧,是一个渺小却重要的选择,是迈向清醒与人性的一步。等到我走出这片四十个房间的荒漠之时,也许就可以看清真实的世界了"。所以,可以说四十个房间代表了人生中大大小小的选择。有的选择本身就举足轻重,比如是拥有一栋房子,还是四处旅行;是结婚生子,还是自由不羁;是留在故土,还是远走他乡;是追逐梦想,还是脚踏实地。还有的选择在当时看来显得微不足道,但实际上依然对人生有着莫大的影响,就像蝴蝶效应一样,也许经过长久的积累才会刮起飓风,比如是否要去参加邻居家的聚会,是否要在课堂上诚恳地讲述自己的长处,是否要躲在浴室里偷听一场大人的交谈,等等。每一个选择都引导着人生朝不同的方向前进。其实,考德威尔夫人并非没有留意到这些选择,恰恰相反,她非常重视选择,无论大小。可是,在人生的旅途中,她不断地利用选择来对现实进行推诿、拖延、弥补,对当下的情况做出让步,结果渐渐失去了选择的权利,甚至遗忘了选择的意识,只能等待他人替自己选择,或者服从命运的选择,从而进入了一个人生选择的悖论或怪圈。在童年和少年时期,她依照自己的意愿做出了许多选择,比如不顾男朋友的反对,执意要出国读书,后来又不顾父母的反对,坚决要留在美国。然而,自青年时起,她就经常安慰自己,只是现在如此,只是暂时如此,以后总有自由自在的时候,以后总有梦想展翅的机会。可是现实不会尽如人意,就像她的母亲曾说过的那样:"如果你拖着一件事不去做,告诉自己以后再说,那么这件事就永远不会像最初设想的那样实现。因为时间不等人,从来就没有什么'以后'。"

不同的读者对于这部作品一定有不同的理解,我们并不知道主人公究竟有没有希望成为一名伟大的诗人，也许即便她付出努力，也依然一事无成，也许做一名家庭主妇，她会更加幸福。或许并没有神明去拜访她，那一而再、再而三的超现实的对话只不过是她的幻想。正如她自己后来所想："即便可以选择，恐怕她也不愿重新回到二十岁。人到中年的好处之一就是懂得接受自己的平凡，并且从中发现慰藉，正如认清庸俗的本质，还能一笑置之。"然而，主人公有一位博学的父亲、一位秀丽的母亲，家中有一座位于俄罗斯森林里的小木屋，她从小成长在优美的童话故事和忧郁的家族传说中，一心想当一名诗人，用言语来记录真实的感受，最终却嫁给了一个一辈子都不知道她想当诗人，而且也不懂何为诗歌的男人，当她写诗的时候，这个男人还以为她在写购物清单。她并没想好是否要进入生儿育女的人生流程，却一连串地生了六个孩子，迅速老去，不仅遗忘了诗歌，而且遗忘了自己。她甚至没有努力过，到底有没有神赐的天赋，我们也不得而知。当然，如果没有，也许她是幸福的，但是连真正的尝试都尚未开始，这样留下的遗憾不能不说是永恒的。令人深思的是，这难道仅仅是这位不知名姓的考德威尔夫人的一生吗？

就像书中那位经常出现的天神所说："女人的肉体总是……比男人的肉体具有更重要的意义，所以女人在取舍之间也更难抉择。每一个人，无论多么才华横溢，都注定只有一种创造力，而孩子是不亚于书本的创造，尽管在结构上截然不同，而且经常不如书本长久。不过，长久与否还是取决于书本和孩子本身……回首往昔，在伊丽莎白女王执政的日子里，我曾常常去拜访一个与她同名的女人，伊丽莎白·海伍德。毫无疑问，你从来都没听说过这个默默无闻的女人。但是，假如她没有选择生儿育女，而是选择执笔创作，将所生、所养、所埋葬的每一个孩子都变成一部感人至深的悲剧，那么，谁又能说今时今日你不会将她与伟大的莎士比亚相提并论呢？可是，从另一方面来讲，她所生养的孩子当中有一个正是约翰·多恩。因此，人们永远也无法预料到这种事的最终结果。毕竟，这世上有各种各样的永恒与不朽。选择精神，还是选择肉体，全看你自己怎么想。"这显然不仅仅是书中主人公一人所面临的问题，而是所有女人在其一生重要阶段必经的选择过程，这样的选择令人纠结，难以取舍，患得患失，自然也备感折磨。

当然，这本书不仅是一个关于选择的故事，也是一个关于改变的故事，这种改变在文中最直观的体现就是人称的转换："我"——"她"——"考德威尔夫人"——"我"。在最后一次人称转换完成后，有这样一句话："我终于摆脱了这个现在不是我、从前也不是我的女人。"由此可见，这种人称的转换代表着考德威尔夫人与真实自我的距离，显示了一个失去自我与发现自我的过程。同时，也体现了一个女性在人生中的身份转换。作为女性，一生中会有很多身份，比如女儿、妻子、母亲。耐人寻味的是，自始至终，书里都未提到考德威尔夫人的名字，"考德威尔"是她丈夫的姓氏，从"我"到"考德威尔夫人"的转换是从以自我为中心到以丈夫或家庭为中心的转换。而且，"考德威尔夫人"这个称呼甚至最初也不是属于她的，而是传承下来的，在她之前还有"原版的"考德威尔夫人，所以本书的主人公其实是没有什么名字可以称呼的，我们只是为了方便起见，姑且称之为"考德威尔夫人"而已。实际上，这意味着她有可能是任何一个女人，任何一个曾经受父母宠爱、后来为丈夫付出、最终为家庭奉献一切的女人，意味着这几乎是所有女人的宿命，从天上落到尘世、从凤凰化为小鸡、从天使变成凡人。虽然最后人称回归到"我"身上，象征着考德威尔夫人终于找回了自我，但这时的考德威尔夫人已经走完了现实的一生，纵然之后还有许多浪漫的幻想，想象着出去旅行，想象着走遍世界，但这是直到死亡之后才获得的自由，看上去新奇浪漫，听起来如获新生，但其中的悲凉是无以言表的，这正好深刻地映照出"现实总是不够浪漫"。

在讲述考德威尔夫人日渐无奈的现实生活时，书中也常常穿插着浪漫的想象，讲述不同选择带来的可能性。假如她跟身为音乐家的恋人奔赴欧洲，假如她告诉丈夫自己的梦想，假如她没有放弃成为一名诗人……在这些梦幻般的描写中，有许多颇具象征意义的存在，比如故事和镜子。我们都知道，很多女孩儿是伴随着各种神奇的故事长大的，也是从故事中的公主走向现实中的主妇的。故事在考德威尔夫人的生命中可谓至关重要。小时候，外祖母曾对她讲起过一棵长在世界中心的大树，这个深刻的意象穿插在她人生的各个阶段，从一开始的清晰到中间的朦胧，再到最后的彻底遗忘。据说，这棵树落下的叶子会写着所有人的名字和属于每个人的一句话，那句话就像某种神秘的指示，而始终不能得到这句话的考德威尔夫人在人生的道路上渐渐地迷失了方向。后来，她给自己的女儿塞西莉娅讲了公主与歌曲的故事，老国王送给公主一份礼物，那是一个外表普通的盒子，里面却装着七首珍贵的歌曲。"老国王告诉公主，要爱惜这些歌曲，不能让别人知道。只要歌曲还藏在盒子里，她的声音就会永远美丽动听，如果把歌曲都放出来，她将再也无法开口歌唱。"实际上公主就是指她自己，而那些宝贵的歌曲都是她曾经为每一个孩子所舍弃的东西。书中点缀的浪漫故事,除了童话传说,还有家族的过往。比如书中多次出现的王室血脉。考德威尔夫人的外曾祖母与大公有过一段恋情,卖房子的女经纪人说自己是尤金亲王的后代,捕兽员提到自己的父亲和哥哥曾先后成为部落首领。然而,无论他们的家族历史多么辉煌、多么浪漫,现实中也不过是家庭主妇、房产经纪人和捕兽员罢了,对于他们而言,芭蕾舞娘的风流往事、尤金亲王的骁勇善战、部落首领的神圣地位就像一场美梦,或许能抚慰现实的冰冷,但也只是最后一丝慰藉罢了。实际上,书中出现的人物都怀揣着这样一份浪漫,甚至将这份浪漫当作人生中唯一的支撑。手拿鸡毛掸子的女仆可能正在怀想多年前钟楼上的星星,身穿寡妇黑衣的管家可能趁夜色跟月亮对话,冷酷无礼的水管工可能在晚上跟女儿的亡灵漫步,这种浪漫与现实的交织让浪漫显得更加灿烂,也让现实显得更为黯淡,这同样映照出"现实总是不够浪漫"。

在考德威尔夫人一生的各个阶段,镜子也曾作为一个具有象征意义的存在多次出现。有时,她在镜中发现世界;有时,她在镜中发现自己;有时,她又在镜中看到了另一个时空。镜子的确是一个非常独特的意象,镜子中的映象既是自我,又不是自我,审视映象的过程像是审视自己的内心,又像是审视外部的世界。也许正是因为作者发现了镜子这种意象之于人生的特殊意义,她进而把这一意象加以扩展,从真实的镜子扩展出一面象征的镜子,在作品中塑造了一个独特的人物——考德威尔夫人的童年好友奥尔加。十七岁那年,两人在俄罗斯的森林里一起仰望星空、畅谈未来,那时候,奥尔加认为生孩子是理所应当的,而主人公却决心不去过平凡的家庭生活。长大后，主人公成了考德威尔夫人，是一名没有工作的家庭主妇，生了六个孩子，放弃了曾经视若生命的诗歌创作；而奥尔加既没有结婚，也没有生孩子，自由自在地四处旅行，并且挖掘、改编考德威尔夫人的人生故事，成了一位著名的作家。可以说，奥尔加在一定程度上实现了考德威尔夫人的很多愿望。实际上，奥尔加这个人物亦真亦幻、若有若无，甚至很可能并非真实的存在，她只不过是考德威尔夫人的另一个自我。从"奥尔加"这个名字本身便可以看出，这是一个很常见的俄罗斯名字，正如考德威尔夫人的母亲所说："俄罗斯的每个姑娘都叫奥尔加。"本书的作者名叫奥尔加，作者曾说过自己最好的两个朋友也都叫奥尔加。因此，作品中的"奥尔加"并非随便冠名，而是映照出主人公自己影像的一面人生的镜子。

具有象征意义的存在除了镜子和故事之外，还有不少。这些本属平常的事物被作者赋予种种深刻的内涵和寓意，令作品充满瑰丽的色彩和无穷的魅力，使读者如入七宝楼台，陷入迷离眩惑而奇幻多姿的阅读体验中。比如莫斯科公寓外的建筑工地。在考德威尔夫人的童年和少年时期，那片建筑工地始终在施工，经过半个世纪的时间，最终却成了一片室内停车场。但正如考德威尔夫人的母亲所说："本来要建的是什么呢？我是说最开始的时候。肯定是别的东西，对不对？"当年考德威尔夫人的父亲曾开玩笑说那里要建"人民的圣殿"，真是一个充满寓意的说法。如今想来，这就好像考德威尔夫人从小都想要做一名诗人，最终却成了一个家庭主妇，纵然再浪漫的设想，也抵不过现实的残酷，无论多么神奇的梦中仙境，终究还是要回到现实的人生。建筑在书中的确有很多象征意义，不仅书名叫"四十个房间",而且书中其实从未交代过考德威尔夫人住处外部的环境,只是细致地挖掘房子内部的空间,就像沉浸在浪漫的内心世界里的主人公,实际上对于她来说,外面的世界从来都是这样模糊朦胧的,只有房子里的世界乃至心里的世界才是清晰可辨的。

再如火车,在文中也多次出现。主人公坐在达恰的阳台上时,就听着远方的火车,在脑海中写下"忧郁的火车"这样的文字;后来大学毕业前夕,她曾经想过要到行驶于海岸间的火车上谋职;度蜜月期间,她躺在床上听着火车行驶的声音,幻想着跟丈夫一起跳上其中一节车厢。火车一直象征着旅行或远走高飞,始终在距离主人公最近的地方,但她始终未能坐上去,只是不断地渴望,最终只能默默地怀念。其实,乘上现实的火车并不难,但是现实的终点并非理想的去处,人生的轨迹更不是两条笔直的平行线,所以坐上去又如何呢?可见,在作者的笔下,现实中的风景无不可以充满人生的寓意,成为某种难以言喻的象征。

又如戏剧。主人公的外曾祖母是芭蕾舞剧的演员,主人公大学时的男朋友出演过莎士比亚戏剧中重要的悲剧男主角哈姆雷特,而且这位外号为"哈姆雷特"的男孩儿也发表过一番关于戏剧的言论:"天才的剧作家总是深刻地触及了人性,因为他们当中的每一个都能从一种独特的世界观中汲取精髓,注入自己的剧作之中。即便过去了数个世纪,我们这些渺小的凡夫俗子也依然在不知不觉间将人生浇铸成戏剧的素材,终有一日会出现在某位伟人的笔下,而我们的本性也随着剧中的言语和情节而改变。有的人在莫里哀的滑稽戏剧中上当受骗、遭人设计,有的人在契诃夫的平静戏剧中度过枯燥单调的一生,有的人想在莎士比亚的悲剧中轰轰烈烈地爱一场,还有些倒霉蛋闯入了尤内斯库和贝克特的世界里。"后来，主人公在面对岁月流逝的现实时，也用戏剧发表过一番感慨："年轻的时候，我们都相信自己是独一无二的，相信自己的故事是与众不同的，可是我们就像卡在时光之轮里的仓鼠，为了活命只能不停地奔跑。我们演的都是同一部戏剧，剧中的角色也始终未变，只是演员在交换位置而已：前一分钟你还是天真无邪、美丽动人的贵族小姐，后一分钟就变成了引人发笑、滑稽不堪的家庭主妇，再也不是众星捧月的主角。"颇有些人生如戏、戏如人生的意味。

与上述种种具有象征意义的存在物密切相关，这部作品还用了许多隐喻。我们试举几例：一是主人公的外曾祖母在首次出演达尔西妮亚的那天晚上收到了大公的礼物，礼物是象征爱情的丘比特耳环，可达尔西妮亚这个角色常用来表示无望的爱情。二是主人公十三岁时，被人问及年龄，曾想过要说自己"与朱丽叶同岁"。主人公的生日跟朱丽叶一样，都在夏天，跟遇到罗密欧时的朱丽叶一样，都是十三岁多，将满十四岁，也正是在此时，主人公遇到了自己一生的挚爱——诗歌，这也是她人生中第一个重大的转折。三是主人公惊闻那个曾在大学里出演哈姆雷特的前男友因意外而身亡时，不禁轻轻地说了一句"阿波罗之箭"。在古希腊荷马史诗《伊利亚特》中，阿波罗之箭会带来疾病或死亡。而她曾经向神明许愿，要惩罚那个令她心碎的前男友，没想到真的听到了他死亡的噩耗。四是考德威尔夫人的丈夫曾说过，令妻子爱上他的是一道名为"卡萨诺瓦的欢愉"的甜品，然而卡萨诺瓦是意大利有名的风流才子，滥情而不专一，后来在考德威尔夫人年老色衰的时候，她的丈夫果然也移情别恋了。类似的还有考德威尔夫妇结婚时收到的礼物，其中有一对山鸡，被考德威尔夫人错认作为赫拉女神拉战车的孔雀，在希腊神话中，赫拉是代表女性和婚姻的女神，她是忠于爱情和家庭的，但她所嫁的众神之王宙斯并不专情。这些巧妙的隐喻，赋予作品深厚的意蕴，令人深思，发人深省。

《四十个房间》是一部每看一遍都会令人产生新感受的作品，这或许得益于作者所精心营造的一种奇妙的魔幻现实主义的氛围。文中有许多前后呼应、幻想与现实结合的描摹，使作品一唱三叹，令读者流连忘返。比如，主人公年少时，父亲曾在"文艺杂谈"中讲过三幅题为"理想城"的画作，画面中的城市都充满了严谨、精确的几何图案，她觉得画中没有人，只有雕塑，唯一一个可能是人的小黑点，似乎是一个与当时的她年纪相仿的女孩儿，穿着睡衣走在街上。后来，考德威尔夫人的女儿艾玛多次梦到一个城市。艾玛是一个性情冷静、非常理性的女孩儿，她梦中的城市也是街道笔直、广场空旷的，就好像考德威尔夫人当年在画作中见过的城市一样。而且这座城市里也没有人，全是雕塑，只有艾玛穿着睡衣走在街上。仿佛时空交织，艾玛便成了当年考德威尔夫人在画中见过的女孩儿。这真是"年年岁岁花相似，岁岁年年人不同"，人生正是这样一个个的轮回。

又如，考德威尔夫人在大学时代所写的诗歌中，曾提到过满是玻璃高墙的迷宫，后来她的女儿塞西莉娅曾梦到自己走在一个墙壁是玻璃的房子里，但无论怎么走都走不出去，隔着几道玻璃，还能看到自己的母亲考德威尔夫人，甚至还遇到了那位指点考德威尔夫人的英俊天神。在一个圣诞节的早上，考德威尔夫人曾经这样想过："记忆和喜好是无法通过血脉传承的。"然而，其实她的记忆都通过某种方式遗传给了每一个孩子，也许父母跟孩子之间真的有着除了基因以外的神秘纽带。这不仅是一种很奇妙的感觉，而且其中所蕴含的多重意义，更是令人掩卷深思，回味无穷。

书中有很多亦真亦幻、亦实亦虚的人物或情节，这也是浪漫与现实融合的一种表现方式。比如那位堪称人生导师的神明，究竟是真的天神下凡，还是考德威尔夫人的幻想呢？书中多次提到，甚至可以说贯穿始终的这位神秘英俊的天神，其实是古希腊罗马神话中太阳神阿波罗的化身，阿波罗相貌俊美，掌管着诗歌、音乐等艺术，据说诗人们在创作时都会向他祈求灵感。书中也曾提到，这位天神声称自己就是阿波罗，主人公焚烧诗稿献祭的时候，还在祈祷许愿中说："请吧，阿波罗，这就是献给你的一件小小祭品。"后来主人公的前男友"哈姆雷特"死亡，她也曾认为那是"阿波罗之箭"的惩罚。因此，在主人公心目中，这位天神就是阿波罗，而且他会随着岁月的流逝而变老，只是衰老的速度跟人类不同，比如书中提到："他的年纪依然跟上次见面时一样，还是四十岁左右，上下误差不过千年。"乍一看这个说法好像很令人费解，其实是说他的模样看起来像人类的四十岁左右，但他是天神，他的年龄绝不只是四十岁，对于他而言，人类的千年大概才是他的几岁罢了。

值得一提的是，作者通过这位阿波罗之口，表达了对诗歌、艺术乃至人生的很多精辟之见，成为这部作品的一个特点和亮点。如在主人公年轻的时候，这位天神告诉她："人人生来就是一束光，带着赤裸的灵魂和想要认识世界的纯粹渴望。有的光黯淡一些，有的光明亮一些，而最闪耀的光芒拥有天神般的能力，不仅可以认识世界，而且可以重新创造世界，一遍又一遍。在童年时代，这束光最为灿烂,可是随着你渐行渐远,踏入生活,它会开始逐渐消失。其实,它并没有减弱,而是变得越来越难以触及:你所经历的每一年都会在你的灵魂周围套上一层硬壳,就像树干上长出了一圈新的年轮,最后,灿烂的圣言便深埋在尘世的肉体之下,变得几不可闻。"这是体悟,又像预言,赋予作品以深度和厚度。至于对诗歌艺术的很多观点,都极富真知灼见。诸如:

时间是人类的根本极限,如果你想成为一名诗人,那就要特别留意自身的极限。在所有的艺术形式中,诗歌与人类的处境最为契合,因而也是最高贵、最困难的。正如人们想方设法地超越地理、历史和生物的极限去寻找生命的意义一样,诗人们也上下求索,努力超越语言、韵律和结构的内在极限,去发现美与真。生命的意义离不开死亡,而诗歌的崇高力量也离不开形式的囚笼。

当语言的极限与历史的压迫结合在一起时,诗歌就会变得更加强大。但是反之亦然。在富足的时代里,诗歌的力量就会减弱,失去那份迫切、饥渴,变得稀松平常了。每个时代的人都只能收获自己应得的诗歌。

艺术家没必要为了创作而过上灯红酒绿、纸醉金迷的生活。其实,如果你真想成为传奇,那就必须把所有的时间都奉献给自己的使命,而将制造冒险的任务留给未来替你撰写传记的作家。切记:极限的真正拓展是向内的,而不是向外的;无论你身处于多么狭小的蜗居，苦痛都能找到你；而欢乐，欢乐永远只有一诗之隔。这世上没有渺小的生活，只有渺小的人。

天生的伟大诗人少之又少，神赐的才华可谓万中无一，然而，即便拥有此等天赋，如果没有付出，也终究一事无成。在你小的时候，我就讲过这个道理，你却毫不在意。或许，你只是没有那么渴望罢了。你必须拼命争取，获得资格，才能用言语表达真正重要的事物——为此，你要付出岁月、付出汗水、付出眼泪、付出鲜血。其中，既有你自己的，也有别人的。

这些议论看起来滔滔不绝，但读起来并不觉冗长，它们不仅与作品中的人物、环境、情境密切相关，从而与作品水乳交融，并且关键在于其议论本身具有深入的洞察力和高超的智慧，表达了一种独特的诗歌艺术观和人生观，有些甚至可以看成是富有哲理的箴言，启人神智，令人难忘。

本书的作者奥尔加·格鲁辛是一位俄裔美国作家，于1971年生于莫斯科。她的父亲是一位著名的哲学家、社会学家和历史学家。她的童年大部分时间几乎都是在布拉格度过的。1989年，格鲁辛获得美国埃默里大学全额奖学金，成为史上第一个申请到美国大学本科生课程的俄罗斯学生。当时正值苏联巨变，奥尔加·格鲁辛毕业后留在美国工作，曾经为卡特总统做过口译，也曾在俱乐部里当过吧台女招待，在世界银行做过翻译，还在华盛顿一家鼎鼎有名的法律机构担任过研究分析员。可以说，奥尔加·格鲁辛的经历和背景，成为这部作品独一无二的重要根据。俄罗斯人独特的思辨和深刻、忧郁和浪漫,皆渗透在这部作品的字里行间。如作者通过主人公之口说:"你越是了解世界对你的要求,就越是会陷入这些模式、规则、惯例之中,而你的经历就会变得越发平凡,你自身的独特性也会越来越少。比如,假设你不知道人们到了某个年纪要结婚、到了某个年纪要生子、到了某个年纪要退休,那么你还会做这些事情吗?或许你会做一些别的事情,一些截然不同的事情呢?毕竟,结婚、生子、退休不可能全都是受单纯的生理动机驱使。"又如主人公的母亲说:"实际上,很多时候,言语越宏大,核心越渺小——它已经在无数次的使用中被磨平了棱角,变得陈旧不堪。也许这就是为什么做一名伟大的诗人比做一名伟大的小说家更难。一部小说里可以充满渺小的言语,却显得新鲜、细致而独特,就像一片长满勿忘我的草原。"类似发人深省之思、切中时弊之论,在作品中可谓比比皆是。

奥尔加·格鲁辛的《四十个房间》为我们建造了一座人生的迷宫。全文开头写道:"透过虚无缥缈的迷雾,第一个浮现出来的地方是浴室。"像是在弥留之际回首人生,或者如主人公的外祖母所说,"献出自己人生中的记忆与故事,就像是一种反复擦洗的过程,又像是一层一层地剥开洋葱,露出藏在里面的内心。"从这个意义上来说,本书的开头可以看成是接在结尾之后的。这更是一个轮回,周而复始的人生轮回。正如作品主人公的思考:"年轻的一代动身迈向生活,年老的一代朝着反方向,去往未知的领域,而中间的一代要为二者送别,在岁月的激流中挣扎着留在原地。"这真是"人生代代无穷已,江月年年望相似",读完了作品,却走不出人生,这是否也意味着"现实总是不够浪漫"呢?

本书的翻译颇为不易。一是如上所说，这部作品是一座迷宫，主人公游走于现实与幻想之间，稍不留神，便会迷路。二是本书的语言典雅、精致而字斟句酌，要准确地传达出其风格神韵，需要煞费苦心。三是书中有很多诗歌作品，既有主人公的作品，也有不少他人诗作，还有一些其他文字的引用。为求与原文风格一致，除了哈姆雷特那句"生存还是毁灭"采用了朱生豪先生的译本之外，其他所有诗句和引用的内容都是笔者自己翻译的。四是书中涉及丰富的文学、历史、哲学等人文知识，尤其是这些知识与作品的内容密切相关，经常被作为隐喻与典故来运用，造成理解上的多义及困难。为此笔者一一进行了注释。其有未当，还请作者及读者朋友多多包涵，并不吝指教。

戚　悦

2017 年 4 月于北大燕园

人生可以更加浪漫
——《四十个房间》再版译后记

《四十个房间》的中译本于2017年11月首次出版，至今已经过去了六年。这是我翻译的第四本书，此后又翻译过十余本书，但《四十个房间》一直是我的最爱。2016年，我还在北大读研时，参加了中信出版社举行的试译。最初试译的作品并非《四十个房间》，而是一部短篇小说集。试译章节的开头有一首短诗，中信出版社的编辑看完后，认为这首短诗翻译得不错，便询问我是否愿意试译另一本书，那是一部长篇小说，穿插着不少诗歌，一直没有找到合适的译者。就这样，我遇到了《四十个房间》。

诗歌在《四十个房间》中发挥了重要的作用，主人公从小就梦想成为一位诗人，渴望写出不朽的诗篇，其生命中的每个关键时刻都离不开诗歌，许多思考和想象也充满了诗意。因此，在翻译的过程中，我一遍又一遍地朗读自己的译文，反复推敲字词语句，体会节奏是否合适，感受音韵是否协调。这种翻译方式显然需要更多的时间，但也给我带来了更多的乐趣，正如《四十个房间》所说，"让言语在唇齿间多停留一秒，仿佛在品尝滋味似的"。一旦找到合适的言语，那滋味是十分美妙的。后来，我看到一位读者在这本书的评论中写道："少有地，在阅读一本外国小说译本时，情节不再是唯一的关注点，我会被语言本身所吸引，时常会返回某些片段反复阅读，是读出声的那种，让你重新留意到，作为小说的文字除了承载意义，本就具备声音的属性。"这段话让我很感动。虽然我为译文的声音和谐付出了许多努力，但我从未想过会有其他人像我一样，一字一句地把我翻译的内容"读出声"。这让我感到自己的译文是受到珍视的，而这样的读者可谓真正的"知音"。

作为一名译者，遇到《四十个房间》是幸运的，许多读者和编辑都是通过这本书知道我的，我也因此结识了天南海北的朋友。我经常在豆瓣上翻看读者的评论，大家对《四十个房间》的译文给予了不少关注和赞美，为我提供了巨大的动力。我从事翻译工作已近九年，有许多快乐，也有过迷茫。每一份成功出版的译稿都让我欢欣雀跃，而每一份未能出版的译稿又让我扼腕叹息（虽然并非由于译稿质量的原因）。绝大部分译者的稿酬都甚为微薄，所以同行之间总是开玩笑说"为爱发电"。我以极为认真的态度对待每一本书，在翻译的过程中可谓小心翼翼，如履薄冰，经常数易译稿，但由于种种原因，仍难免出现错误，个别评论甚至因为一个翻译错误而否定译者所有的努力。不过，就《四十个房间》而言，我的付出得到了超乎想象的回报。这本书受到了大量读者的喜爱，尤其令我感动的是，许多读者在赞美这部书的时候，都忘不了赞赏译文的生动、流畅，有人表扬"字斟句酌""通畅好读""功力深厚"，称赞"这翻译也太完美了""真正的'信达雅'"，有人则"惊艳于整本书的翻译，整齐的韵脚，流畅的文字"，"几乎能一口气读完的神仙翻译"，有人认为"让我们能够感受到原著魅力的，是优秀的翻译"，因而愿意"给翻译多加一颗星"，真正是不吝赞美,这令我受宠若惊、备受鼓舞。如果说最初只是"为爱发电",那么最终是读者们为我加油充电,照亮了继续前进的道路。

大约从两年前开始,陆续有读者通过各种方式联系我,表示已经买不到《四十个房间》了,并询问什么时候能再版。有的读者是偶然看到这本书的片段,希望阅读全书。有的读者是从图书馆借过这本书,读完以后想自己也收藏一本。有的读者是早已拥有这本书,打算再买一本送给朋友。当然,还有更多读者是因为其他读者的评论而产生了兴趣。《四十个房间》的中文版权到期后,今年春天,我在豆瓣上收到了后浪出版公司编辑发来的信息,告知他们已经买下了《四十个房间》的中文版权,并希望继续使用我的译稿。在中信出版社郭悦老师的帮助下,我们联系到《四十个房间》原编辑室的主编,顺利完成了译稿的授权。

我曾在初版的译后记中提到,《四十个房间》是一部每看一遍都会令人产生新感受的作品。时隔六年,再次静下心来看这本书,我又发现了一些之前没有注意到的细节,产生了一些新的感悟。印象中,主人公在俄罗斯度过的年少岁月是浪漫美好的,但重读后发现,就连这段时光也笼罩着若隐若现的阴霾。年幼的主人公说,她总是把父母的卧室当作母亲一人的卧室,而这里经常有一些奇怪的客人来访,画像上的胖太太和长翅膀的小仙女显然是想象中的客人,但留着小胡子的男人十分可疑。他会把主人公推到走廊上,给她一块外国生产的巧克力,然后锁上卧室的门,与母亲单独相处。有一次,主人公在吃晚饭时提起这位客人,母亲笑着说她想象力太丰富,而父亲虽然也笑了,"却不像母亲一样开心"。这位客人真的是主人公想象出来的吗?从种种迹象来看,他应当是母亲的情人,而父亲对此也并非一无所知。主人公说这位客人只在她五岁那年的夏天出现，可见这段隐秘的恋情颇为短暂，但母亲似乎一直没有释怀。主人公一眼挑中的那条项链很有可能就是这位情人送给母亲的，所以母亲看到项链的反应非常复杂：眼神中闪过痛苦，脸庞上浮现红晕，笑容美丽动人，却又冷酷无情。母亲这样热烈地爱着另一个男人，父亲会怎么想呢？书中没有明确描述，不过有一些细节暗示了父亲的感受。比如，主人公十四岁时，和父亲约定凌晨三点观星。她准时起床，看到父亲站在前廊上，以为他在等自己，结果父亲却露出了惊讶的表情。后来，她想："如果那天晚上不是在等我，那他凌晨三点在前廊上做什么呢？"让父亲彻夜难眠，独立于星空之下的原因，会不会与母亲有关呢？又如，主人公提到，多年前曾有人送给父亲一尊堂吉诃德的小雕像，这不免让我们想到了那位出演达尔西妮亚的外曾祖母，或许母亲之于父亲，也像是达尔西妮亚之于堂吉诃德，意味着无望的爱情。

我原本以为《四十个房间》讲述了一位女诗人（或梦想成为诗人的女性）的悲剧，但现在才意识到，这其实是两位女诗人的悲剧，即主人公和她的母亲。主人公在整理母亲的遗物时发现了一个鞋盒，里面有两捆诗稿，一捆诗稿是她上大学时寄给父母的作品，而另一捆诗稿则是母亲的笔迹。在她的记忆中，自己的诗句"光芒四射，无与伦比"，然而时隔多年，她重新念了一遍，却发现这些作品"不过是关于修女、天使和魔鬼的顺口溜，读来拘谨乏味、歇斯底里、毫无新意"。相比之下，母亲的诗歌虽然写的是平凡的主题，如热恋、失恋、孩子、死亡，但显得"宁静，睿智"，而且"令人心碎"。当主人公和阿波罗提起母亲的诗稿时，阿波罗的情绪没有任何变化，主人公忽然反应过来，原来阿波罗早就知道她的母亲写诗。或许阿波罗也曾拜访过她的母亲，就像拜访她一样。或许她的骨子里原本就流淌着对诗歌的热爱，那是母亲遗传给她的，当她在厨房里看到阿赫玛托娃的诗歌时，并非凭空产生了梦想，而是深埋在基因里的热爱觉醒了。

如果我们相信主人公对诗歌水平的判断，那么她的母亲可能比她更优秀，更有希望成为一位诗人，然而最终也只是做了一个家庭主妇。实际上，主人公小时候就看穿了母亲的本质。在她的眼里，母亲有时是穿着睡袍的普通女人，有时又是裹着长裙的美人鱼。美人鱼来自波罗的海，会给她讲述退潮后在沙滩上寻找琥珀的清晨，讲述外曾祖母和大公的恋情，讲述在战争年代用烟熏香肠和德国糖果换来的宝石，以及各种浪漫、危险而又迷人的故事。但是转眼之间，母亲又变成了穿着睡袍的女人，叮嘱她不要打扰父亲工作，催促她上床睡觉，然后离开房间去给丈夫泡茶。后来，主人公描述自己梦寐以求的房子，提到"人鱼母亲在高高的角楼上一边唱歌一边梳理碧绿的长发"，当她发现那捆诗稿时，也认为"肯定是自己曾在母亲卧室里见过的那条美人鱼写的"。美人鱼一直代表着母亲诗意、浪漫的那一面。

中年的主人公在儿子的房间里撞见他的女朋友，想起多年前自己在客房里被未来的婆婆撞见，于是感慨自己变成了当年的考德威尔夫人，而房间里的姑娘在多年后也许会成为下一个考德威尔夫人。她总以为自己和丈夫的母亲之间有某种传承，其实她没有发现，她和自己的母亲之间也有某种传承。十七岁时，主人公看着母亲收集的十九世纪茶杯，暗下决心："虽然我不知道自己想要什么，但我知道自己不想要什么，我不想要渺小的人生——充满平凡的担忧、普通的期望，写满司空见惯、陈词滥调，充斥着孩子们的尖叫声、外祖母的苹果派，还有娇滴滴的十九世纪瓷器——我不想一辈子待在屋里，守着四面墙壁。"她不想要的这一切，正是母亲的生活。但她不知道母亲也曾写诗，更不知道这"渺小的人生"最终也会成为她的日常——她甚至生了六个孩子，而母亲只有她一个孩子。上大学时，她在图书馆里构思过一首诗，"讲述一个女人，为自己不肯生育的每一个孩子都写一首美妙绝伦的诗歌"。后来，她却给两个女儿编了一个睡前故事，讲述一位公主，为自己生育的每一个孩子都舍弃一首动听的歌曲，直到失去声音，再也无法开口歌唱。

主人公和母亲无比相像，却从未想过继承母亲的任何东西，而只想着成为下一个考德威尔夫人。母亲用厚厚的羊毛袜包好的心爱茶杯，在她看来只是"艳丽花哨"的俗物，完全比不上她自己的瓷器。她反复劝说母亲卖掉莫斯科的公寓，在母亲死后放任花草枯萎，却为丈夫完整保留了他父母的起居室，包括每一座烛台、每一个坐垫、每一张照片。在整理母亲的遗物之前，她甚至不知道母亲还写诗。然而，在整个故事中，母亲一直扮演着非常重要的角色。一方面，正是在母亲的劝说下，主人公才生了最初的两个孩子，走上了她原本不会选择的那条路。而另一方面，母亲又把她的诗稿和自己的诗稿放在一起，保存了几十年，甚至漂洋过海，从俄罗斯带到美国。除了阿波罗之外，唯一与主人公探讨过言语、创作和不朽的人物就是母亲。就连"四十个房间"的真谛，也是源于母亲的解释。母亲的矛盾与挣扎，又何尝不是主人公的矛盾与挣扎。

我是《四十个房间》的译者，同时也是它的读者。作为一名读者，遇到这本书同样是非常幸运的。六年前，我即将硕士毕业，站在了人生的十字路口，对于未来感到很迷茫。从现实来看，我似乎应该进入结婚、工作的人生阶段了，但是从内心来讲，我又希望能够继续在文学的世界里徜徉。正在这时，我读到了《四十个房间》里的一段话："你越是了解世界对你的要求，就越是会陷入这些模式、规则、惯例之中，而你的经历就会变得越发平凡，你自身的独特性也会越来越少。比如，假设你不知道人们到了某个年纪要结婚、到了某个年纪要生子、到了某个年纪要退休，那么你还会做这些事情吗？或许你会做一些别的事情，一些截然不同的事情呢？毕竟，结婚、生子、退休不可能全都是受单纯的生理动机驱使。"这段话让我深有感触。于是，我决定做一些别的事情，一些截然不同的事情。我选择了读博，而且是跨专业读博。白天补修中国古典文学的专业课，晚上继续着我热爱的翻译工作，虽然很辛苦，但我仿佛体会到了主人公所说的那种熬夜的快乐，"充满了战士般的勇敢大胆和青春的无所顾忌"，因为我是在做自己喜欢的事情，在初步尝试能否忽略一下世界对我的要求。

博士毕业后，我又一次面临选择，这次我回到了外文系。从外文系到中文系，再到外文系，我真切地体会到了《四十个房间》中关于母语和外语的思考。"刚开始学习一种语言时，你畅游在充满可能性的壮丽海洋之中——你觉得自己可以自由自在地捕捉周围漂浮的意义，将这些星星点点组合成最奇特、最绚丽、最梦幻的结构，用美妙的言语从混沌中造出独一无二的城堡、教堂、城市。"这是学习外语及其承载的文学和文化给我带来的快乐，就像回到孩童时代，用崭新的目光观察周围的一切。而当我离开这片海洋，重新回到母语的怀抱中时，这段学习经历又让我在母语的世界中发现了惊喜，以前因为太过熟悉，忽略了许多奇妙的事物，而现在我突然看到了它们的光芒——其实它们一直在发光，只是我没有注意到。正如《四十个房间》所言，如果能够通过母语和外语两扇门，毫无成见地走向这个世界，或许就能触碰到纯粹的意义和感受，乃至触碰到某种真理。我终于明白了歌德的那句话："不懂外语的人，对自己的母语也一无所知。"

实际上，不只是外语和母语，很多事情都是如此，只有勇敢地跨出去，才能真正审视自己的人生。也许我们会失去一些已经拥有的东西，但也会有一些意料之外的收获。《四十个房间》的主人公有一幅很喜欢的插画，描绘了一名骑士停在十字路口，面前的石头上写着："如果直走，你会找到快乐。如果右转，你会失去马匹。如果左转，你会失去生命。"主人公的儿子很不理解："谁会选择右转或左转呀？"是啊，初看之下，人们大概都会这样想，当快乐就在面前而唾手可得之时，谁还会左顾右盼，甘愿选择一条荆棘之路？然而，仔细想来，右转固然会失去马匹，但得到的将会是什么呢？左转要失去生命，但哪有永恒的生命，早晚不都是要失去的吗？所以，这其实是一个脑筋急转弯式的命题，它提示我们，人生道路上那些看似理所当然的最佳选择，或许未必如此，而那些充满未知的冒险之途，很可能才是富有浪漫色彩的奇遇之选，或许可以由此抵达隐蔽的神秘王国，找到属于自己的那片叶子。

在初版的"译后记"中，我借用了书中"现实总是不够浪漫"一语作为题目，那是读了这部书之后的感同身受，也确乎是这部书给人的近乎残酷的第一印象，因而这句话也得到了大量读者的认可和慨叹。然而，这里想说的是，在我们未知的人生中，那些将要成为现实的途程原本是可以有着多种可能性的。我想，《四十个房间》

的作者不仅记录了自己对人生的思考，给我们每个人提供了一面镜子，而且也给过往的芸芸众生插上了一个个路标，从而提醒未来的赶路人，你可以有多种选择，可以有不同的人生。现实固然不够浪漫，但浪漫能够照亮现实、校正现实，充实丰富我们的旅程，进而创造更为多彩的人生，人生原本是可以更加浪漫的。从这个意义上来说，这部书显然不只是让人感叹现实不够浪漫，而是让我们在认清现实的同时，创造更为理想而浪漫的人生，尽管那不一定容易，可能极为艰难。所谓"失去马匹"乃至"失去生命"，这当然并非耸人听闻，但"塞翁失马，焉知非福"？

最后要说明的是，这次再版让我有机会对《四十个房间》的译稿进行了不少修订，有些地方是希望对原文有更加准确的理解，多数情况则是力图有更好的传达，更精致的语言呈现，从而既对得起这部优秀的作品，更无愧于我们出色的汉语，尤其不能辜负众多独具慧眼的读者朋友，但一定还会留下很多遗憾，希望读者朋友不吝赐教。我相信，《四十个房间》是一部关于人生的大书，有着文学名著的重要潜质，有成为文学经典的巨大可能。在这一浪漫前景成为现实的征途上，希望我的译文可以助一臂之力。

我还想借此机会感谢所有促成《四十个房间》中译本再版的朋友，感谢后浪出版公司编辑的充分信任，感谢中信出版社郭悦老师的无私帮助，特别感谢六年以来读者们给予的厚爱和支持。金黄的树林里分出两条路，愿我们都有勇气选择更为艰难的那一条。

戚 悦

2023 年 12 月于清华园